TUDO OU NADA

SÉRIE OS NATURAIS - LIVRO 3

JENNIFER LYNN BARNES

TUDO OU NADA

SÉRIE OS NATURAIS – LIVRO 3

Tradução
Regiane Winarski

Copyright © 2015 by Jennifer Lynn Barnes
Copyright da tradução © 2024 by Editora Globo S.A.

Os direitos morais da autora foram garantidos.

Todos os direitos reservados. Nenhuma parte desta edição pode ser utilizada ou reproduzida — em qualquer meio ou forma, seja mecânico ou eletrônico, fotocópia, gravação etc. — nem apropriada ou estocada em sistema de banco de dados sem a expressa autorização da editora.

Título original: *All In*

Editora responsável **Paula Drummond**
Editora de produção **Agatha Machado**
Assistentes editoriais **Giselle Brito e Mariana Gonçalves**
Preparação de texto **Isabel Rodrigues**
Diagramação e adaptação de capa **Carolinne de Oliveira**
Projeto gráfico original **Laboratório Secreto**
Revisão **Vanessa Raposo**
Ilustração de capa © **2023 by Katt Phatt**
Design de capa original **Karina Granda**

Texto fixado conforme as regras do Acordo Ortográfico da Língua Portuguesa (Decreto Legislativo nº 54, de 1995)

CIP-BRASIL. CATALOGAÇÃO NA PUBLICAÇÃO
SINDICATO NACIONAL DOS EDITORES DE LIVROS, RJ

B241t
    Barnes, Jennifer Lynn
        Tudo ou nada / Jennifer Lynn Barnes ; tradução Regiane Winarski.
    - 1. ed. - Rio de Janeiro : Alt, 2024.
            (Os naturais ; 3)

    Tradução de: All in
    Sequência de: Instinto assassino
    ISBN 978-65-85348-82-9

    1. Romance americano. I. Winarski, Regiane. II. Título. III. Série.

24-92420
                                    CDD: 813
                                    CDU: 82-31(73)

Gabriela Faray Ferreira Lopes - Bibliotecária - CRB-7/6643

1ª edição, 2024

Direitos de edição em língua portuguesa para o Brasil adquiridos por Editora Globo S.A.
R. Marquês de Pombal, 25
20.230-240 – Rio de Janeiro – RJ – Brasil
www.globolivros.com.br

Para Anthony, meu parceiro no crime, agora e para sempre

Você

Tudo pode ser contado. Os fios de cabelo na cabeça dela. As palavras que ela dirigiu a você. Quantas respirações ela ainda tem. É uma coisa linda, na verdade. Os números. A garota. Tudo o que você planejou.

Aquilo que você está destinado a ser.

Capítulo 1

A véspera de Ano-Novo caiu em um domingo. Teria sido menos problemático se a minha avó não tivesse considerado "Reunirás tua família para o jantar de domingo" um mandamento inviolável e se o tio Rio não tivesse se colocado como o distribuidor oficial de vinho.

Tinha muito vinho.

Enquanto tirávamos a mesa, ficou bem claro que nenhum dos adultos conseguiria dirigir tão cedo. Considerando que meu pai tinha sete irmãos, todos casados, vários com filhos mais velhos do que eu por no mínimo uma década, havia muitos "adultos". Enquanto eu levava a pilha de pratos para a cozinha, as dezenas de discussões fermentando atrás de mim eram quase, mas não totalmente, abafadas pelo som de risadas altas.

Para quem visse de fora, era um caos. Mas para quem assistia a tudo com o olhar de uma perfiladora, era simples. Fácil de entender. Fácil de interpretar. Era uma família. O *tipo* de família, a personalidade de cada um... isso estava nos detalhes: camisas para dentro e para fora da calça, pratos lascados, mas manuseados com amor.

— Cassie. — Meu tio-avô abriu um sorriso sereno de olhos cansados quando entrei na cozinha. — Anda com saudade da família, é? Veio visitar seu velho tio Rio!

Pelo que as pessoas da casa sabiam, eu tinha passado os seis meses anteriores em um programa para superdotados pa-

TUDO OU NADA 9

trocinado pelo governo. Uma espécie de colégio interno. Partes disso eram verdade.

Mais ou menos.

— Aff. — Minha avó fez um ruído de desprezo na direção do tio Rio enquanto pegava a pilha de pratos da minha mão e os colocava na pia. — Cassie não voltou por causa de um monte de velhos bobos que bebem muito e falam alto demais. — Nonna arregaçou as mangas e abriu a torneira. — Ela veio ver a Nonna dela. Para compensar por não ter ligado como deveria. Duas cutucadas com uma cajadada só. Tio Rio não se deixou abalar. Já eu senti a culpa que ela pretendia que eu sentisse e me aproximei de Nonna na pia.

— Aqui — falei. — Deixa que eu faço.

Nonna resmungou, mas chegou para o lado. Havia algo de reconfortante no fato de que ela estava exatamente igual a como sempre tinha sido: em parte mãe coruja, em parte ditadora, governando a família à base de macarrão e punho de ferro.

Mas eu não sou a mesma. Não consegui tirar isso da cabeça. *Eu mudei.* A nova Cassandra Hobbes tinha mais cicatrizes, tanto em sentido figurado quanto literalmente.

— Essa aí fica toda mal-humorada quando passa semanas sem notícias suas — disse tio Rio, gesticulando para Nonna. — Mas você deve estar ocupada, né? — O rosto dele se iluminou com a hipótese, e ele ficou vários segundos me observando. — Destruidora de corações! — declarou. — Quantos namorados anda escondendo da gente agora?

— Eu não tenho namorado.

Tio Rio passou anos me acusando de esconder namorados. Essa era a primeira e única vez em que ele estava certo.

— Você. — Nonna apontou com uma espátula, que do nada tinha aparecido na mão dela, para o tio Rio. — Pra fora.

Ele olhou com cautela para a espátula, mas se manteve firme.

— Pra fora!

Três segundos depois, Nonna e eu estávamos a sós na cozinha. Ela ficou me olhando, os olhos astutos, a expressão começando a suavizar.

— O garoto que veio te buscar no verão — disse ela —, aquele do carro chique... Ele beija bem?

— Nonna! — exclamei.

— Eu tenho oito filhos — disse Nonna. — Sei bem sobre beijar.

— Não — me apressei em dizer, esfregando os pratos e tentando não ver coisa demais naquela declaração. — Michael e eu não somos... Nós não...

— Ahh — disse Nonna, como se tivesse entendido. — Ele não beija tão bem. — Ela me deu um tapinha consolador no ombro. — Ele é jovem. Pode melhorar!

Essa conversa era constrangedora em tantos níveis, e o menor de todos era o fato de que não era *Michael* quem eu andava beijando. Mas se Nonna queria pensar que o motivo para meus telefonemas para casa terem sido tão poucos e espaçados era porque eu estava envolvida numa paixão juvenil, tudo bem.

Era mais fácil engolir isso do que a verdade: eu tinha sido absorvida por um mundo cheio de motivações e vítimas, assassinos e cadáveres. Cheguei a ser sequestrada. Duas vezes. Eu ainda acordava à noite com lembranças de lacres plásticos machucando meus pulsos e com o som de tiros ecoando nos ouvidos. Às vezes, quando fechava os olhos, eu via o reflexo da luz em uma lâmina ensanguentada.

— Você está feliz nessa sua escola? — Nonna se esforçou o máximo que pôde para falar de um jeito casual. Eu não me deixei enganar. Morei com a minha avó paterna por cinco anos antes de entrar no programa dos Naturais. Ela queria que eu ficasse protegida e queria que eu estivesse feliz. Ela queria que eu ficasse *ali*.

— Estou — falei. — Feliz.

Não era mentira. Pela primeira vez na vida, sentia que pertencia a um lugar. Com meus colegas Naturais, eu nunca precisava fingir ser alguém que não era. E não conseguiria, mesmo que quisesse.

Em uma casa cheia de gente que via coisas que o resto do mundo deixava passar, era impossível me esconder.

— Você está com uma cara boa — admitiu Nonna, contrariada. — Melhor agora que eu te alimentei por uma semana.

— Ela fez novamente aquele mesmo ruído e me empurrou delicadamente para o lado para assumir a lavagem da louça. — Vou te dar comida pra você levar — declarou ela. — Aquele garoto que te buscou está magro demais. Pode ser que ele beije melhor se der uma encorpada.

Eu quase engasguei.

— Que papo é esse de beijar? — perguntou alguém na porta. Me virei, esperando dar de cara com um dos meus tios. Mas quem vi foi meu pai. Fiquei paralisada. Ele estava trabalhando no exterior, e só esperávamos que voltasse em uns dois dias.

Tinha mais de um ano que eu não o via.

— Cassie. — Meu pai me cumprimentou com um sorriso sem jeito, um ou dois tons abaixo do verdadeiro.

Meus pensamentos foram até Michael. Ele saberia exatamente como interpretar aquela tensão no rosto do meu pai. Por outro lado, eu era uma perfiladora. Conseguia reunir uma coleção de pequenos detalhes (o conteúdo da mala de alguém, as palavras que essa pessoa escolhia para cumprimentar) e construir uma imagem maior: quem a pessoa era, o que queria, como se comportaria numa dada situação.

Mas o significado exato daquele quase sorriso? As emoções que meu pai estava escondendo? Se ele sentia uma fagulha de reconhecimento ou orgulho ou qualquer coisa paternal enquanto olhava para mim?

Isso eu não sabia.

— Cassandra — minha avó me repreendeu —, diga oi para o seu pai.

Antes que eu tivesse oportunidade de dizer qualquer coisa, Nonna passou os braços em volta dele e o apertou com força. Então o beijou, deu vários tapinhas nele e o beijou novamente.

— Você voltou cedo. — Nonna finalmente soltou o filho pródigo. Depois olhou bem para ele, provavelmente com o mesmo olhar que fazia quando ele era criança e sujava o carpete dela de terra. — Por quê?

O olhar do meu pai se desviou para mim.

— Preciso falar com Cassie.

Nonna estreitou os olhos.

— E sobre o que você precisa falar com Cassie? — Nonna o cutucou no peito. Várias vezes. — Ela está feliz na escola nova, com o namorado magrelo dela.

Mal registrei essa frase. Minha atenção estava toda no meu pai. Ele estava meio desgrenhado. Parecia não ter dormido na noite anterior. Não conseguia me olhar nos olhos.

— O que houve? — perguntei.

— Nada — disse Nonna, com a força de um militar declarando uma lei marcial. — Não houve nada. — Ela se virou para o meu pai. — Diz pra ela que não houve nada — ordenou.

Meu pai atravessou o aposento e segurou meus ombros com delicadeza.

Normalmente você não é gentil assim.

Meu cérebro repassou tudo o que eu sabia sobre o meu pai: nosso relacionamento, o tipo de pessoa que ele era, o fato de que estava ali. Meu estômago parecia forrado de chumbo. De uma hora para a outra, consegui pressentir o que ele ia dizer. E isso me paralisou. Eu não consegui respirar. Não consegui piscar.

— Cassie — disse meu pai, baixinho. — É sobre a sua mãe.

Capítulo 2

Havia uma diferença entre *presumidamente morta* e *morta*, uma diferença entre voltar para um camarim encharcado do sangue da minha mãe e ouvir que, depois de cinco longos anos, havia um corpo.

Quando eu tinha doze, treze, catorze anos, rezava toda noite para que alguém encontrasse a minha mãe, para que provassem que a polícia estava errada, para que, de alguma forma, apesar das provas, apesar da quantidade de sangue que tinha perdido, ela aparecesse. Viva.

Chegou uma hora em que parei de ter esperanças e comecei a rezar para que as autoridades encontrassem o corpo da minha mãe. Me imaginava sendo chamada para identificar os restos mortais. Me imaginava me despedindo. Me imaginava a enterrando.

Isso eu não tinha imaginado.

— Eles têm certeza de que é ela? — perguntei, a voz baixa, mas firme.

Meu pai e eu estávamos sentados em lados opostos de um balanço na varanda, só nós dois, a coisa mais próxima de privacidade que dava para se ter na casa da Nonna.

— A localização é a certa. — Ele não me olhou quando respondeu, só ficou com os olhos fixos na noite. — O tempo também. Estão tentando comparar os registros dentários, mas vocês se mudavam muito… — Ele pareceu perceber que estava me dizendo algo que eu já sabia.

Os registros dentários da minha mãe seriam difíceis de encontrar.

— Encontraram isso. — Meu pai me ofereceu uma correntinha de prata com uma pedrinha vermelha pendurada.

Fiquei com um nó na garganta.

Era dela.

Engoli em seco e afastei o pensamento, como se eu pudesse "dispensar" por mera força de vontade. Meu pai tentou me entregar a correntinha. Fiz que não.

Era dela.

Eu sabia que era quase certo que minha mãe estava morta. Eu *sabia*. Acreditava nisso. Mas naquele momento, ao olhar para o cordão que ela usava naquela noite, não consegui respirar.

— Isso é uma prova. — Forcei as palavras a saírem. — A polícia não devia ter te dado. É uma prova.

O que eles tinham na cabeça? Eu estava trabalhando com o FBI havia só seis meses. Passei quase todo esse tempo nos bastidores, e até eu sabia que não se quebrava a cadeia de provas só para que uma garota meio órfã pudesse ter uma coisa que pertencia à mãe.

— Não havia nenhuma digital — garantiu meu pai. — Nem vestígios de provas.

— Fala pra guardarem — respondi, me levantando e indo até a beira da varanda. — Podem precisar. Pra identificação.

Havia cinco anos. Se estavam procurando registros dentários, não devia ter sobrado nada para que *eu* identificasse. *Nada além de ossos.*

— Cassie…

Parei de prestar atenção. Não queria ficar ouvindo um homem que mal conhecia minha mãe me dizer que a polícia não tinha pistas, que achavam que não havia problema em comprometer provas, já que ninguém esperava que o caso fosse solucionado.

Depois de cinco anos, nós tínhamos um corpo. Isso era uma pista. *Cortes nos ossos. O jeito como ela foi enterrada. O local onde o assassino a colocou para descansar.* Tinha que haver *alguma coisa.* Alguma dica do que tinha acontecido.

Ele foi atrás de você com uma faca. Entrei na perspectiva da minha mãe para tentar entender o que tinha acontecido naquele dia, como havia feito tantas vezes antes. *Ele te surpreendeu. Você lutou.*

— Eu quero ver a cena do crime. — Me virei para o meu pai. — O local onde encontraram o corpo. Eu quero ver.

Foi meu pai quem assinou a minha matrícula no programa de adolescentes superdotados do agente Briggs, mas ele não tinha ideia de que tipo de "educação" eu estava recebendo. Não sabia o que era aquele programa. Não sabia o que eu era capaz de fazer. Assassinos e vítimas, UNSUBS e corpos... essa era a minha língua. *Minha.* E o que tinha acontecido com a minha mãe...

Isso também era meu.

— Não acho que seja uma boa ideia, Cassie.

Não é você quem decide, pensei, mas não falei em voz alta. Não adiantava discutir com ele. Se eu quisesse acesso ao local, a fotos, a qualquer rastro de prova que pudesse haver, Vincent Battaglia não era a pessoa a quem pedir.

— Cassie? — Meu pai se levantou e deu um passo hesitante na minha direção. — Se você quiser conversar sobre isso...

Me virei e balancei a cabeça.

— Eu estou bem — falei, interrompendo sua sugestão. Engoli o nó na garganta. — Só quero voltar pra escola.

"Escola" era um grande exagero. O programa dos Naturais consistia em um total de cinco alunos e nossas aulas tinham o que poderia ser chamado de *aplicações práticas.* Não éramos só alunos. Éramos recursos a serem utilizados.

Uma equipe de elite.

Cada um de nós cinco tinha uma habilidade, uma aptidão apurada até a perfeição pelas vidas que levamos na infância. *Nenhum de nós teve uma infância normal.* Era nessas palavras que eu não conseguia parar de pensar quatro dias depois, quando parei na entrada de carros da casa da minha avó, esperando minha carona chegar. *Se tivéssemos, não seríamos Naturais.* Em vez de pensar em como foi minha infância, indo de cidade em cidade com uma mãe que enganava pessoas para que achassem que ela era médium, eu pensei nos outros: no pai psicopata de Dean e em como Michael tinha aprendido a interpretar emoções como forma de sobrevivência. Em Sloane e Lia e nas coisas que eu desconfiava sobre as infâncias delas.

Pensar nos meus colegas Naturais vinha com um tipo bem específico de saudade. Eu os queria ali, todos, qualquer um deles, tanto que mal conseguia respirar.

Dança que passa, lembrava-me da minha mãe dizendo. Eu a via enrolada em um xale azul-royal, o cabelo ruivo úmido do frio e da neve enquanto ela ligava o rádio do carro e aumentava o volume.

Esse era o nosso ritual. Cada vez que nos mudávamos (de uma cidade para outra, de um alvo para outro, de um show para outro), ela ligava a música e ficávamos dançando no assento até esquecermos tudo e todos que tínhamos deixado para trás.

Minha mãe não era o tipo de pessoa que acreditava em sentir falta de alguma coisa por muito tempo.

— Está com a cabeça longe, né? — Uma voz grave e sensata me trouxe de volta ao presente.

Afastei as lembranças… e a enxurrada de emoções que queria vir junto.

— Oi, Judd.

O homem que o FBI tinha contratado para cuidar de nós ficou me observando por um momento, depois pegou minha mochila e a jogou no porta-malas.

— Vai se despedir? — perguntou ele, indicando a varanda.

Me virei e vi Nonna parada lá. Ela me amava. Intensamente. Determinadamente. *Desde o dia em que você me conheceu.* O mínimo que eu devia a ela era uma despedida.

— Cassandra? — O tom de Nonna foi brusco quando me aproximei. — Esqueceu alguma coisa?

Passei anos acreditando que estava quebrada, que minha capacidade de amar intensa, determinada e livremente tinha morrido junto com a minha mãe.

Os meses anteriores tinham me ensinado que eu estava enganada.

Passei os braços em volta da minha avó, ela passou os dela ao redor de mim e me agarrou com toda a força.

— Tenho que ir — falei depois de um instante.

Ela deu um tapinha na minha bochecha com mais empolgação do que o necessário.

— Liga se precisar de alguma coisa — ordenou. — Qualquer coisa.

Eu assenti.

Ela fez uma pausa.

— Eu sinto muito — disse ela, cuidadosa. — Pela sua mãe.

Nonna não chegou a conhecer minha mãe. Não sabia nada sobre ela. Eu nunca tinha contado à minha família paterna sobre a risada da minha mãe, sobre os truques que ela me ensinava para aprender a interpretar pessoas ou sobre o jeito que dizíamos *aconteça o que acontecer* em vez de *eu te amo*, porque ela não só me amava, ela me amava para todo o sempre, aconteça o que acontecer.

— Obrigada — respondi a minha avó, com a voz meio rouca. Sufoquei a dor do luto que vinha crescendo dentro de mim. Mais cedo ou mais tarde acabaria transbordando.

Sempre fui melhor em compartimentalizar do que em me livrar de emoções indesejadas.

Quando dei as costas para o olhar curioso de Nonna e voltei para o carro de Judd, não consegui tirar da cabeça a lembrança da voz da minha mãe.

Dança que passa.

Capítulo 3

Judd dirigiu em silêncio, deixando em minhas mãos a decisão de quebrá-lo, se e quando eu estivesse pronta.

— A polícia encontrou um corpo. — Levei dez minutos para conseguir pronunciar essas palavras. — Estão achando que é da minha mãe.

— Fiquei sabendo — disse Judd, simples assim. — Ligaram para o Briggs.

O agente especial Tanner Briggs era um dos dois supervisores do FBI no programa dos Naturais. Foi ele quem me recrutou, usando o caso da minha mãe para isso.

Claro que ligaram para ele.

— Eu quero ver o corpo — falei para Judd, encarando a estrada à nossa frente. Depois eu teria tempo para processar a situação. Depois eu teria tempo para sofrer. Respostas, fatos, era *disso* que eu precisava naquele momento. — Fotos da cena do crime — continuei —, seja lá o que Briggs conseguir com os locais, eu quero ver.

Judd fez uma breve pausa.

— Só isso?

Não. Não era só isso. Eu queria desesperadamente que o corpo que a polícia tinha encontrado não fosse da minha mãe. E queria que fosse. E não importava que essas coisas se contradissessem. Não importava que eu estivesse me preparando para perder, acontecesse o que acontecesse.

Mordi com força, cravando os dentes na parte interna da bochecha. Um momento depois, respondi à pergunta de Judd em voz alta:

— Não, não é só isso. Eu também quero pegar quem fez isso com ela.

Essa parte, pelo menos, era simples. Era clara. Eu entrei no programa dos Naturais para colocar assassinos atrás das grades. Minha mãe merecia justiça. Eu merecia justiça, por tudo que tinha perdido.

— Eu devia te dizer que caçar a pessoa que a matou não vai trazê-la de volta. — Judd mudou de faixa, parecendo mais atento à estrada do que a mim. Mas não me deixei enganar. Judd era um fuzileiro aposentado que sabia de tudo que acontecia ao seu redor. — Eu devia te dizer — continuou ele — que ficar obcecada com esse caso não vai fazer doer menos.

— Mas você não vai dizer — falei.

Você sabe como é quando seu mundo é destruído. Sabe como é acordar todos os dias sabendo que o monstro que o destruiu está por aí, livre para agir novamente.

Judd não me diria que eu precisava deixar para lá. Não podia.

— O que você faria — falei baixinho — se fosse Scarlett? Se houvesse uma pista, por menor que fosse, do caso dela?

Eu nunca tinha dito o nome da filha de Judd na presença dele. Até outro dia nem sabia que ela existia. Não sabia muito sobre ela fora o fato de que tinha sido vítima de um assassino em série conhecido como Nightshade.

A única coisa que eu sabia era como Judd teria se sentido caso houvesse um desenvolvimento para aquele caso.

— Foi diferente pra mim — Judd finalmente disse, os olhos grudados na estrada. — Tinha um corpo. Não sei se isso é melhor ou pior. Provavelmente melhor, porque eu não fiquei imaginando. — Ele trincou os dentes por um momento. — Pior — continuou ele — porque é o tipo de coisa que nenhum pai deveria ver.

TUDO OU NADA 21

Tentei imaginar o que Judd deve ter sentido quando viu o corpo da filha e na mesma hora desejei parar. Judd era um homem com alta tolerância à dor e um rosto que mal revelava o que ele realmente sentia. Mas quando viu o corpo sem vida da filha, não deu para esconder, não deu para trincar os dentes e mandar a dor embora... tudo que houve foi um barulho ensurdecedor nos ouvidos e um sentimento de destruição que eu conhecia bem até demais.

Se o corpo que acabou de ser encontrado fosse de Scarlett, se fosse de Scarlett o colar que acabou de aparecer, você não ficaria aí de braços cruzados. Não poderia, independentemente das consequências.

— Você vai pedir a Briggs e Sterling pra conseguirem os arquivos pra mim? — perguntei. Judd não era agente do FBI. A primeira e única prioridade dele era o bem-estar dos patrimônios adolescentes do Bureau. Ele tinha a palavra final sobre nosso envolvimento em qualquer caso.

Inclusive o da minha mãe.

Você entende, pensei, olhando para ele. *Querendo ou não, você entende.*

— Você pode dar uma olhada nos arquivos — disse Judd, então parou o carro em uma pista de pouso particular e me encarou. — Mas não vai fazer isso sozinha.

Capítulo 4

O jato particular acomodava doze pessoas, mas, quando entrei no avião, só cinco lugares estavam ocupados. Os agentes Sterling e Briggs estavam sentados na parte da frente, em lados opostos do corredor. Ela olhava um arquivo. Ele observava o relógio.

Superprofissionais, pensei. Por outro lado, se realmente tudo que existisse entre os dois fosse profissionalismo, eles não precisariam do espaço do corredor.

Atrás deles estava Dean, de costas para a frente do avião e diante de uma mesa com um jogo de baralho na superfície. Lia ocupava dois assentos em frente a ele, na diagonal. Sloane estava sentada de pernas cruzadas na beira da mesa, o cabelo loiro-platinado preso em um rabo de cavalo torto no alto da cabeça. Se ela fosse qualquer outra pessoa, eu ficaria seriamente preocupada que estivesse prestes a cair, mas, conhecendo Sloane, ela provavelmente já devia ter feito os cálculos sobre sua posição e tomado qualquer medida necessária para garantir que as leis da física agissem a seu favor.

— Bem — disse Lia, me dando um sorriso preguiçoso —, olha quem finalmente decidiu nos agraciar com a presença.

Eles não sabem. Fui invadida pela compreensão de que Briggs não tinha contado ao restante do grupo sobre a minha mãe, sobre o corpo. Se tivesse, Lia não estaria me cutucando desse jeito preguiçoso; estaria fazendo isso de forma intensa.

TUDO OU NADA 23

Algumas pessoas consolavam. Lia se orgulhava de oferecer distrações... e não do tipo pelo qual você a agradeceria.

Minha hipótese foi confirmada quando Dean se virou para me olhar.

— Não dá bola pra Lia — disse ele. — Ela está de mau humor porque eu ganhei dela no Rampas e Escadas. — Ele abriu um sorrisinho de canto.

Dean não estava vindo na minha direção. Não estava colocando tocando no meu ombro ou no meu pescoço para me acalmar. O que queria dizer que ele *definitivamente* não sabia.

Naquele momento, eu não quis mesmo que soubesse.

O sorriso no rosto dele, o jeito como ele está provocando Lia... Dean estava melhorando. A cada dia que passávamos juntos, as barreiras caíam um pouquinho. A cada dia ele saía um pouco das trevas e voltava a ser um pouco mais ele mesmo.

Era isso o que eu queria para ele.

Não queria que ficasse pensando no fato de a minha mãe ter sido uma vítima. Não queria que ficasse pensando no fato de que o pai dele era um assassino.

Eu queria me agarrar àquele sorriso.

— Rampas e Escadas? — repeti.

Os olhos de Lia cintilaram.

— A minha versão é *muito* mais interessante.

— Isso é preocupante em tantos níveis — falei.

— Bem-vinda de volta — disse o agente Briggs. À sua frente, a agente Sterling ergueu os olhos do arquivo que lia e me encarou. A ex-mulher de Briggs era perfiladora. Era a minha mentora.

Se Briggs sabe, Sterling sabe. Num instante, meus olhos voaram em direção ao arquivo na mão dela.

— Pode sentar — disse ela.

Interpretei isso como *Conversamos mais tarde.* Sterling estava me deixando decidir o que eu queria contar aos outros... e quando. Eu sabia que não poderia guardar esse segredo indefinidamente. A especialidade de Lia era detectar mentiras. Mentir estava fora de questão, e, por mais que eu escondesse bem, não demoraria até Dean perceber que alguma coisa tinha acontecido.

Eu precisava contar a eles. Mas talvez pudesse adiar por algumas horas, principalmente porque a pessoa que imediatamente perceberia que havia algo de errado não estava no avião.

— Cadê o Michael? — perguntei, me sentando ao lado de Dean.

— Vinte e cinco quilômetros a sudeste de Westchester, ao norte do estuário de Long Island. — Sloane inclinou a cabeça para o lado, como se o rabo de cavalo meio torto fosse pesado.

— Ele foi passar o Natal com a família — traduziu Dean. Debaixo da mesa, a mão dele tocou a minha. Iniciar contato físico não era fácil para Dean, mas aos poucos ele estava começando a ir mais atrás de mim.

— Michael foi passar o Natal com a família? — repeti. Desviei o olhar para Lia. Bem antes de eu entrar na jogada, ela e Michael já tinham um relacionamento ioiô. Nós duas sabíamos, *todo mundo* no avião sabia, que "com a família" não era onde Michael deveria estar.

— Michael quis ir pra casa fazer uma visita. — O agente Briggs se intrometeu na conversa e parou ao lado de Sloane no corredor. — Foi pedido e escolha dele.

Lógico que foi. Meu estômago embrulhou. Michael tinha me dito uma vez que, se não dava para impedir que alguém te batesse, a melhor coisa era *fazer* com que a pessoa batesse em você. Quando Michael estava sofrendo, quando havia a menor chance de ele se machucar, ele ia atrás de encrenca.

Ele encarou o fato de eu ter escolhido Dean como um tapa na cara.

— Ele queria ver a mãe — disse Sloane inocentemente. — Disse que tinha muito tempo que não a via.

O resto de nós entendia pessoas. Sloane entendia fatos. O que quer que Michael tenha dito, ela acreditou.

— Eu dei a ele uma lista de assuntos pra quebrar o gelo — Sloane me contou, o tom de voz sério. — Para o caso de ele e a mãe precisarem de algo pra conversar.

Conhecendo Sloane, isso devia significar que ela encorajou Michael a quebrar o gelo contando à família que a última palavra do dicionário era zzz, aquele barulho que insetos fazem.

— Michael vai ficar bem — cortou Briggs. Algo no jeito como o agente contraiu a mandíbula me deu a entender que Briggs tinha garantido que o pai de Michael entendesse que a liberdade dele dependia do bem-estar do rapaz.

Todos nós tínhamos ido parar no programa dos Naturais de formas diferentes. O pai de Michael, aquele que o ensinara tudo sobre apanhar, tinha trocado Michael com o FBI por imunidade em crimes de colarinho branco.

— Pronto, pronto — interrompeu Lia secamente —, todo mundo bem, tudo em paz. Se o momento da nossa sessão diária dedicada a reconfortar Cassie já tiver acabado, podemos ir em frente com algo menos entediante?

Uma coisa boa sobre Lia: ela não te deixava ser consumido pela preocupação ou pela angústia por muito tempo.

— Decolamos em cinco minutos — respondeu Briggs. — Ah, Sloane?

Nossa especialista em números inclinou a cabeça para trás para poder olhar para Briggs.

— Existe uma grande probabilidade de você me dizer pra descer da mesa agora — disse ela.

Briggs *quase* sorriu.

— Sai da mesa.

Capítulo 5

Estávamos voando tinha vinte minutos quando Briggs e Sterling começaram a nos informar sobre aonde íamos... e por quê.

— Nós temos um caso. — A voz de Sterling soou calma e tranquila. Não muito tempo antes, ela teria insistido para que não houvesse *nós*, para que menores de idade, por mais habilidosos que fossem, não tivessem espaço em uma investigação do FBI. Não muito tempo antes, o programa dos Naturais era restrito a casos arquivados.

Muita coisa tinha mudado.

— Três corpos em três dias. — Briggs continuou de onde Sterling tinha parado. — A polícia local só percebeu que estava lidando com um único UNSUB quando uma autópsia inicial foi feita na terceira vítima hoje de manhã. Na mesma hora pediram ajuda do FBI.

Por quê? Deixei a pergunta tomar forma. *Por que a polícia não conectou as duas primeiras vítimas? Por que pedir intervenção do FBI tão rápido depois da terceira vítima?* Quanto mais ocupado estivesse meu cérebro, mais fácil seria impedi-lo de ficar se lembrando do corpo que a polícia tinha encontrado.

De ficar recordando as milhares de lembranças da minha mãe.

— Nossas vítimas parecem ter pouca coisa em comum — continuou Briggs —, fora proximidade física e o que parece ser o cartão de visitas do nosso UNSUB.

TUDO OU NADA **27**

Perfiladores usavam o termo *modus operandi*, ou MO, para se referir a aspectos necessários e funcionais de um crime. Mas deixar um cartão de visitas? Isso não tinha nada de funcional. Nem de necessário. E era uma parte da assinatura do nosso Elemento Desconhecido.

— Que tipo de cartão de visitas? — perguntou Dean, a voz suave e com uma espécie de vibração que me deu a entender que ele já estava entrando no modo perfilador. Eram os detalhezinhos (qual era o cartão de visitas, onde a polícia o tinha encontrado em cada caso, o que dizia, se é que dissesse alguma coisa) que nos permitiriam compreender o UNSUB. Nosso criminoso estava assinando seu trabalho ou passando um recado? Marcando as vítimas como um sinal de posse ou abrindo uma linha de comunicação com a polícia?

A agente Sterling ergueu a mão para adiar as perguntas.

— Vamos dar um passo atrás. — Ela olhou para Briggs. — Começa do começo.

Briggs assentiu brevemente e apertou um interruptor. Uma TV de tela plana próxima à frente do avião foi ligada. Briggs apertou um botão e surgiu uma foto da cena do crime. Nela, uma mulher de cabelo escuro comprido estava caída no chão. Os lábios tinham um tom azulado. Os olhos estavam vidrados. Um vestido enxarcado grudava ao corpo dela.

— Alexandra Ruiz — narrou a agente Sterling. — Vinte e dois anos de idade, estudante de terapia ocupacional na Universidade do Arizona. Foi encontrada uns vinte minutos depois da meia-noite da véspera de Ano-Novo, flutuando de bruços na piscina do terraço do Apex Cassino.

— Apex Cassino. — Sloane piscou várias vezes. — Las Vegas, Nevada.

Fiquei esperando Sloane dizer a área do Apex em metros quadrados ou o ano em que havia sido fundado. Nada.

— Caro. — Lia preencheu o silêncio. — Supondo que nossa vítima estivesse hospedada no Apex.

— Não estava.

Briggs exibiu outra foto ao lado da de Alexandra, essa de um homem por volta dos quarenta anos. Tinha o cabelo escuro, com alguns fios brancos. Era uma foto espontânea. O homem não olhava para a câmera, mas tive a nítida sensação de que ele sabia que ela estava lá.

— Thomas Wesley — disse Briggs. — Antigo magnata da internet, agora campeão mundial de pôquer. Está na cidade para um torneio do jogo que vai acontecer em breve e alugou a cobertura do Apex, que tem acesso exclusivo à piscina do terraço.

— Deixa eu adivinhar, nosso garoto Wesley adora uma farra, né? — perguntou Lia. — Melhor ainda se for no Ano-Novo?

Parei de examinar a foto de Thomas Wesley à medida que meus olhos eram atraídos para a de Alexandra. *Você e alguns amigos acharam que seria divertido passar o Ano-Novo em Vegas. Você foi convidada para uma festa. Talvez até para* a *festa.* O vestido dela era turquesa. Os sapatos, pretos de salto alto. Um dos saltos tinha se quebrado. *Como foi que você quebrou?*

Foi correndo? Brigando?

— Ela tinha alguma lesão? — perguntei. — Algum sinal de ter sido segurada embaixo da água?

Algum sinal de que tinha resistido?

A agente Sterling balançou a cabeça.

— Não havia sinais de luta. O nível de álcool no sangue estava alto a ponto de a polícia supor que foi um acidente. Trágico, mas não criminoso.

Isso explicaria por que a polícia não havia conectado as duas primeiras vítimas. Eles nem perceberam que Alexandra *era* uma vítima.

— Como podemos saber que *não foi* um acidente? — Lia passou as pernas pela lateral do assento e as deixou penduradas.

— O cartão de visitas — Dean e eu respondemos ao mesmo tempo.

TUDO OU NADA 29

Afastei meus pensamentos de Alexandra para o UNSUB. *Você fez parecer acidental, mas deixou para trás uma coisa pra contar à polícia que não era. Se fossem inteligentes, se juntassem as peças do quebra-cabeça, eles veriam. Veriam o que você estava fazendo. Veriam a elegância por trás do seu trabalho.*

Veriam como você é inteligente.

— O que era? — dei voz à pergunta que Dean fizera antes.

— O que o UNSUB deixou?

Outro clique de Briggs, mais uma foto na TV, desta vez o close de um punho. *Do punho de Alexandra.* O braço dela, jogado no chão, estava com a palma virada para cima. Dava para ver as veias sob a pele e, logo acima, na parte externa do punho, quatro números escritos na pele com uma caligrafia elegante: *3213.* A tinta era marrom-escura com um leve tom alaranjado.

— Henna — ofereceu Sloane, brincando com a ponta da manga de sua camiseta enquanto evitava criteriosamente contato visual com o resto de nós. — Uma tinta derivada da planta *Lawsonia inermis.* Tatuagens de henna são temporárias e menos comuns do que tatuagens permanentes numa proporção de aproximadamente vinte para um.

Eu sentia Dean ao meu lado, processando a informação. Ele estava com o olhar grudado na imagem, como se tivesse o poder de mandar que ela lhe contasse toda a história.

— Tatuagem no punho — disse ele. — É esse o cartão de visitas?

Você não está só passando um recado. Está deixando-os marcados no corpo das suas vítimas.

— Será que conseguimos descobrir o horário em que essa tatuagem foi feita? — perguntei. — Ele a marcou e depois a afogou ou a afogou e depois a marcou?

Briggs e Sterling trocaram um olhar.

— Nenhuma das duas coisas. — Foi Sterling quem respondeu. — Segundo os amigos, ela mesma fez a tatuagem.

Enquanto absorvíamos essa informação, Briggs tirou o que estava sendo exibido na TV e mostrou outra foto. Tentei afastar o olhar, mas não consegui. O cadáver na tela estava coberto de bolhas e queimaduras. Não consegui entender se a vítima era homem ou mulher. Havia apenas uma parte de pele intacta.

O punho direito.

Briggs mostrou a foto de um close.

— 4-5-5-8 — Sloane leu em voz alta. — *3-2-1-3. 4-5-5-8.* — Ela parou de falar, mas os lábios continuaram se movendo enquanto ela repassava os números.

Enquanto isso, Dean e eu observávamos a fotografia.

— Não é henna desta vez — disse ele. — Desta vez, eu mesmo queimei os números na pele do meu alvo.

Meu pronome preferido para perfilar era *você.* Eu falava *com* o assassino, *com* as vítimas. Mas quando Dean entrava na cabeça de um UNSUB, ele se imaginava *sendo* o assassino. *Cometendo* o assassinato.

Considerando seu pai e o fato de que Dean não conseguia perder o medo de ter herdado algum traço de monstruosidade, isso não me surpreendia. Cada vez que ele perfilava, Dean enfrentava esse medo de frente.

— Imagino que você vá nos dizer que a segunda vítima queimou os números no próprio braço? — perguntou Lia a Briggs. Ela mandou bem fingindo que não tinha se deixado abalar por todo aquele horror que estávamos vendo, mas eu sabia a verdade. Lia era especialista em esconder suas reações verdadeiras e mostrar só o que queria que o mundo visse.

— De certa forma. — Briggs abriu outra foto e a colocou lado a lado com a do punho. Parecia uma espécie de pulseira. No material grosso de que era feita havia quatro números metálicos: 4558, só que ao contrário, uma imagem espelhada dos números na pele da vítima.

A agente Sterling explicou melhor:

— Tecido retardante de fogo. Quando nossa vítima pegou fogo, o calor aqueceu o metal, mas não o tecido, deixando uma marca legível embaixo.

— De acordo com nossas fontes, a vítima recebeu a pulseira junto de um pacote de correspondência de fãs — continuou Briggs. — O envelope em que foi enviada já era.

— Correspondência de fãs? — falei. — E isso faz com que a vítima seja... quem?

Em resposta à minha pergunta, outra imagem surgiu na tela, essa de um homem de vinte e poucos anos. Tinha o rosto bonito e magro, com contornos bem definidos destacados por olhos violeta... provavelmente lentes de contato.

— Sylvester Wilde. — Lia deixou um dos pés tocar o chão. — Uma espécie de Houdini moderno, ilusionista, hipnotista e pau pra toda obra. — Ela fez uma pausa e traduziu o que disse para o resto de nós. — É um ilusionista de palco... e, como a maioria deles, um *excelente* mentiroso.

Vindo de Lia, era um elogio.

— Ele fazia um espetáculo todas as noites — disse Briggs — no Wonderland.

— Outro cassino. — Dean refletiu sobre o assunto.

— Outro cassino — confirmou a agente Sterling. — O sr. Wilde estava no meio da apresentação da noite no dia dois de janeiro quando, pelo visto, botou fogo em si mesmo.

— Outro *acidente*. — Dean curvou a cabeça de leve, o cabelo caindo no rosto. Já estava tão intensamente concentrado que eu conseguia ver no contorno dos ombros, das costas.

— Foi o que as autoridades acharam — disse o agente Briggs. — Até...

Uma última foto, uma última vítima.

— Eugene Lockhart. Setenta e oito anos. Era frequentador regular do Desert Rose Cassino. Ia uma vez por semana com um grupinho de uma casa de repouso da região. — Briggs não disse como Eugene tinha morrido.

Nem precisou.

Havia uma flecha enfiada no peito do idoso.

Capítulo 6

Como um assassino ia de encenar acidentes a disparar em alguém com uma flecha em plena luz do dia?

Era o que eu não conseguia parar de me perguntar quando o jato começou a pousar em Las Vegas. A breve explicação que recebemos não parou com a foto de Eugene Lockhart espetado no coração, mas esse foi o momento em que todas as suposições que eu tinha levantado sobre o assassino começaram a mudar.

Ao meu lado, senti que Dean também refletia sobre o que tínhamos ouvido. Um aspecto de ser um Natural era não conseguir desligar as partes do nosso cérebro que trabalhavam de um jeito diferente do das outras pessoas. Lia não podia escolher não reconhecer mentiras. Michael não conseguia evitar captar todas as microexpressões que passavam pelo rosto de alguém.

E Dean e eu montávamos pessoas compulsivamente, como se fossem quebra-cabeças.

Eu não conseguiria parar nem se tentasse... e como eu sabia para onde meus pensamentos voltariam assim que eu parasse de refletir sobre o caso, nem resisti.

Comportamento. Personalidade. Ambiente. Havia uma rima e um motivo para o jeito como até os assassinos mais monstruosos se comportavam. Decodificar suas motivações significava tentar me botar no lugar do UNSUB, tentar ver o mundo do jeito que ele ou ela via.

Você queria que a polícia soubesse que Eugene Lockhart foi assassinado, pensei, começando pelo óbvio. As pessoas não levavam disparos "acidentais" de flechas de caça no meio de cassinos movimentados. Em comparação aos assassinatos anteriores, aquele ali foi mesmo para chamar atenção. *Você queria que as autoridades notassem. Queria que vissem. Que vissem o que você estava fazendo. Que vissem você.*

Está acostumado a não te notarem?

Está de saco cheio disso?

Me lembrei do que nos contaram. Além do número de quatro dígitos escrito com caneta permanente no pulso do homem, o legista também encontrou uma mensagem na flecha que o matara. *Tertium.*

Uma palavra em latim que significa "pela terceira vez".

Por isso a polícia foi atrás de mortes acidentais e homicídios recentes e descobriu os números tatuados no pulso de Alexandra Ruiz e queimados no de Sylvester Wilde.

Por que latim? Fiquei remoendo isso. *Você se considera intelectual? Ou o uso de latim é ritualístico?* Senti um arrepiozinho na espinha só de pensar nessa possibilidade. *Ritualístico como?*

Sem querer, acabei me encostando em Dean. Os olhos castanhos dele encontraram os meus e me perguntei no que ele pensava. Me perguntei se entrar na mente do assassino também o estava deixando arrepiado.

Dean tocou no meu braço e passou o polegar no meu punho.

Lia, que estava à nossa frente, olhou para as nossas mãos e levou a dela à testa num gesto melodramático.

— Eu sou um perfilador sombrio e infeliz — entoou ela. — Não — respondeu ela em falsete, erguendo a outra mão —, *eu* é que sou uma perfiladora sombria e infeliz. Nosso amor está condenado ao fracasso.

Lá no final do avião, ouvi Judd tossir. Desconfiei que fosse para disfarçar uma risada.

— Você não contou por que a polícia local chamou o FBI tão rápido — falei para o agente Briggs, me afastando de Dean e tentando desviar a atenção de Lia antes que ela fizesse uma encenação de *todo* o nosso relacionamento.

O avião pousou. Lia se levantou e se alongou, arqueando as costas antes de morder a isca.

— E aí? — disse ela para os agentes. — Podem compartilhar com a turma?

Briggs foi direto ao ponto:

— Três assassinatos em três cassinos no espaço de três dias. Os donos de cassino estão preocupados, obviamente.

Lia pegou sua bolsa e a pendurou no ombro.

— O que estou ouvindo — disse ela — é que os poderosos donos de cassinos, com medo de que assassinatos possam afetar negativamente seus negócios, lançaram mão de seu considerável capital político pra fazer a polícia local chamar os especialistas. — Um sorriso lento e perigoso surgiu nos lábios de Lia. — Será que devo ter esperanças de que isso signifique que esses mesmos donos de cassino vão garantir que tenhamos aquele tratamento VIP de Las Vegas?

Eu praticamente conseguia ver as imagens de casas noturnas e salas VIP agitando-se na mente de Lia.

Briggs devia estar pensando o mesmo, porque fez uma careta.

— Isso não é brincadeira, Lia. Nós não viemos jogar.

— Além do mais — acrescentou a agente Sterling, o tom de voz severo —, vocês são menores de idade.

— Jovens demais para a farra, mas com idade suficiente pra participar de investigações federais de assassinatos em série. — Lia soltou um suspiro exagerado. — É sempre assim.

— Lia. — Dean a encarou com sua versão do olhar de Briggs.

— Eu sei, eu sei, não perturbe os simpáticos agentes do FBI.

— Lia fez pouco caso da objeção de Dean, mas deu uma moderada mesmo assim. — Pelo menos vamos ter quartos de graça?

Briggs e Sterling trocaram um olhar breve.

— O FBI recebeu uma suíte de cortesia no Desert Rose — disse Judd, se intrometendo e respondendo em nome deles. — Já eu reservei dois quartos num hotel modesto perto da Strip.

Em outras palavras: Judd queria nos manter afastados da base de operações do FBI. Considerando que fui sequestrada não por um, mas *dois* UNSUBS nos últimos seis meses, eu que não ia reclamar da ideia de nos deixarem meio escondidos.

— Sloane — disse Dean de repente, me fazendo prestar atenção nela. — Você está bem?

Sloane mostrava os dentes no que era possivelmente o maior e mais falso sorriso que eu já tinha visto. Ela ficou paralisada como um cervo iluminado pelos faróis de um carro.

— Não estou treinando meu sorriso — se apressou em explicar. — Às vezes o rosto das pessoas só consegue fazer isso.

A declaração foi recebida com silêncio por todos no avião. Sloane mudou rapidamente de assunto:

— Vocês sabiam que New Hampshire tem mais hamsters per capita do que qualquer outro estado?

Eu estava acostumada com Sloane informando estatísticas aleatoriamente, mas considerando que estávamos prestes a desembarcar em Las Vegas, eu teria esperado algo mais temático. Foi aí que me dei conta: *Las Vegas.*

Sloane tinha nascido e crescido em Las Vegas.

Se tivéssemos tido infâncias normais, não seríamos Naturais. Eu não sabia muito sobre o passado de Sloane, mas tinha captado uma coisa aqui e outra ali. Ela não tinha ido passar o Natal em casa. Assim como Lia e Dean, isso significava que Sloane não tinha para onde ir.

— Você está bem? — perguntei baixinho.

— Afirmativo — disse Sloane, o tom de voz alegre. — Estou ótima.

— Você não está ótima — disse Lia secamente, depois esticou a mão e puxou Sloane para que se levantasse. — Mas se me deixar no comando de suas decisões de vida nos próximos dias, você vai ficar. — Lia pronunciou as palavras com um sorriso cintilante.

— Estatisticamente falando, suas tomadas de decisões são um tanto preocupantes — disse Sloane, a voz séria. — Mas estou disposta a levar isso em consideração.

Briggs ergueu uma das mãos à têmpora. Sterling abriu a boca, provavelmente para deixar claro que Lia não teria permissão de tomar nenhuma decisão relacionada a Las Vegas para *ninguém*, inclusive ela mesma, mas Judd chamou a atenção da agente e balançou a cabeça de leve. Ele tinha um carinho especial por Sloane, e ficou óbvio para todos no avião que ela não estava feliz de estar em casa.

Sua casa não é um lugar, Cassie. A lembrança surgiu sorrateiramente. *Sua casa são as pessoas que mais te amam, as pessoas que sempre vão te amar, para todo o sempre, aconteça o que acontecer.*

Me levantei, afastando a lembrança. Eu não podia ficar pensando na minha mãe. Tínhamos um motivo para estar em Las Vegas. Havia trabalho a ser feito.

A porta do avião se abriu. O agente Briggs se virou para a agente Sterling.

— Primeiro as damas.

Você

Três é o número. O número de lados de um triângulo. Um número primo. Um número sagrado.

Três.

Três vezes três.

Três vezes três vezes três.

Você passa os dedos na ponta da flecha. Você tem boa mira. Sabia que teria. Mas matar o velho não te fez sentir alegria nenhuma. Você prefere o jogo longo, o planejamento cuidadoso, enfileirar os dominós em curvas e fileiras até você só precisar derrubar um...

A garota na piscina.

As chamas queimando a pele do número dois.

Perfeito. Elegante. Melhor do que espetar o velho, bem melhor. Mas existe uma ordem para as coisas. Existem regras. E era assim que tinha que ser. Três de janeiro. A flecha. Um velho no lugar errado na hora errada.

Você já conseguiu chamar a atenção deles?

Você guarda a ponta da flecha no bolso. Em outra vida, em outro mundo, três seria o suficiente. Você poderia ficar satisfeito com três.

Três é um bom número.

Mas nessa vida, nesse mundo, três não é suficiente. Você não pode parar. Não quer parar.

Se ainda não conseguiu chamar a atenção deles, vai conseguir em breve.

Capítulo 7

Eu tinha passado a maior parte da infância em hotéis de beira de estrada e prédios em que o aluguel era pago semanalmente. Em comparação a alguns dos lugares em que minha mãe e eu tínhamos ficado, o hotel que Judd reservara para nós era ótimo, apesar de meio velho.

— É tudo que eu tinha sonhado. — Lia suspirou, alegre. Além de detectar mentiras, também era especialista em contá-las. Com o semblante exalando sinceridade, ela observou a fachada do prédio como se tivesse dado de cara com um amor do passado.

— Não é tão ruim assim — disse Dean.

Como se um interruptor tivesse sido virado, Lia parou de fingir e jogou o cabelo preto comprido sobre o ombro.

— Estamos em Las Vegas, Dean. "Não é ruim" não é o que eu tinha em mente.

Judd riu cheio de deboche.

— Vai servir, Lia.

— E se eu dissesse que não precisava? — perguntou alguém vindo do estacionamento atrás de nós. Reconheci a voz na mesma hora.

Michael.

Quando me virei para olhar para ele, me perguntei qual Michael eu veria. O garoto que tinha me recrutado para o programa? O Michael vulnerável e sensível que havia me mostrado breves vislumbres de suas feridas mais antigas? Ou o cara displicente e desinteressado que passara os últimos três meses agindo como se nada nem ninguém pudesse afetá-lo?

Principalmente eu.

— Townsend — disse Dean, cumprimentando Michael. — Carro maneiro.

— Você não é meio jovem demais pra uma crise de meia-idade? — disse Lia.

— A vida anda corrida — respondeu Michael. — É preciso levar em conta a inflação.

Olhei primeiro para o carro novo e depois para Michael. O carro era um clássico, um conversível vermelho-cereja com um estilo que me parecia ser dos anos 1950 ou 1960. Estava em perfeito estado. Michael também parecia em perfeito estado. Sem hematomas no rosto nem marcas no braço apoiado no banco do passageiro.

O olhar de Michael permaneceu um instante no meu rosto.

— Não esquenta a cabeça, Colorado — disse ele, abrindo um sorriso de canto. — Estou inteiro.

Era a primeira vez em semanas que ele respondia a uma coisa que eu não tinha dito. A primeira vez que ele agia como se eu fosse alguém que valia a pena ler.

— Na verdade — anunciou Michael —, estou me sentindo um homem novo. Um homem novo incrivelmente generoso e bem conectado. — Ele olhou para os outros até encarar Judd. — Espero que não se importe, mas fiz umas reservas.

As reservas de Michael eram no Majesty, o hotel de luxo e cassino mais caro da cidade. Sloane hesitou quando nos aproximamos da entrada imponente, indo para a frente e para trás como um ímã sendo repelido por um invisível campo magnético. Seus lábios moviam-se rapidamente enquanto ela recitava bem baixinho os dígitos do número pi.

Algumas crianças tinham cobertores de segurança. Eu tinha quase certeza de que Sloane crescera com um número de segurança.

Enquanto eu tentava entender o que no Majesty tinha provocado aquela específica reação, nossa especialista em estatísticas forçou os lábios a pararem de se mexer e passou pela entrada. Lia me encarou e arqueou uma sobrancelha. Era óbvio que não fui a única a reparar no comportamento de Sloane. O único motivo para Michael não ter notado era por ele estar vários metros à frente, caminhando pelo saguão.

Enquanto seguíamos atrás dele, dei uma olhada no pé-direito, que devia ter uns vinte metros. Judd não se opôs à mudança de hotel. A perfiladora dentro de mim dizia que Judd sentiu que Michael precisava era disto: não o luxo oferecido pelo Majesty.

Ele precisava de controle.

— Sr. Townsend. — O concierge cumprimentou Michael com toda a formalidade de um diplomata cumprimentando um chefe de estado estrangeiro. — Estamos felizes de você e seu grupo se juntarem a nós. A suíte Renoir é uma das melhores que temos a oferecer.

Michael deu um passo na direção do concierge. Meses depois de ter levado um tiro na perna, ainda mancava de um jeito que não dava para não perceber. Ele nem tentava disfarçar, e tocou a mão na coxa, desafiando o concierge a abaixar o olhar.

— Espero que o acesso à suíte seja por elevador — disse Michael.

— Claro — respondeu o concierge, todo nervoso. — Claro!

Captei o olhar de Dean. Seus lábios tremeram de leve. Michael estava provocando o pobre coitado... e gostando daquilo mais do que deveria.

— A suíte Renoir tem acesso por um elevador particular, não tem, sr. Simmons? — Um homem loiro de vinte e poucos anos se meteu na conversa e parou ao lado do concierge. Usava uma camisa vermelho-escura, pelo visto de seda, por baixo de um blazer esporte preto. Enquanto encarava Michael com seus críticos olhos azuis, fechou casualmente os dois botões superiores do blazer, não por nervosismo, mas como um soldado se preparando para uma batalha.

— Pode deixar comigo agora — disse ele para o concierge.

O concierge assentiu brevemente. A interação me deu a entender algumas coisas. Primeiro, o concierge não tinha nenhum problema em receber ordens de um homem pelo menos vinte anos mais novo. Segundo, o homem em questão não tinha nenhum problema em dar essas ordens.

— Aaron Shaw. — Ele se apresentou para Michael com a mão esticada, e Michael a apertou. Olhando bem, percebi que Aaron era mais jovem do que eu imaginara à primeira vista: devia ter 21 ou 22 anos.

— Se me acompanharem — disse ele —, ficarei feliz em mostrar pessoalmente seus quartos.

Minha mente organizou e reorganizou o que eu sabia sobre Aaron Shaw. *Comportamento. Personalidade. Ambiente.* Aaron foi ajudar o concierge. Enquanto andava pelo saguão, assentia e abria um sorriso para um monte de gente, de porteiros a hóspedes. Ele conhecia tudo.

A cada passo que dava, as pessoas saíam da frente.

— Sua família é dona do cassino? — perguntei.

Por um segundo, o ritmo de Aaron deu uma vacilada.

— Eu sou tão óbvio assim?

— É a camisa de seda — sussurrou Michael, como se fosse um segredo. — E os sapatos.

Aaron parou na frente de um elevador de vidro.

— Descoberto pelos meus sapatos — disse ele. — Lá se vai meu futuro na espionagem.

Você espera que as pessoas te levem a sério, pensei, *mas é capaz de rir de si mesmo.*

Ao meu lado, Sloane observava o filho do dono do hotel como se ele tivesse enfiado a mão na caixa torácica dela e arrancado seu coração.

— Era brincadeira o que falei sobre espionagem — Aaron lhe disse, abrindo um sorriso mais genuíno do que qualquer outro que ele tivesse dado a Michael. — Prometo.

Sloane procurou uma resposta adequada em seu depósito de heurística mental.

— Este hotel tem 4.097 quartos — disse ela, com um tom estranhamente esperançoso na voz. — E o Majesty serve 21 mil refeições por dia.

Me virei para Aaron, pronta para interferir, mas ele nem piscou com a versão de "conversa" de Sloane.

— Já se hospedou aqui? — perguntou ele.

Por algum motivo, essa pergunta deixou Sloane muito abalada. Ela fez que não em silêncio. Só tarde demais lembrou-se de abrir um sorriso para o homem, igual àquele dolorosamente largo que ela tinha dado no avião.

Você está se esforçando demais, pensei. Mas eu não tinha ideia do que Sloane tentava fazer.

As portas do elevador se abriram. Aaron entrou e as segurou para podermos entrar. Quando estávamos todos dentro, ele olhou para Sloane.

— Tudo bem, moça?

Ela assentiu discretamente. Quando a porta do elevador se fechou, dei uma batidinha com o quadril no de Sloane. Um momento depois, ela me olhou hesitante e retribuiu o gesto.

— Vocês sabiam — disse, empolgada, fazendo mais uma tentativa de conversar — que elevadores só matam umas 27 pessoas por ano?

Capítulo 8

A muito elogiada suíte Renoir tinha cinco quartos e uma sala de estar tão grande que poderia ser ocupada por um time inteiro de futebol. Janelas se estendiam do chão ao teto ao longo de uma das paredes e davam uma vista panorâmica da Strip de Las Vegas, que mesmo durante o dia vivia cheia de brilhos e cores fluorescentes.

Lia subiu no balcão do bar e ficou ali balançando as pernas enquanto analisava o lugar onde estávamos hospedados.

— Nada mau — ela comentou com Michael.

— Não me agradeça — ele rebateu, o tom de voz tranquilo.

— Agradeça ao meu pai.

Comecei a sentir um nó na garganta. Eu não queria agradecer ao pai de Michael por nada, e, em circunstâncias normais, ele também não. Sem dizer mais nada, Michael saiu andando na direção do quarto principal para tomá-lo para si.

Dean veio se aproximando por trás de mim e passou o braço de leve pelo meu ombro.

— Isso não está cheirando bem — falei baixinho.

— Não — disse Dean, com os olhos fixos em Michael. — Não está.

Sloane e eu acabamos dividindo um quarto. Enquanto olhava pela janela da nossa sacada, fiquei me perguntando quando tempo levaria até ela me contar qual era o problema.

Quanto tempo vai levar até eu contar pra ela? Até eu contar pra todo mundo? Tentei tirar essas perguntas da cabeça.

— Você teve muitos pesadelos quando estava em casa? — perguntou Sloane baixinho, parando atrás de mim.

— Alguns — falei.

E teria mais ainda agora que tinha ocorrido uma mudança no caso da minha mãe. E Sloane estaria presente. Ela começaria a me contar curiosidades e estatísticas até eu cair no sono de novo.

Sua casa não é um lugar, pensei. Senti um aperto no peito.

— Nós dividimos um quarto durante 44 por cento do ano passado — disse Sloane, melancólica. — Nesse ano, até agora foi zero.

Me virei para olhar para ela.

— Também estava com saudade, Sloane.

Ela ficou quieta por alguns segundos, depois baixou o olhar.

— Queria que ele gostasse de mim — admitiu, como se fosse uma coisa horrível.

— Quem, Aaron? — perguntei.

Em vez de responder, Sloane foi até uma prateleira cheia de objetos de vidro soprado e começou a organizá-los dos maiores para os menores, e no caso de objetos de tamanho similar, por cor. *Vermelho. Laranja. Amarelo.* Ela se movia com a eficiência de uma jogadora de xadrez rápido. *Verde. Azul.*

— Sloane? — chamei.

— Ele é meu irmão — disse. E, para o caso de eu não ter entendido o que quis dizer, ela se obrigou a parar de organizar, se virou e explicou: — Meio-irmão. Do sexo masculino. Nós temos um coeficiente de parentesco de zero vírgula vinte e cinco.

— Aaron Shaw é seu meio-irmão? — Tentei fazer aquela informação encaixar. Quais eram as chances? Não era de se admirar que Sloane tivesse se comportado daquele jeito tão esquisito perto dele. Quanto a Aaron, ele reparou em Sloane. Sorriu para ela, falou com ela, mas ela poderia ser qualquer pessoa. Poderia ser uma estranha na rua.

— Aaron Elliott Shaw — disse Sloane. — Ele é 1.433 dias mais velho do que eu. — Sloane desviou o olhar para os objetos de vidro perfeitamente organizados na frente do espelho. — Em toda a minha vida, eu o vi exatamente onze vezes. — Ela engoliu em seco. — Esta é só a segunda vez em que ele me vê.

— Ele não sabe? — perguntei.

Sloane fez que não.

— Não. Não sabe.

O sobrenome de Sloane não é Shaw.

— Quarenta e um por cento das crianças nascidas nos Estados Unidos são ilegítimas. — Sloane passou levemente o indicador na borda da prateleira. — Mas só a minoria é resultado de adultério.

A mãe de Sloane não era esposa do pai. O pai dela é dono desse cassino. O meio-irmão nem sabe que ela existe.

— A gente não precisa ficar aqui — falei para ela. — Podemos voltar para o outro hotel. Michael entenderia.

— Não! — disse Sloane, os olhos arregalados. — Você não pode contar para Michael, Cassie. Não pode contar pra ninguém.

Nunca soube que Sloane guardava um segredo. Ela não tinha tanto filtro entre o que pensava e o que dizia, e o pouco que tinha parecia desaparecer sob a menor influência de cafeína. O fato de ela querer deixar aquilo entre nós fazia eu me questionar se aquele pedido era dela ou de outra pessoa.

Você não pode contar pra ninguém.

— Cassie…

— Não vou contar — falei para Sloane. — Prometo.

Enquanto olhava para ela, não conseguia parar de pensar em quantas vezes Sloane ouvira na infância que ela era um segredo. Me perguntei quantas vezes ela já tinha observado Aaron ou o pai dele de longe.

— Existe uma grande probabilidade de você estar me perfilando — declarou Sloane.

— Ossos do ofício — falei. — Falando em ossos do ofício, aqueles números nos pulsos das vítimas... tem alguma ideia?

A cabeça de Sloane funcionava de jeitos incompreensíveis para a maioria das pessoas. Eu queria lembrar a ela que ali, conosco, aquilo era uma coisa boa.

Sloane mordeu a isca.

— Os das primeiras vítimas foram 3213 e 4558. — Ela deu uma mordida no lábio inferior e seguiu em frente. — Um número ímpar, um par. Quatro dígitos. Nenhum deles é primo. 4558 tem oito divisores: 1, 2, 43, 53, 86, 106, 2279 e, claro, 4558.

— Claro — falei.

— Já 3213 tem *dezesseis* divisores — continuou Sloane.

Antes que ela pudesse me dizer quais eram os dezesseis, a interrompi:

— E a terceira vítima?

— Então — disse ela, andando pelo quarto enquanto falava. — O número no pulso da terceira vítima era 9144. — Seus olhos azuis adquiriram aquela expressão distante, como quem diz que não adiantava esperar que nada do que ela dissesse fizesse sentido tão cedo.

Os números importam pra você, pensei, voltando a focar no assassino. *Os números são a coisa mais importante.*

Pouquíssimos aspectos do MO daquele UNSUB tinham permanecido constantes. Vitimologia não servia. *Você matou uma mulher e dois homens. As duas primeiras vítimas tinham vinte e poucos anos. A terceira, quase oitenta.* Nosso assassino matou cada vez em um local diferente, e em cada ocasião usando uma metodologia diferente.

Os números eram a única constante.

— Será que são datas? — perguntei a Sloane.

Sloane parou de andar.

— 4558. Cinco de abril de 1958. Foi um sábado. — Percebi ela fuçando em seu depósito enciclopédico de conhecimento por detalhes sobre a data. — No dia cinco de abril de 1951, os Rosenberg foram sentenciados à morte como espiões soviéticos. Em 1955 na mesma data, Churchill renunciou ao cargo de primeiro-ministro da Inglaterra, mas em 1958... — Sloane balançou a cabeça. — Nada.

— Toc, toc. — Lia anunciou sua presença como sempre fazia, sem dar tempo para protesto antes de ela entrar no quarto. — Tenho novidades.

Lia trocava de personalidade com a mesma facilidade com que a maioria das pessoas trocava de roupa. Depois que chegamos ao hotel, ela tinha colocado um vestido vermelho. Com o cabelo preso em um coque complicado, ela dava a impressão de ser uma pessoa sofisticada e meio perigosa.

Isso não era um bom sinal.

— A novidade — continuou Lia, abrindo lentamente um sorriso — envolve revelações *fascinantes* sobre como nossa Cassandra Hobbes passou as férias de Natal.

Lia sabia. *Sobre a minha mãe. Sobre o corpo.* Senti como se alguém pressionasse meu peito, apertando cada vez mais até eu não conseguir fazer mais nada além de respirar com fraqueza.

Alguns segundos depois, Lia riu.

— Sinceramente, Cassie. Você passa duas semanas fora e parece que esqueceu tudo que te ensinei.

Era mentira, percebi. *Quando Lia disse que a notícia que ouviu era sobre mim, era mentira.* Até onde eu sabia, podia até não haver novidade *nenhuma*.

— Mas é interessante — continuou Lia, o olhar sagaz como o de uma águia — que você tenha acreditado. Porque, pelo visto, isso sugere que alguma coisa interessante realmente *aconteceu* enquanto você estava na casa da sua avó.

Fiquei quieta. Na presença de Lia, era melhor manter o silêncio do que mentir.

TUDO OU NADA 49

— E qual *era* a novidade? — perguntou Sloane a Lia, curiosa. — Ou você só estava puxando assunto?

É um jeito de dizer.

— Com certeza tem uma novidade — declarou Lia, se virando para a porta e saindo do quarto. Olhei para Sloane e fomos correndo atrás dela. Foi só quando contornamos o corredor que Lia finalmente disse:

— Nós temos visita. — Parecia despreocupada. — E a novidade é que ela não está *nada* feliz.

Capítulo 9

A agente Sterling estava de pé no meio da ampla sala da suíte Renoir, as sobrancelhas tão arqueadas que quase foram parar no cabelo.

— Isso é sua ideia de discrição? — perguntou ela a Judd. Judd entrou na cozinha e começou a fazer café. Ele conhecia a agente Sterling desde que ela era criança.

— Relaxa, Ronnie — disse ele. — Ninguém vai ligar cinco adolescentes mimados e um velho numa suíte de quatro mil dólares por noite ao FBI.

— Considerando a média de salário anual de um agente do FBI — interrompeu Sloane antes que a agente Sterling pudesse dizer qualquer coisa —, deve ser verdade.

Michael entrou na sala usando o que parecia ser uma sunga e um roupão branco felpudo.

— Agente Sterling — disse ele, inclinando um chapéu imaginário. — Que bom que você veio se juntar a nós. — Ele a observou rapidamente. — Você está irritada, mas também preocupada e com um pouco de fome. — Ele foi até o outro lado do cômodo e pegou uma fruteira. — Maçã?

Sterling lhe olhou de cara feia.

Michael pegou a maçã e deu uma mordida.

— Não precisa se preocupar com nosso disfarce. — disse ele. Dean entrou na sala, e Michael fez um gesto primeiro na direção dele e depois do resto de nós. — Eu sou VIP. Eles são minha comitiva.

— Quatro adolescentes e um fuzileiro aposentado — disse a agente Sterling, cruzando os braços sobre o peito. — Essa é sua comitiva.

— O pessoal gente fina do Majesty não *sabe* que eles são adolescentes — rebateu Michael. — Dean e Lia podem passar por vinte e poucos anos. E — acrescentou Michael — eu posso tê-los levado a acreditar que Judd era meu mordomo.

Isso não gerou mais do que uma leve arqueada de sobrancelha de Judd, que deu um gole no café, em silêncio.

— Se alguém perguntar — Michael o orientou —, seu nome é Alfred.

A agente Sterling pareceu perceber que tinha perdido o controle da situação. Em vez de discutir com Michael, ela foi até o outro lado da sala e se sentou no braço do sofá. Gesticulou em direção aos assentos e esperou que seguíssemos a ordem tácita. Nos sentamos. A posição que ela tinha assumido significava que ela estava sentada num nível mais alto do que o resto de nós, e por isso olhava para baixo.

Eu duvidava que fosse acidente.

— Suspeitos. — A agente Sterling colocou uma pasta grossa na mesa de centro à sua frente e pegou algo em sua maleta. — Desenhos das duas primeiras cenas de crime. — Ela me entregou, e passei para Sloane. Por fim, a agente mostrou um DVD.

— As imagens de segurança do andar do Desert Rose uma hora antes e uma hora depois que Eugene Lockhart levou a flechada.

— Só isso? — perguntou Lia. — Foi tudo que vocês trouxeram pra gente? — Ela se encostou na cadeira e apoiou os pés na mesa de centro de mogno. — Parece até que vocês *querem* que eu dê um jeito de me divertir sozinha.

As provas que Sterling trouxera davam muito pano para manga para Sloane. Dean e eu podíamos ver as informações que eles tinham reunido sobre os suspeitos. Até Michael tinha como olhar as imagens das câmeras de segurança atrás de indivíduos com reações emocionais fora do normal.

Mas Lia precisava de entrevistas com testemunhas... ou pelo menos transcrições.

— Estamos trabalhando nisso — respondeu a agente Sterling para ela. — Briggs e eu vamos conduzir nossas próprias entrevistas. Vou garantir que sejam gravadas. Se precisarmos de qualquer orientação, você vai ser a primeira a saber. Enquanto isso — ela se levantou e deu uma olhada ao redor daquela suíte enorme —, aproveitem a hospedagem e fiquem longe de encrenca.

A expressão de Lia era de pura inocência... e convincente até demais.

Sterling foi até a porta, só parou para trocar uma palavra com Judd antes de sair. Depois de uma conversa rápida, ela me chamou.

— Cassie? — disse ela. — Uma palavrinha.

Encontrei a agente Sterling na porta, completamente ciente dos olhos dos outros em mim. Ela colocou um pendrive na minha mão.

— Isso é tudo que temos sobre os avanços no caso da sua mãe — disse, baixinho.

Aconteça o que acontecer. Havia anos eu não me permitia pensar nessas palavras. Mas agora eram tudo em que eu conseguia pensar. *Para todo o sempre, aconteça o que acontecer.*

— Você olhou os arquivos? — perguntei à agente Sterling, sentindo a boca ficando seca.

— Olhei.

Segurei o pendrive com mais força ainda, como se lá no fundo eu tivesse medo de que a agente fosse levá-lo embora.

— Judd disse que mandou você não olhar os arquivos sozinha. Se quiser minha companhia quando for olhar, Cassie, você tem meu número. — Foi então que Sterling saiu porta afora e

TUDO OU NADA 53

me deixou ali, tendo que lidar a sós com todas aquelas expressões interrogativas.

Me obriguei a ignorar os olhares vindos de Michael e Lia, o olhar de Dean. Uma parte minha queria passar direto, me fechar no quarto e observar o conteúdo do pendrive na minha mão, lê-lo, memorizá-lo, devorá-lo inteiro.

Outra parte não sabia se eu estava preparada para o que encontraria.

Dando o máximo para não demonstrar minha preocupação, me juntei ao pessoal e aos arquivos que a agente Sterling trouxera sobre o caso atual.

— Vamos trabalhar.

Capítulo 10

O FBI tinha reunido as anotações da polícia local sobre os cinco suspeitos pelas mortes de Alexandra Ruiz e Sylvester Wilde. Comecei com o primeiro arquivo.

— Thomas Wesley — falei, na esperança de que os outros fossem me acompanhar e se concentrar no caso. Toquei um dedo na foto do homem, a mesma que o agente Briggs exibira na TV do avião.

— Vaidoso — declarou Michael, observando a foto por um instante. — E extremamente alerta.

Anotei mentalmente as observações de Michael para referência e passei os olhos pelo arquivo. Wesley tinha aberto e vendido três empresas startup de internet. Sua fortuna somava oito, quase nove dígitos. Jogava pôquer profissionalmente havia quase uma década. Nos três anos anteriores, subira no ranking após ganhar uma série de competições internacionais.

Inteligente. Competitivo. Observei o jeito como Wesley estava vestido na foto e analisei a leitura de Michael sobre o homem. *Você gosta de vencer. Adora um desafio.*

Com base na festa que ele tinha dado na véspera de Ano-Novo, ele também gostava de mulheres, de excessos e de viver a vida esbanjando.

— No que você está pensando? — perguntei a Dean. Ele era uma presença firme e confortável ao meu lado, lendo por cima do meu ombro, não fazendo as perguntas que eu sabia que ele devia estar pensando sobre a minha conversa com Sterling.

— Acho que nosso UNSUB gosta de um desafio — respondeu Dean, baixinho.

Assim como Thomas Wesley.

— Quantos dos nossos suspeitos estão aqui para o torneio de pôquer? — perguntei.

Selecionar suspeitos em potencial era significativamente mais fácil quando havia uma variação entre as pessoas que você estava perfilando. Por definição, qualquer pessoa capaz de jogar pôquer em nível de excelência era altamente inteligente, boa em disfarçar as próprias emoções e suscetível a correr riscos calculados.

Lia folheou os arquivos.

— Quatro dos cinco — disse ela. — E a quinta é Tory Howard, ilusionista de palco. Quatro blefadores e uma ilusionista. — Lia sorriu. — Eu amo um desafio.

Você é metódico, pensei, voltando a focar no UNSUB. *Vive planejando seis passos à frente. Sente prazer em ver esses planos se concretizarem.*

Na maioria dos casos em que trabalhamos nos meses anteriores, as formas de dominação do assassino com relação às vítimas tinham sido diretas. As vítimas foram dominadas. Foram escolhidas, perseguidas e morreram olhando nos olhos do assassino.

Mas aquele UNSUB era diferente.

— Suspeito dois, três e quatro. — Michael voltou minha atenção para o presente ao abrir os arquivos lado a lado na mesa de centro. — Ou, como eu gosto de chamá-los — continuou, olhando para cada foto por menos de um segundo —, Intenso, Esbugalhado e Planejando sua Morte.

A pessoa que Michael chamara de Planejando sua Morte era a única mulher dos três. Tinha cabelo loiro-alaranjado levemente ondulado e olhos que pareciam grandes demais para seu rosto. À primeira vista, poderia passar por adolescente, mas o dossiê informava que tinha 25 anos.

— Camille Holt. — Fiz uma pausa após ler o nome. — Por que me parece familiar?

— Porque ela não é só uma jogadora de pôquer profissional — respondeu Lia. — Também é atriz.

O dossiê confirmou as palavras de Lia. Camille tinha formação clássica, diploma em literatura shakespeariana e interpretara papéis pequenos, mas aclamados pela crítica, em vários filmes importantes.

Não encaixava exatamente no perfil de jogadora de pôquer profissional.

Você não gosta de ser rotulada, pensei. De acordo com o arquivo, era o segundo grande torneio de pôquer que Camille participava. Ela havia ido longe no primeiro, a ponto de superar expectativas, mas não venceu.

Pensei em como Michael apelidara sua expressão facial. Para um olho não treinado, não parecia que estava planejando nada. Parecia uma garota *meiga*.

Você gosta de ser subestimada. Fiquei com isso em mente enquanto analisava os dois arquivos seguintes, passando os olhos pelas informações que o FBI tinha reunido sobre o dr. Daniel de la Cruz (o Intenso) e o supostamente esbugalhado Beau Donovan, que parecia estar fazendo cara feia para mim.

De la Cruz era professor de matemática aplicada. Em concordância com a avaliação de Michael, parecia abordar o pôquer e seu campo de estudo com foco de laser e uma intensidade que seus colegas não conseguiam igualar.

Por outro lado, num contraste extremo, Beau Donovan trabalhava como lavador de pratos, tinha 21 anos e entrara no concurso de qualificação ali no Majesty duas semanas antes. Ele tinha vencido, o que lhe deu a vaga de amador no torneio de pôquer que se aproximava.

— Vamos encenar? — perguntou Lia. — Eu vou ser a atriz. Dean pode ser o lavador de pratos do bairro pobre. Sloane é o professor de matemática e Michael é o playboy bilionário.

— Obviamente — respondeu Michael.

Peguei o último arquivo, o que pertencia a Tory Howard, a única suspeita que *não era* jogadora de pôquer profissional. A ilusionista.

— Estou entediada, quase entediada *demais* — anunciou Lia quando deu para perceber que nenhum de nós estava disposto a encenar com ela. — E acho que todos sabemos que isso não é nada bom. — Ela se levantou e passou uma das mãos pelo vestido enquanto a outra pegava o DVD. — Pelo menos em um vídeo das câmeras de segurança pode ser que aconteça alguma coisa.

Lia enfiou o disco em um aparelho de DVD próximo. Sloane ficou olhando de onde estava no chão quando as imagens começaram a aparecer. Uma tela dividida mostrava a visão de oito câmeras. Sloane se levantou, os olhos se movendo rapidamente de um lado para o outro enquanto ela checava a data e acompanhava as centenas de pessoas — algumas imóveis, algumas movendo-se de uma câmera para outra.

— Ali. — Sloane pegou o controle remoto e pausou o vídeo. Demorei um momento para ver o mesmo que ela.

Eugene Lockhart.

Ele estava na frente de uma máquina caça-níqueis. Sloane acelerou o vídeo. Mantive os olhos grudados em Eugene. Ele continuava lá, jogando na mesma máquina.

Até que, de repente, algo mudou. Ele se virou.

Sloane colocou o vídeo em câmera lenta. Passei os olhos por cada uma das outras imagens. Um movimento borrado percorreu uma, depois outra.

A flecha.

Nós a vimos afundando no peito do homem idoso. Não me permiti afastar o olhar.

— O ângulo de entrada — murmurou Sloane —, a posição das câmeras... — Ela retrocedeu e reproduziu o vídeo novamente.

— Para — disse Michael do nada. Como Sloane não pausou, ele pegou o controle e começou a retroceder aos poucos.

— Viu alguém familiar? — perguntou ele.

Prestei atenção nas várias imagens de câmera.

— Embaixo, à direita. — Dean a encontrou primeiro. — Camille Holt.

Capítulo 11

Passamos as seis horas seguintes enfiados em provas. Sloane e Michael reassistiram várias vezes àquele mesmo vídeo. Dean e eu fomos até o último dossiê, depois analisamos tim-tim por tim-tim os detalhes de cada um. Encontramos todas as informações possíveis sobre Camille Holt on-line. Assisti a uma entrevista dela atrás da outra. Ela se autointitulava uma atriz de método, do tipo que incorporava os personagens durante todo o tempo das gravações.

Você gosta de experimentar como é estar na pele dos outros só para ver como fica em você. É fascinada pelo jeito como a mente funciona, pelo jeito como se rompe, pelo jeito como as pessoas sobrevivem a coisas a que ninguém deveria conseguir sobreviver.

Dava para ver pelos papéis que ela escolhia: uma mulher com transtornos mentais no corredor da morte, uma mãe solo lamentando a perda do filho único, uma adolescente sem-teto que vira justiceira logo após uma agressão.

E aí, Camille, fiquei me perguntando, *que papel você está interpretando agora?* De acordo com os nossos arquivos, ela estava na festa onde Alexandra foi morta. O que queria dizer que ela estava presente em pelo menos dois dos homicídios.

— Chega. — Judd não chegou a se envolver, ficou apenas observando, sem se intrometer. Mas, naquele momento, ele pegou o controle remoto e desligou a televisão. — O cérebro de vocês precisa de tempo para processar toda essa informação — disse ele, irritado. — E o estômago de vocês precisa de comida.

Nós todos reclamamos. Mas não deu muito certo.

Quando já estávamos afastados das provas, Lia "sugeriu" que Sloane e eu nos trocássemos para o jantar, o que vi como uma ameaça de ela mesma acabar escolhendo uma roupa para mim se eu não acatasse a sugestão. Sem querer provocar o destino (e o senso de moda de Lia), coloquei um vestido. Assim que comecei a dobrar minha calça jeans, o pendrive que a agente Sterling me dera caiu do bolso. Me abaixei para pegar, quase torcendo para que Sloane saísse do banheiro e me pegasse no flagra.

Ela não saiu.

Então me obriguei a abrir os dedos e encarar o pendrive. Por mais que eu estivesse me jogando de cabeça no caso de Las Vegas, aquilo ali não teria menos importância. Eu queria ver os arquivos, *precisava* vê-los, mas agora que estava com a faca e o queijo na mão, me sentia paralisada.

Quando as pessoas me perguntam por que eu faço o que faço, sussurrou a voz de Locke na minha cabeça, *eu conto que entrei no* FBI *porque alguém que eu amava foi assassinado.*

Um detalhe sensorial me pegou de surpresa: a luz refletindo na faca, o brilho nos olhos da agente Locke. Nem sempre havia motivos claros para o que desencadeava minhas lembranças… e não havia nada que eu pudesse fazer além de deixar rolar.

Era para que eu *a matasse,* continuou Locke na minha cabeça, obcecada pelo desejo de ter sido quem pôs um ponto final na vida da minha mãe. *Era pra ter sido eu.*

Senti um calafrio. Quando voltei minha atenção para o presente, minhas palmas estavam suadas e não consegui evitar entrar na mente de Locke. *Se você estivesse aqui, se tivesse acesso a essas novas informações sobre o caso da minha mãe,* pensei, *você encontraria a pessoa que a matou. Você o mataria por tê-la matado.*

Engoli em seco a emoção que ameaçava tomar conta de mim, peguei meu computador e fui para a suíte. Judd tinha me proibido

TUDO OU NADA 61

de olhar o arquivo da minha mãe sozinha. *Eu não estou sozinha*, falei para mim mesma. Eu nunca ficava sozinha de verdade. Uma parte de mim sempre estaria com a minha mãe naquele camarim encharcado de sangue. Parte de mim sempre estaria com Locke no esconderijo.

Fui até a porta da suíte e comecei a abri-la, planejando escapar para o corredor. *Só preciso de uns minutinhos para olhar...* Meu raciocínio foi abruptamente interrompido quando percebi que o corredor do lado de fora da nossa suíte já estava ocupado.

Lia estava encostada numa parede, usando um salto dez, uma perna cruzada sobre a outra na altura do tornozelo.

— Nós dois sabemos que, quando você falou para Cassie que estava bem, era mentira.

De onde eu estava, com a porta entreaberta, não dava para ver Michael, mas imaginei sua expressão facial exata quando ele respondeu:

— Parece que eu estou em *pedacinhos*?

Ainda encostada na parede, Lia descruzou os tornozelos.

— Tira a camisa.

— Fico lisonjeado — respondeu Michael. — De verdade.

— Tira a droga da camisa, Michael.

Então tudo ficou em silêncio. Ouvi um barulho como se alguém estivesse se mexendo, até que Lia saiu da minha frente.

— Bom — disse Lia, a voz tão suave que fez com que eu me arrepiasse. — Isso é...

— Poder — completou Michael.

Lia tinha mania de falar como se as coisas não fossem importantes justo quando elas mais importavam. Abri a porta só o suficiente para ver Michael abotoando novamente a camisa.

O peito e a barriga dele estavam cobertos de hematomas.

— Poder — repetiu Lia suavemente. — Você não conta nada para Briggs, e em troca seu pai...

— Ele é muito generoso.

As palavras de Michael me atingiram em cheio. O carro que ele estava dirigindo, aquele hotel... tudo isso era o que Michael estava arrancando do pai pelo estrago que ele tinha feito?

Você o faz pagar porque pode. Você o faz pagar porque pelo menos aí você vale alguma coisa.

Engoli o nó de sofrimento e raiva que subiu pela minha garganta e me afastei da porta. Nem cheguei a pensar que estava xeretando até acabar ouvindo algo que eu não tinha o direito de ouvir.

— Sinto muito — disse Lia.

— Não precisa — disse Michael. — Não combina com você.

A porta se fechou. Fiquei encarando-a até alguém chegar por trás de mim. Nem precisei me virar para saber que era Dean.

Eu sempre sabia quando era Dean.

— Teve um flashback? — perguntou ele, baixinho. Dean conhecia os sinais, da mesma forma que eu percebia quando ele se perdia em suas próprias lembranças do passado.

— Uns minutos atrás — admiti.

Dean não tocou em mim, mas senti o calor vindo de seu corpo. Queria me virar para ele, me virar em direção àquele calor. O segredo de Michael não era meu e eu não tinha permissão de contá-lo. Mas podia contar o meu para Dean, pelo menos se conseguisse me obrigar a me virar. Se pelo menos eu fosse capaz de fazer minha boca pronunciar as palavras.

Tive um flashback porque estava pensando na minha mãe. Eu estava pensando na minha mãe porque a polícia encontrou um corpo.

— Você é boa em ficar ao lado das pessoas — murmurou Dean atrás de mim. — Mas não leva muito jeito em deixar que as pessoas fiquem do seu.

Ele estava me perfilando. Permiti.

— Quando você era criança — continuou ele, a voz firme e baixa —, sua mãe te ensinou a observar as pessoas. Ela também te ensinou a não se apegar.

TUDO OU NADA 63

Eu não tinha contado isso a Dean, não em palavras. Acabei me virando para ele. Seus olhos castanhos sustentaram os meus.

— Ela era seu mundo, seu ponto de partida e seu ponto final, e de repente desapareceu. — Ele percorreu o polegar delicadamente pelo contorno da minha mandíbula. — Deixar seu pai e a família dele te darem força seria o pior tipo de traição.

Deixar *qualquer um* te dar força seria traição.

Eu tinha sido jogada numa família de estranhos, *estranhos* barulhentos, carinhosos e dominadores. Eu não consegui compartilhar minha dor. Nem com eles nem com ninguém.

Você não vai fazer isso sozinha. Desta vez, as palavras de Judd não pareceram tanto uma ordem. Pareciam mais um lembrete. Eu não tinha mais doze anos. Não estava sozinha.

Me deixei levar pelo toque de Dean. Fechei os olhos e só então as palavras surgiram:

— Encontraram um corpo.

Capítulo 12

— **Se eu pudesse melhorar as coisas** pra você, eu melhoraria. — A voz de Dean falhou um pouco na última palavra. Ele já tinha seus próprios traumas e lembranças horríveis. Tinha suas próprias cicatrizes visíveis e invisíveis.

Levei a mão até a lateral do pescoço dele e fiquei sentindo a pulsação lenta e firme sob meu toque.

— Eu sei.

Eu sabia que, se Dean pudesse sentir o que eu estava sentindo, ele sentiria.

Eu sabia que ele sabia que "melhorar" nem chegava a ser uma possibilidade para mim.

Dean não podia apagar as marcas que o meu passado tinha me deixado, assim como eu não tinha como fazer isso por ele.

Dean não podia fazer minha dor passar, mas ele a via.

Ele me via.

— Jantar? — Sloane entrou no quarto, alheia à profundidade de emoções estampadas tanto no meu rosto quanto no de Dean.

Abaixei a mão, encarei os olhos escuros de Dean por um momento e fiz que sim.

— Jantar.

Enquanto a recepcionista nos levava até a nossa mesa no restaurante japonês cinco estrelas do Majesty, me esforcei para não deixar transparecer no meu semblante nada da minha conversa com Dean.

Lia foi a primeira a escolher seu lugar à mesa, preguiçosamente desenhando círculos na base de uma taça de vinho vazia. Michael se sentou ao lado dela. Ambos estavam com aquele ar de coragem e autocontrole, como se fossem permanecer ali mesmo que jogassem uma cobra no meio da mesa. Lia continuou a circular a taça de vinho e Michael se jogou com tudo na cadeira.

Me sentei em frente a eles e fiquei torcendo para que os olhos de Michael não cruzassem com os meus. Depois de ouvir sua conversa com Lia e de contar a Dean sobre a atualização no caso da minha mãe, eu me sentia esgotada, sem forças, exceto por uma carga emocional que mais parecia uma granada quase explodindo na boca do meu estômago.

Segura a onda, Cassie. Se você sentir, ele vai ver. Então não sinta.

— Posso listar os especiais do dia? — Uma garçonete apareceu ao lado da nossa mesa. Nós seis conseguimos fazer nossos pedidos antes de Michael desviar a atenção para o meu lado da mesa. Eu o senti percorrendo meu rosto. Ele deu uma olhada rápida em Dean e então focou novamente em mim.

— E aí, Colorado — disse Michael, refletindo em voz alta.
— Uma leve tensão no pescoço e na mandíbula, olhos voltados para baixo, sobrancelhas ligeiramente franzidas.

Eu me sentia nua, completamente exposta sob seu olhar.

Eu estou com raiva. Com raiva porque a polícia encontrou um corpo e com raiva porque levaram cinco anos pra isso. Estou com raiva pelo que seu pai fez com você.

— Você está triste e com raiva e com pena de mim — disse Michael, um tom desafiador surgindo em sua voz. Ele não era do tipo que deixava outras pessoas sentirem pena dele.

Nada pode te machucar se você não permitir.

— E você — disse Michael, apontando preguiçosamente com um palitinho para Dean — está tendo um daqueles momentos bem no seu estilo: desprezo por si mesmo e sentimento de inadequação, *sim*. Saudade e medo, *sim*. Raiva constante e desenfreada prestes a estourar...

— Quando você perde o controle remoto da televisão, quatro por cento das vezes ele vai parar no freezer! — disse Sloane de repente, o tom de voz alto.

Michael olhou para ela, e seja lá o que ele tenha visto em sua expressão deve tê-lo convencido de que não era uma boa hora para ficar provocando Dean e a mim. Ele se virou para Judd e disse:

— Acho que é agora que você diz: "É por isso que não podemos ter coisas legais."

Ao meu lado, Dean riu, e a tensão que havia tomado conta da mesa se dissolveu.

— Olha quem está aqui. — Lia gesticulou em direção ao bar, e me virei para olhar. *Camille Holt*. Estava bem ali sentada, usando um short preto e um top de costas nuas, tomando uma bebida vermelha e conversando com outra mulher.

— A suspeita número cinco — murmurou Dean, os olhos fixos na amiga de Camille. — Tory Howard.

Ao lado de Camille estava Tory Howard, a ilusionista e rival da nossa segunda vítima, bebendo cerveja direto do gargalo. Tinha cabelo ondulado e, naquele momento, estava úmido, como se ela tivesse ido para lá logo após tomar um banho. *Sem dor de cabeça. Sem estresse.* Tentei encaixar isso ao fato de que ela era artista, ilusionista e fazia truques inimagináveis.

— É por isso — murmurou Judd — que não podemos ter coisas legais.

Ele tinha tentado nos deixar de fora do trabalho... e o trabalho estava bem ali, sentado no bar.

— Sr. Shaw. — A voz da recepcionista interrompeu meus pensamentos. Olhei para a frente do restaurante esperando ver Aaron, mas quem vi foi um homem que era como Aaron seria em uns trinta anos. Tinha um denso cabelo loiro meio grisalho. Os lábios formavam um meio sorriso que parecia colado no rosto.

Usava um terno completo com a mesma facilidade com que outras pessoas vestiam uma camiseta com calça jeans.

Era o pai de Aaron. Meu estômago deu um nó, porque, se aquele era o pai de Aaron, também era o pai de Sloane.

Ao lado dele estava uma mulher com cabelo castanho-claro preso na altura da nuca segurando uma garotinha que devia ter uns três ou quatro anos. A criança era coreana, e tinha um lindo cabelo escuro e olhos que prestavam atenção em tudo. *É filha deles*, percebi. *Irmãzinha de Aaron.* Enquanto a recepcionista levava o trio para uma mesa perto da nossa, fiquei me perguntando se Sloane sabia que o pai dela tinha adotado uma criança.

Reparei no momento exato em que Sloane os viu. Ela ficou imóvel e, embaixo da mesa, segurei sua mão. Ela apertou a minha com tanta força que machucou.

Vários minutos depois, nossa comida foi servida. Se esforçando muito, Sloane soltou minha mão e afastou o olhar do grupinho feliz na mesma hora em que Aaron se sentou na cadeira vazia para se juntar à família.

A família *dele*. Não dela.

Tentei atrair a atenção de Sloane, mas ela não olhou para mim; pelo contrário, ficou totalmente concentrada nos sushis à sua frente, desmontando com cuidado e separando cada roll em partes iguais de *abacate. Salmão. Arroz.*

No bar, Camille e Tory terminaram as bebidas. Enquanto reuniam suas coisas e se viravam na nossa direção, reparei em dois detalhes. O primeiro foi a corrente grossa de prata dando várias voltas no pescoço de Camille.

O segundo foi Aaron Shaw olhando para ela.

Capítulo 13

Cinco minutos após Camille Holt e Tory Howard saírem do restaurante, Aaron pediu licença para se levantar da mesa que dividia com a família. Meia hora depois, o sr. Shaw levou a filhinha feliz da vida pelo salão para pegar uma cereja no bar. Foi só quando pai e filha voltaram aos seus lugares que reparei em Shaw notando a presença de Sloane. Ele não hesitou nem alterou o ritmo como caminhava.

Mas lá no fundo eu sabia que ele a havia reconhecido. Aquele homem exalava poder e controle. Com base no filho que havia criado, eu podia apostar que ele estava por dentro de tudo que acontecia no cassino. *Aaron pode até não saber que Sloane é sua filha, mas você sabe. Você sempre soube.*

Ao meu lado, Sloane parecia tão exposta e vulnerável que meus olhos encheram de lágrimas.

— Sloane? — chamou Michael baixinho.

Ela forçou os lábios numa valente tentativa de sorrir.

— Eu estou digerindo — disse ela para Michael. — Essa é a minha cara de digestão, só isso.

Michael não a pressionou como teria feito se fosse eu, Dean ou Lia.

— Que cara de digestão mais agradável — declarou ele.

Ao meu lado, Sloane desenvolveu um imenso interesse pelo próprio colo. Quando a sobremesa chegou, ela estava passando

TUDO OU NADA 69

o dedo de um lado para o outro pela superfície da saia. Demorei um pouco até perceber que, na verdade, ela traçava números. *3213. 4558. 9144.*

Fiquei me perguntando o quanto da fascinação de Sloane com números tinha surgido durante momentos como aquele, em que números eram fáceis e pessoas eram difíceis.

— Bem — disse Lia, pegando uma colherada de sorvete de menta. — Estou pronta pra ir dormir. Também estou pensando em entrar pra um convento e não tenho interesse nenhum em dar uma olhada nas lojas.

— Eu não vou fazer compras com você — disse Dean, o tom de voz sombrio.

— Porque você tem medo de eu acabar introduzindo cores no seu guarda-roupa? — perguntou Lia inocentemente.

Enquanto isso, Sloane continuava se mexendo ao meu lado, desenhando número atrás de número com a ponta do dedo na superfície da saia.

— Quantas lojas tem em Las Vegas? — perguntou Lia. — Você sabe, Sloane?

A pergunta foi uma gentileza da parte de Lia, embora ela não fosse gostar de eu pensar em qualquer gesto vindo dela como gentil.

— Sloane? — repetiu Lia.

Sloane ergueu o olhar.

— Guardanapos — disse ela.

— Não vou mentir — disse Michael. — Eu não tinha ideia de que isso era um número.

— Preciso de uns guardanapos. E de uma caneta.

Judd pegou uma esferográfica no bolso e a passou para ela. Dean pegou uns guardanapos no bar.

3213. 4558. 9144. Assim que Dean lhe entregou os guardanapos, Sloane rabiscou cada sequência em um diferente.

— Não é três — disse ela. — É treze. Ele cortou o um. Não sei por que ele cortou o um.

Ele era o UNSUB. Sloane não era perfiladora. Não tinha sido treinada para usar *eu* ou *você*.

— Foi por isso que não percebi antes. — Sloane acrescentou uma linha vertical ao lado do primeiro número. — Não é 3213. É 13213. — Ela foi para o guardanapo seguinte. — 4558. 9144. — Com a caneta, ela começou a agrupar os números em pares. — Treze. Vinte e um. Trinta e quatro. Cinquenta e cinco. Oitenta e nove. — Até finalmente circular os três últimos dígitos. — Cento e quarenta e quatro. — Ela ergueu o olhar dos guardanapos, os olhos brilhando, como se esperasse que isso esclarecesse tudo. — É a sequência de Fibonacci.

Houve um silêncio prolongado.

— E o que exatamente é a sequência de Fibonacci? — perguntou Lia.

Sloane franziu a testa. Obviamente não parou para pensar que o resto de nós podia não saber o que era isso.

— É uma sequência de números derivada de uma fórmula aparentemente simples em que cada número subsequente é calculado pela soma dos dois números anteriores da sequência. — Sloane inspirou e continuou falando: — A sequência de Fibonacci aparece em todo o mundo biológico: na organização de pinhas, na árvore genealógica das abelhas, nas conchas de nautiloides, nas pétalas das flores…

Do outro lado do salão, um homem de terno e fone no ouvido passou direto pela anfitriã. Mesmo que eu não tivesse passado os últimos meses interagindo com agentes do FBI, eu o reconheceria como segurança.

As pessoas andam de um jeito diferente quando são as únicas portando uma arma num lugar.

— A sequência de Fibonacci está em toda parte — disse Sloane.

O homem de fone se aproximou do sr. Shaw e se curvou para falar alguma coisa no ouvido dele. A expressão no rosto do dono do cassino permaneceu cuidadosamente controlada, mas quando Michael seguiu meu olhar, deve ter visto algo que eu não vi, porque arqueou as sobrancelhas.

— É uma coisa linda — continuou Sloane. — É a perfeição.

Encarei Michael, do outro lado da mesa. Ele sustentou meu olhar por alguns segundos e ergueu um dedo.

— A conta, por favor.

Capítulo 14

Naquele momento, o cartão de visitas do UNSUB adquiriu um novo significado. Cheguei a pensar que os números pudessem ter algum significado pessoal para o assassino. Mas se faziam mesmo parte de uma famosa sequência matemática, havia a possibilidade de serem menos para preencher as necessidades emocionais do nosso assassino e mais para passar um recado.

Que recado? Alisei meu vestido com a mão enquanto retomávamos a longa caminhada de volta ao prédio principal do hotel e cassino. *Que você não age com o coração? Que suas ações são tão pré-determinadas quanto números numa equação?*

Mal reparei nas luzes e nos sons que bombardearam nossos sentidos quando chegamos ao andar do cassino.

Que você é parte da ordem natural das coisas, como as pinhas e as conchas e as abelhas?

Judd, Dean e Sloane viraram à esquerda, na direção do saguão. Michael foi para a direita.

— Compras? — perguntou ele para Lia.

De alguma forma, eu tinha sérias dúvidas de que Michael e Lia, se ficassem perambulando por conta própria na Cidade do Pecado, fossem aproveitar o tempo olhando vitrines de lojas. Judd devia estar pensando o mesmo, porque olhou para os dois.

— Tenho que admitir que gosto muito de moda — disse Michael para ele.

Você viu alguma coisa quando o segurança foi falar com o pai de Sloane, Michael. Um momento depois você pediu a conta. Você não vai fazer compras.

Dean me conhecia bem o suficiente para reconhecer quando eu estava perfilando alguém.

— Vou com Sloane ligar para Sterling e Briggs — disse ele.

Mas consegui ouvir o que deixou nas entrelinhas: *Vai.*

O que quer que Michael e Lia estivessem indo fazer, eu queria participar... e se parte do motivo era que voltar para o quarto significava voltar para as informações que me aguardavam naquele pendrive, Dean não se incomodou.

Quando eu estivesse preparada, ele estaria ao meu lado.

— Só um aviso. — Lia olhou para Dean e para mim antes de se virar para Judd. — Se vocês me obrigarem a voltar pra suíte agora, tem uma boa chance de eu fazer uma performance completa de *A balada de Cassie e Dean.* Incluindo até números musicais.

— E tem uma chance muito boa — acrescentou Michael — de eu ser forçado a acompanhar esses números musicais com uma impressionante exibição de dança.

Judd deve ter chegado à conclusão de que seria melhor para a harmonia da equipe evitar a todo custo essa performance.

— Uma hora — disse ele para Michael e Lia. — Não saiam do prédio. Não se separem. Não se aproximem de ninguém relacionado ao caso.

— Eu vou com eles — ofereci.

Judd me olhou por um instante. Depois assentiu brevemente.

— Não deixe que botem fogo no hotel.

Depois de nos separarmos do pessoal, levou trinta segundos para Michael confirmar minha suposição de que ele não tinha sido tomado por uma vontade louca de ir às compras. Ele parou quando chegamos à extremidade do salão do cassino. Por vários segundos, ficou olhando metodicamente de um grupo de pessoas para outro.

— O que você está procurando? — perguntei.

— Curiosidade. Irritação. — Ele se concentrou em um grupo de mulheres vindo na nossa direção. — Aquela cara tranquila que as pessoas fazem quando oferecem bebidas de graça em troca de alguma inconveniência. — Ele virou para a direita. — Por aqui.

Michael continuou examinando o rosto das pessoas mesmo enquanto Lia e eu o seguíamos. Conforme íamos das máquinas caça-níqueis para as mesas de pôquer, senti uma mudança no clima, ainda que não conseguisse identificar aquilo do mesmo jeito como Michael era capaz.

— Tem alguém chegando — murmurou Michael para Lia.

Segundos depois, estávamos diante de um segurança nos olhando de cara feia.

— Identidades, por favor — disse o homem. — É preciso ter 21 anos ou mais para entrar.

— Sorte a minha — disse Lia. — Hoje é meu vigésimo primeiro aniversário. — Ela pronunciou essas frases com um sorrisinho maroto e o nível apropriado de euforia.

— E seus amigos? — perguntou o segurança.

Lia passou o braço pelo de Michael.

— A *gente* — disse ela — acabou de se conhecer. Já a mocinha de carinha inocente ali, fiquei sabendo que tem umas fotos bem incriminadoras do aniversário de 21 anos *dela* rolando na internet, e é por isso que as *minhas* roupas vão ficar no corpo esta noite.

É sério que ela acabou de… Minhas bochechas ficaram vermelhas quando caiu minha ficha de que sim, Lia tinha acabado de dar a entender que meu aniversário fictício de 21 anos tinha sido algo à la *Girls Gone Wild*.

O segurança deu uma inclinada para o lado para me olhar melhor. A expressão envergonhada no meu rosto fez com que a história de Lia parecesse verdade.

— Eu vou te machucar — murmurei para Lia.

— Você não pode me machucar — respondeu ela, animada.

— Hoje é meu aniversário.

O segurança abriu um sorriso.

— Feliz aniversário — disse ele para Lia.

Ponto pra mentirosa profissional.

— Mas mesmo assim preciso ver as identidades. — O segurança se virou para Michael. — Política da empresa.

Michael deu de ombros, enfiou a mão no bolso de trás e pegou a carteira. Mostrou uma identidade para o segurança, que a examinou com atenção. Deve ter dado certo, porque logo depois o homem virou-se para Lia e para mim.

— Moças?

Lia abriu a bolsa e lhe entregou não uma, mas *duas* identidades. Ele olhou e arqueou a sobrancelha para ela.

— Hoje não é seu aniversário — disse o segurança.

Lia deu de ombros com delicadeza.

— Qual é a graça de só fazer 21 anos uma vez?

Com uma risada, o segurança devolveu as identidades para ela.

— Esta área está fechada — disse ele. — Para manutenção. Se estiverem procurando o pôquer, vão para as mesas do lado sul.

Quando já estávamos a uns três metros de distância, Michael se virou para Lia.

— E aí?

— Seja lá qual for o motivo pra fecharem a área — respondeu ela —, não é manutenção.

Fiquei tentando entender como Lia tinha identidades falsas não apenas para ela, mas para *nós duas*, até que reparei em algo a uns cem metros de onde estávamos.

— Ali — falei para Michael. — Perto da placa dos banheiros.

Uns seis seguranças estavam afastando visitantes.

— Venham — disse Michael, dando a volta para alcançar por trás a área bloqueada.

— No restaurante, um homem foi conversar com o dono do hotel — falei, analisando a situação enquanto andávamos. — Eu apostaria dez mil dólares que ele é segurança particular.

Houve um momento de silêncio em que achei que Michael talvez não respondesse.

— O segurança estava sério, mas calmo — disse ele, finalmente. — Shaw pai, por outro lado, pareceu abalado, avaliando o cenário, com cara de que tinham lhe oferecido um prato de carne podre. Exatamente nessa ordem.

Saímos do outro lado das máquinas caça-níqueis. Daquele ângulo, estava claro que os seguranças direcionavam o movimento de pessoas antes que conseguissem chegar à área próxima ao banheiro.

Primeiro de janeiro, pensei de repente. Dois de janeiro. Três de janeiro.

— Três corpos em três cassinos diferentes em três dias. — Só percebi que tinha falado as palavras em voz alta quando senti Michael e Lia me olhando. — Hoje é dia quatro.

Como se para enfatizar minhas palavras, os seguranças abriram caminho para sr. Shaw passar. Não estava sozinho. Mesmo de longe, reconheci as duas pessoas de terno ao seu lado.

Sterling e Briggs.

Você

1/1

2/1

3/1

4/1

Você tira a roupa e entra no chuveiro, deixa a água escaldante bater no peito. A água não está quente o suficiente. Deveria doer. Deveria queimar.

Não acontece nada disso.

Houve sangue desta vez.

1/1

2/1

3/1

4/1

É culpa dela. Se ela tivesse feito o que devia, não haveria necessidade de sangue.

1/1

2/1

3/1

4/1

É culpa dela por ficar vendo através de você.

É culpa dela por resistir.

Você fecha os olhos e se lembra de como foi se aproximar dela por trás. Se lembra de fechar as mãos em volta da corrente. Se lembra de ela resistir.

Você se lembra do momento em que ela parou.
Se lembra do sangue. E quando abre os olhos e vê a superfície
intensamente vermelha da sua própria pele, você sabe que a água
quente assim deveria machucar. Você deveria senti-la queimar.
Mas não sente.
Um sorriso vai se abrindo lentamente no seu rosto.
1/1
2/1
3/1
4/1
Nada pode te machucar. É questão de tempo até eles verem.
Até todo mundo ver.
E então você vai ser uma divindade.

Capítulo 15

Fiquei até as duas da manhã acordada, sentada no sofá com o celular na mesa de centro, esperando Sterling e Briggs ligarem, esperando nos contarem o que encontraram naquele banheiro.

Manutenção, explicara o segurança.

Ninguém chamava o FBI por causa de uma manutenção.

Minha mente foi até o UNSUB. *Você faz tudo na hora certa. Você não vai parar. Vai matar um por dia, todos os dias, até te pegarmos.*

— Não está conseguindo dormir? — perguntou alguém, baixinho.

Ergui o olhar e vi a silhueta de Dean na porta. Usava uma camiseta branca puída, tão fina e apertada que dava para ver o peito subindo e descendo regularmente embaixo.

— Não — respondi. *Nem você,* pensei.

Uma fina camada de suor no rosto de Dean me deu a entender que ele estava fazendo abdominais ou flexões ou algum outro exercício exaustivo repetidamente como forma de punição, para silenciar as vozes das próprias lembranças.

Lembranças das coisas que o pai assassino em série tinha lhe dito várias e várias vezes.

— Fico pensando que devia ter um corpo lá no banheiro — falei, compartilhando o motivo de não conseguir pregar os olhos para que ele não pensasse em seu próprio motivo. — Fico pensando que a qualquer momento Briggs e Sterling vão ligar.

Dean saiu das sombras.

— Nos deram permissão de trabalhar em casos ativos. — Ele se aproximou. — Isso não quer dizer que eles são obrigados a nos usar.

Dean dizia isso tanto para ele quanto para mim. Quando eu perfilava, era como se entrasse no lugar de outra pessoa. Quando Dean perfilava, se entregava a um padrão de pensamento que suas experiências anteriores o tinham ensinado, uma escuridão que ele deixava trancada a sete chaves. Nenhum de nós era bom em recuar. Nenhum de nós era bom em ficar esperando.

— Fico pensando nas três primeiras vítimas — falei, a voz rouca. — Fico pensando que se não tivéssemos ido jantar, se tivéssemos nos esforçado mais, se...

— Se você tivesse feito o quê?

Eu sentia o calor de Dean ao meu lado.

— *Alguma coisa.* — A palavra saiu como se arrancada da minha boca.

A agente Sterling tinha me dito uma vez que eu era o maior ponto fraco da equipe por ser a única que sentia as coisas de verdade. Michael e Lia eram especialistas em disfarçar as próprias emoções e se obrigar a não se importar. Aos doze anos, Dean tinha vivido horrores que o convenceram de que ele era uma bomba-relógio, de que, se ele realmente desse voz às suas emoções, talvez se transformasse em um monstro como o pai. E apesar de Sloane não disfarçar emoção nenhuma, ela sempre veria padrões primeiro e pessoas depois.

Mas eu sentia a perda de cada vítima. Sentia minha própria insuficiência cada vez que o unsub matava alguém, porque sempre que eu não impedia, sempre que eu não previa o que ia acontecer, sempre que eu chegava tarde demais...

— Se você tivesse feito alguma coisa — disse Dean, baixinho —, talvez sua mãe ainda estivesse viva.

Eu sabia o que mantinha Dean acordado à noite e ele sabia o que eu estava pensando antes mesmo de mim. Ele sabia por

TUDO OU NADA 81

que eu sentia o peso do sangue nas minhas mãos cada vez que perdíamos uma vítima por eu não ter sido inteligente ou rápida o bastante.

— Eu sei que é idiotice. — Senti um nó na garganta. — Sei que o que aconteceu com a minha mãe não foi minha culpa.

Dean pegou minha mão e a segurou, protegendo-a sob a dele.

— Eu *sei*, Dean, mas não acredito. Nunca vou acreditar.

— Acredita em mim — disse ele simplesmente.

Encostei a mão aberta no peito dele. Sua mão se fechou ao redor da minha, segurando-a e me segurando.

— Não foi sua culpa — disse Dean.

Senti que ele queria que eu acreditasse naquilo. Meus dedos se curvaram para dentro, repuxando a camisa dele enquanto o trazia para mais perto de mim. Toquei meus lábios nos dele.

Quanto mais vontade eu botava no beijo, mais intensamente ele correspondia. Quanto mais próximos estávamos um do outro, mais próximo eu precisava que ele estivesse.

Você não consegue dormir, nem eu, e cá estamos na calada da noite...

Mordi seu lábio.

Dean era gentil. Era carinhoso. Era autossuficiente e estava sempre no controle... mas, naquele dia, ele colocou as mãos no meu cabelo, empurrou minha cabeça para trás. Agarrou minha boca com a dele.

Acredita em mim, dissera ele.

Eu acreditava que ele sabia como era estar quebrada. Acreditava que, para ele, eu não estava.

— Você ainda está pensando no que viu lá embaixo. — Dean passou os dedos delicadamente pelo meu cabelo enquanto eu descansava a cabeça no peito dele. Sua camiseta puída, aquela vítima de tantas lavagens, tinha um toque macio na minha bochecha.

Olhei para o teto.

— Estou. — O som dos batimentos dele preencheu o silêncio. Fiquei me perguntando se ele ouvia o som dos meus. — Supondo que a "manutenção" do Majesty realmente tenha sido outro corpo, são quatro homicídios em quatro dias. *O que acontece no dia cinco?* Nós dois sabíamos a resposta.

— Por que a sequência de Fibonacci? — perguntei.

— Talvez eu seja o tipo de pessoa que precisa que as coisas formem uma soma — disse Dean. — Cada número na sequência de Fibonacci é a soma dos dois números anteriores. Talvez o que eu esteja fazendo seja parte de um padrão, cada morte se superando à anterior.

— Você gosta? — refleti em voz alta. — Do que está fazendo? Te traz alegria?

Os dedos de Dean pararam no meu cabelo.

Te traz alegria?

Foi só então que percebi como essa pergunta soaria para Dean. Me sentei e olhei para ele.

— Você não é como ele, Dean.

Fiz carinho em sua mandíbula. O maior medo de Dean era ter puxado alguma característica do pai. Psicopatia. Sadismo.

— Sei disso — disse ele.

Você sabe, pensei, *mas não acredita.*

— Acredita em mim — sussurrei.

Ele envolveu meu pescoço com a mão e assentiu... só uma vez, de leve. Senti um aperto no peito, mas, lá no fundo, outra coisa tomou forma.

Você não tem nada a ver com seu pai.

O que aconteceu com a minha mãe não foi minha culpa.

Me levantei, com o coração na garganta. Peguei o pendrive com os arquivos da minha mãe. Voltei e coloquei na mão dele.

— Você abre os arquivos — falei, abaixando o tom de voz quando a senti ficar presa na garganta. — Você abre, porque eu não consigo.

Capítulo 16

O esqueleto está embrulhado *em um xale azul-royal.* Eu estava na frente do computador com Dean ao lado, e a cada clique que passava de uma foto para a próxima sentia como se meu dedo pesasse mais.

Tem uma flor que parece ter morrido há muito tempo nos ossos da mão esquerda dela.

O colar está em volta do pescoço, a corrente enrolada na caixa torácica.

Órbitas vazias me encaravam de um crânio desprovido de carne humana. Desviei o olhar para os contornos do esqueleto, esperando uma fagulha de reconhecimento, mas tudo que consegui sentir foi ânsia de vômito.

Você tirou a carne dos ossos dela. A análise pericial sugeriu que a remoção havia sido feita após a morte, mas isso não serviu como consolo. *Você a destruiu. Você acabou com ela.*

Dean tocou na minha nuca. *Estou aqui.*

Engoli a onda de náusea que ameaçou tomar conta de mim. Uma. Duas. Três vezes... até passar para a foto seguinte. Eram dezenas: fotos da estrada de terra onde ela havia sido enterrada. Fotos dos equipamentos de construção que tinham descoberto um caixão de madeira simples.

Você enrolou os ossos dela em um cobertor. Enterrou-a com flores. Deu-lhe um caixão...

Me forcei a recuperar o fôlego e saí das fotos para ler o relatório oficial.

De acordo com o legista, tinha uma fissura na parte externa de um dos ossos do braço, uma ferida defensiva bem no ponto onde uma faca tinha feito um corte até alcançar o osso. Os resultados do laboratório indicaram que antes do enterro os ossos haviam sido tratados com algum tipo de produto químico. Isso dificultava a tarefa de datar os restos mortais, mas a análise da cena do crime identificava o momento do enterro como sendo dias após o desaparecimento da minha mãe.

Você a matou, depois a apagou. Não sobrou nem pele nos ossos. Nem cabelo na cabeça. Nada.

Dean massageava delicadamente os músculos da minha nuca. Desviei o olhar da tela do computador para ele.

— O que você vê?

— Cuidado. — Dean fez uma pausa. — Honra. Remorso.

Estava na ponta da língua dizer que eu não queria saber se o assassino chegou a sentir remorso. Eu não dava a mínima se minha mãe foi tão importante para ele a ponto de não jogar seu corpo em um buraco qualquer.

Você não tem o direito de enterrá-la. Não tem o direito de honrá-la, seu filho da puta doente.

— Você acha que ela o conhecia? — Minha voz soou distante aos meus próprios ouvidos. — Pode ser uma explicação para o que estamos vendo, né? Ele a matou num impulso e se arrependeu depois.

O camarim coberto de sangue de que eu me lembrava exalava dominação e raiva; já o local do enterro, como Dean dissera, honra e cuidado. Eram dois lados da mesma moeda... e, examinados lado a lado, davam a impressão de aquilo não ter sido um ato aleatório de violência.

Você a levou junto com você. Eu sempre soube que a pessoa que assassinou minha mãe a havia tirado do camarim. Se nesse momento ela estava viva ou morta, a polícia não foi capaz de determinar, embora soubessem desde o início que ela perdeu sangue o suficiente para que suas chances de sobrevivência fossem quase inexistentes. *Você a levou porque precisava dela com você. Você não podia deixá-la para trás e permitir que outra pessoa a enterrasse.*

— Talvez ele a conhecesse. — A voz de Dean me trouxe de volta para o presente. Mas desta vez reparei que, naquele caso, ele não usou a palavra *eu*. — Ou talvez a tenha observado de longe e se convencido de que a interação era mútua. Que ela sabia que ele estava olhando. Que ele a conhecia de um jeito que ninguém mais conheceria.

Minha mãe ganhava a vida como "médium". Assim como eu, ela era boa em ler pessoas, boa o suficiente para convencê-las de que ela tinha contato direto com "o lado de lá".

Ela te fez uma leitura espiritual? Você assistiu a uma apresentação dela?

Vasculhei a memória, mas tudo de que consegui me lembrar foi de um borrão de rostos na multidão. Minha mãe atendeu muita gente. Tinha feito muitas apresentações. Nos mudamos tanto que nem fazia sentido criar laços. Nada de amigos. Nada de família.

Nenhum homem na vida dela.

— Cassie, olha só isso. — Dean atraiu minha atenção novamente para a tela, depois deu zoom em uma das fotos do caixão. Havia um desenho entalhado na superfície de madeira: sete círculos pequenos formando um heptágono em volta do que parecia ser um sinal de mais.

Ou, pensei, refletindo sobre remorso, rituais envolvendo enterro e o monstro que entalhou aquele símbolo, *uma cruz*.

Capítulo 17

Só fui pegar no sono no meio da madrugada. Sonhei com os olhos da minha mãe, espaçados e contornados de delineador de um jeito que os deixavam tão grandes que chegava a ser difícil acreditar que eram reais. Sonhei com a maneira como ela me expulsou do camarim naquele dia.

Sonhei com o sangue e, na manhã seguinte, acordei com uma coisa grudenta pingando na minha testa, uma gota de cada vez. Meus olhos se abriram.

Lia estava de pé ao meu lado, com um canudo na mão e uma lata de refrigerante na outra. Ela tirou o dedo do topo do canudo e deixou outra gota de refrigerante cair na minha testa.

Sequei o rosto e me sentei, tomando o cuidado de não acordar Dean, que estava deitado ao meu lado no sofá, ainda com a mesma roupa da noite anterior.

Lia botou o canudo na boca e sugou o líquido restante antes de enfiar de volta na bebida. Com um sorrisinho, olhou para Dean adormecido e arqueou a sobrancelha para mim. Como continuei calada, ela estalou a língua num som baixo de reprovação. Me levantei, o que a obrigou a dar um passo para trás.

— Não é o que você está pensando — cochichei.

Lia girou o canudo entre o dedo do meio e o polegar como se estivesse refletindo sobre o assunto.

— Quer dizer que vocês não ficaram acordados até de madrugada vendo arquivos naquele pendrive que a agente Sterling te deu?

— Como é que você...?

Lia me interrompeu virando meu notebook ainda aberto na minha direção.

— Leitura fascinante.

Senti um frio na barriga. *Lia sabe. Ela leu o arquivo e sabe de tudo.*

Esperei que dissesse mais alguma coisa sobre os arquivos naquele computador. Mas ela não disse nada, só foi andando para o quarto onde estava hospedada. Um longo momento depois, fui atrás, como ela queria que eu fizesse. Acabamos indo para a sacada.

Lia fechou a porta e subiu no guarda-corpo. Estávamos quarenta andares acima do solo e mesmo assim ela se sentou ali num equilíbrio perfeito enquanto me encarava.

— O que foi? — perguntei.

— Se você mencionar uma palavra do que vou te dizer para Dean, vou fazer de conta que não faço a menor ideia dessa conversa — Lia falou de um jeito casual, mas acreditei em tudo.

Me preparei para a briga.

— Você o faz feliz. — Lia estreitou levemente os olhos. — O máximo de felicidade que Dean é capaz de sentir — consertou ela. — Teríamos que pedir números exatos para Sloane, mas estimo uma redução de duzentos por cento em cara emburrada desde que vocês dois embarcaram nessa... nessa *coisa* aí de vocês.

Dean era a família de Lia. Se ela tivesse que escolher entre salvar qualquer pessoa da face da Terra e Dean, ela escolheria Dean.

Ela desceu do guarda-corpo e deu uma apertadinha no meu braço.

— Eu gosto de você. — Apertou com mais força, como se achasse meio desagradável fazer essa confissão.

Também gosto de você, quase falei, mas não queria correr o risco de ela interpretar essas palavras como algo que não fosse verdade.

TUDO OU NADA 89

— Estava com saudade — preferi dizer o mesmo que tinha dito a Sloane. — De você, de Michael, de Sloane, de Dean. Aqui é a minha casa.

Lia ficou me olhando por um momento.

— Tanto faz — disse ela, sufocando qualquer emoção que minhas palavras pudessem ter gerado com um elegante gesto de desdém com os ombros. — A questão é que eu não te odeio — continuou, magnânima —, e quando te digo que chegou a hora de mostrar que é gente grande e começar a ser mulher, falo do jeito mais legal possível.

— Como é que é? — disse, soltando o braço de seu aperto.

— Você tem questões mal-resolvidas com sua mãe. Eu entendo, Cassie. Entendo que é difícil e entendo que você tem todo o direito de lidar com essa coisa do corpo ter aparecido do seu jeito e no seu tempo. Mas, justo ou não, ninguém aqui tem energia pra ficar lidando com Os Perrengues sem Fim da Mãe Assassinada da Cassie.

Senti como se ela tivesse me dado um soco na garganta. Mas mesmo enquanto sentia o golpe, eu sabia que Lia tinha uma razão para ter dito aquilo. *Você não é cruel. Não desse jeito.*

— Ontem à noite, no fim do jantar, Sloane enfiou quatro hashis na manga da camiseta dela. — A afirmação de Lia confirmava minha intuição. — Não daqueles descartáveis. Dos legais que havia na mesa.

Além de ser nossa estatística, Sloane também era nossa cleptomaníaca residente. Na última vez em que a vi pegar alguma coisa, ela estava estressada com um problema envolvendo o FBI. Para Sloane, ter mão leve era um sinal de estar pirando com muitas emoções que não conseguia controlar.

— Vamos chamar isso de Prova A — sugeriu Lia. — A Prova B seria Michael. Você faz alguma ideia de que tipo de confusão mental significa, pra ele, voltar pra casa?

Me lembrei da conversa que ouvi entre ela e Michael no dia anterior.

— Sim — falei, me virando para encarar Lia novamente.
— Eu sei.

Houve um breve silêncio enquanto ela analisava a verdade que ouvia naquelas palavras.

— Você acha que sabe — sussurrou Lia. — Mas não tem como saber.

— Ouvi vocês conversando ontem — admiti.

Esperei que Lia tivesse uma reação intensa à minha confissão, mas não foi o que aconteceu.

—Antigamente — disse ela, a voz firme enquanto se virava para olhar para a Strip —, tinha uma pessoa que me dava presentes por ser uma boa menina, assim como Michael ganha "presentes" do pai. Talvez você ache que entenda o que anda acontecendo na cabeça de Michael, mas não entende. Isso você não tem como perfilar, Cassie. Não tem como entender.

Quando se virou para me olhar, estava com uma expressão petulante no rosto.

— O que estou te dizendo é que Michael está a um passo de acabar fugindo com uma dançarina e Sloane anda agindo de um jeito estranho até mesmo para os padrões dela desde que chegamos aqui. Estamos por aqui de problemas, Cassie. Então eu sinto muito, mas agora não é hora de você surtar. — Ela deu um peteleco na ponta do meu nariz. — Não é a sua vez.

TUDO OU NADA 91

Capítulo 18

Se Lia tivesse feito com Michael o que havia acabado de fazer comigo, ele teria reagido. Se fosse com Sloane, ela ficaria arrasada. Eu, não. Era questão de tempo até minha dor me acertar em cheio... mas Lia me dera um motivo para enfrentá-la por mais um tempo. Ela não estava enganada sobre Michael. Não estava enganada sobre Sloane. Alguém precisava apoiá-los. Alguém precisava *nos* apoiar.

E eu precisava que essa pessoa fosse eu.

Lá no fundo eu tinha a sensação de que Lia sabia disso. *Você podia ter falado com mais jeitinho*, pensei. Mas se ela agisse assim, não seria Lia.

Fiquei na sacada por mais dez minutos depois que ela saiu. Quando finalmente voltei, Michael, Lia e Dean estavam reunidos em volta da mesa da cozinha junto com o agente Briggs. Ele vestia roupas normais, o que me deu a entender que o FBI estava se esforçando para manter a discrição nas visitas. O fato de a versão de Briggs de roupas normais *continuar* deixando-o parecendo um policial refletia perfeitamente sua personalidade: ambicioso e extremamente focado.

Briggs jogava para vencer.

— Houve outro homicídio. — Pelo visto, Briggs estava me esperando chegar para dar a notícia. Nenhum de nós quatro nem tentou fingir surpresa. — Com esse, temos o Apex, o Wonderland, o Desert Rose e o Majesty em quatro dias. Talvez estejamos atrás de alguém com rancor de cassinos ou de quem lucra com eles.

Dean olhou para uma pasta que Briggs tinha na mão.

— A última vítima?

Briggs jogou a pasta na mesa da cozinha. Eu a abri. Olhos azuis vidrados me encararam, tão grandes que nem pareciam reais naquele rosto em forma de coração.

— Essa é... — Michael começou a dizer.

— Camille Holt — terminei, sem conseguir afastar o olhar. *Você gosta de ser subestimada, Camille*, pensei estupidamente, tocando na borda da fotografia. *Você é fascinada pelo jeito como a mente funciona, pela forma como se quebra, pelo jeito como as pessoas sobrevivem a coisas a que ninguém devia conseguir sobreviver.*

A pele dela estava em um tom cinza-pálido; o branco dos olhos separados marcados por manchas vermelhas, resultado das veias que estouraram enquanto ela se debatia com o agressor. *Você tentou se defender. Você resistiu.* Ela estava deitada de costas em um piso de mármore branco, o cabelo loiro-alaranjado espalhado em uma auréola em volta da cabeça... mas lá no fundo eu sabia que ela tinha resistido ferozmente, com uma força quase animalesca que provavelmente o agressor não estava esperando.

— Asfixia — comentou Dean. — Ela foi estrangulada.

— A arma do crime? — perguntei. Havia uma diferença entre estrangular alguém com um fio e com uma corda.

Briggs tirou uma foto de um saco de provas. Dentro havia um colar, aquela corrente grossa de metal que Camille usava enrolada duas vezes no pescoço na noite anterior.

Na minha cabeça, eu a via sentada no bar, com uma das pernas se balançando no banco. Eu a enxergava vindo na nossa direção e andando em direção à saída.

Eu via Aaron Shaw de olho enquanto ela saía.

TUDO OU NADA 93

— Vocês vão precisar falar com o filho do dono do cassino.

— O raciocínio de Michael estava perfeitamente sincronizado com o meu. — Aaron Shaw. O interesse dele na sra. Holt não tinha nada de profissional.

— O que você notou? — perguntou Briggs.

Michael deu de ombros.

— Atração. Afeto. Uma certa tensão.

Que tipo de tensão? Não tive a oportunidade de seguir em frente, porque Sloane entrou na cozinha e foi tomar uma xícara de café. Briggs olhou cauteloso para ela. A tendência de Sloane de dar início a uma falação desenfreada quando estava sob efeito de cafeína era lendária.

— Te liguei ontem à noite — Sloane lhe disse em tom de reprovação. — Várias e várias vezes, mas você não atendeu. Portanto, eu tomo café e você não tem o direito de reclamar.

Pensei nos palitinhos que Sloane roubara na noite anterior. *Você precisava que Briggs te atendesse. Precisava ser reconhecida. Precisava ser ouvida.*

— Houve outro homicídio — disse Briggs para ela.

— Eu sei. — Sloane desviou o olhar para a xícara de café em suas mãos. — Dois. Três. Três. Três.

— O que você disse? — perguntou Briggs, meio ríspido.

— O número no cadáver. É 2333. — Sloane se sentou à mesa com o resto de nós. — Não é?

Briggs pegou uma nova foto na pasta. O número 2333 tinha literalmente sido entalhado no pulso de Camille. Os números ensanguentados estavam meio irregulares. *De tatuagem de henna a isso.* Os números sempre foram uma maneira de passar um recado… mas aquilo? Aquilo era violento. Era pessoal.

— Ela estava viva quando o UNSUB fez isso? — perguntei.

Briggs fez que não.

— *Post-mortem.* Tinha um espelhinho na bolsa da vítima. Acreditamos que o UNSUB o quebrou e usou um caco pra entalhar os números no pulso dela.

Mudei da perspectiva de Camille para a do agressor. *Você planeja as coisas. Se era isso que tinha em mente o tempo todo, poderia ter levado algo para fazer o serviço.* Isso me deixava com duas perguntas: primeira, qual *era* o plano, e segunda, por que o UNSUB tinha desviado dele? *O que deu errado?*, perguntei silenciosamente ao assassino. *Ela estragou seu plano? Foi mais difícil de manipular do que os outros?* Me lembrei do fato de que Camille estava presente nas cenas de crime de duas das vítimas. *Você a conhecia?*

— Isso é pessoal. — O raciocínio de Dean estava perfeitamente alinhado ao meu. — Os outros alvos podem até ter sido selecionados por conveniência. Mas esse, não.

— Também foi assim que a agente Sterling interpretou — disse Briggs. Ele se virou para Sloane. — Você decodificou os números?

Sloane pegou uma caneta no bolso do agente Briggs, fechou a pasta, começou a escrever números na parte de fora e, enquanto escrevia, não parava de falar:

— A sequência de Fibonacci é uma sequência de números em que cada número subsequente é calculado pela soma dos dois anteriores. A maioria das pessoas acredita que a sequência foi descoberta por Fibonacci, mas suas primeiras aparições estão em escritos sânscritos centenas de anos antes de Fibonacci.

Sloane colocou a caneta na mesa. Havia quinze números no papel:

0 1 1 2 3 5 8 13 21 34 55 89 144 233 377

— Eu não percebi de primeira — continuou ela. — O padrão vai se desenvolvendo no meio dos números.

— Finge por um momento — disse Lia — que todos nós somos muito, muito lentos.

— Não sou boa em fingir — respondeu Sloane, o tom de voz sério. — Mas acho que consigo fazer isso.

TUDO OU NADA 95

Michael segurou o riso.

Sloane pegou novamente a caneta e a colocou embaixo do número treze.

— Começa aqui — disse ela, sublinhando quatro números e inserindo uma barra antes de repetir o processo.

*0 1 1 2 3 5 8 1*3 21 3*/*4 55 8*/*9 144*/* 233 377

2333. A imagem do pulso de Camille surgiu na minha cabeça, como um homem afogado emergindo na superfície de um lago. *Você quebra o espelho. Você pressiona a ponta afiada do caco na pele dela e entalha os números.*

— Por que essa sequência? — perguntei. — E por que dificultar tanto pra ver? Por que não começar do começo, em 0112?

— Porque — disse Dean lentamente — esse conhecimento precisa ser merecido.

Briggs nos encarou, um de cada vez.

— A agente Sterling e eu vamos passar a tarde conversando com possíveis testemunhas. Se tiverem nomes além de Aaron Shaw pra acrescentar à lista, agora é a hora de falar.

Ao ouvir o nome de Aaron, as mãos de Sloane apertaram com força a xícara de café. Michael inclinou a cabeça e olhou para ela. Um instante depois, me pegou olhando para ele e arqueou a sobrancelha, como se lançasse um desafio tácito.

Você sabe que tem alguma coisa rolando com a Sloane, pensei, *e sabe que eu sei o que é.*

— Vocês descobriram que Camille saiu com Tory Howard ontem à noite, né? — perguntou Dean a Briggs.

Briggs assentiu brevemente.

— Trocamos uma palavra rápida com Tory ontem. Vamos voltar pra falar mais hoje e contatar o resto da lista.

— Será que você não quer me levar junto quando for conversar com essa bela coleção de indivíduos potencialmente homicida? — Lia piscou para o agente.

Briggs tirou quatro fones de ouvido do bolso e os colocou na mesa. Depois pegou um tablet de sua pasta.

— Transmissão por vídeo e áudio — disse ele. — A agente Sterling e eu estamos com escuta. Vocês vão conseguir ver tudo que nós virmos dentro de um raio de 6,5 quilômetros. Vão ouvir o que nós ouvirmos. Se captarem alguma coisa que acharem que deixamos passar, podem mandar uma mensagem ou ligar. Fora isso, quero vocês estudando nossas técnicas de interrogatório.

Lia, Michael, Dean e eu pegamos os fones ao mesmo tempo. Sloane se virou para Briggs.

— E eu? — perguntou ela, baixinho.

Havia quatro fones e nós éramos cinco.

— Quatro cassinos em quatro dias — disse Briggs. — Eu preciso de você — ele colocou ênfase suficiente nas palavras para deixar claro que tinha percebido a vulnerabilidade no tom de Sloane — pra descobrir onde o assassino vai atacar agora.

Você

A roleta começa a girar. Os jogadores observam, prendendo a respiração. Você observa os jogadores. São previsíveis como formigas em um formigueiro.

Alguns apostam no preto.

Alguns no vermelho.

Outros ficam indecisos. E uns acreditam que a sorte está ao lado dos mais ousados.

Você poderia contar para eles quais são as chances exatas de ganhar. Poderia contar que a sorte não está ao lado de ninguém. Vermelho ou preto, não tem importância.

A casa sempre vence.

Você deixa escapar um suspiro, longa e lentamente. Deixa eles se divertirem. Deixa eles acreditando que a sorte pode sorrir para eles. Deixa que sigam com seus jogos de azar.

O seu jogo, esse que eles nem sabem que estão jogando, é um jogo de habilidade.

1/1.

1/2.

1/3.

1/4.

Você sabe o que vem agora. Sabe a ordem. Sabe as regras. Isso é muito maior do que as formigas no formigueiro poderiam um dia imaginar.

Ninguém pode te impedir.

Você é a Morte.
Você é a casa. E a casa sempre vence.

Capítulo 19

Lia se jogou no sofá, a perna esticada pelo comprimento, a outra caída pela lateral. Dean se sentou no sofá à sua frente, os antebraços apoiados nos joelhos enquanto encarava o tablet apoiado na mesa de centro.

—Alguma novidade? — perguntei, me sentando ao lado dele.

Dean fez que não.

— Ali. — A postura de Lia não mudou, mas seus olhos se iluminaram. No tablet, a imagem de uma mão dominou a tela quando Briggs ajeitou a câmera disfarçada de caneta no bolso do terno.

— Michael... — comecei a chamar.

Ele apareceu antes mesmo que eu dissesse qualquer coisa.

— Deixa eu adivinhar — disse, pegando uma garrafinha do bolso e dando um gole. — É hora do show.

Fiquei com os olhos fixos na garrafa.

Dean tocou meu joelho. Se Lia e eu reparamos que Michael estava se aventurando pelas beiradas de um território sombrio, era quase certo que Dean também tinha reparado. Ele conhecia Michael havia mais tempo do que eu, e me dizia para não insistir no assunto.

Sem uma palavra, coloquei o fone que o agente Briggs tinha me dado e voltei a atenção para a transmissão de vídeo.

Na tela, vimos o mesmo que o agente Briggs viu: um palco com colunas enormes dos dois lados. Quando ele chegou mais perto, reconheci a pessoa à frente do palco, examinando a iluminação.

Tory Howard usava uma regata preta e uma calça jeans, o cabelo preso num rabo de cavalo nem alto nem baixo. *Sem dor de cabeça. Sem estresse.* Ela não ligava para sua imagem pessoal nem se esforçava em projetar uma imagem baseada nisso. Quando viu Briggs, limpou as mãos na calça jeans e o encontrou no corredor central.

— Agentes — disse ela. — Em que posso ajudar?

Agentes, no plural, pensei. Isso significava que Sterling também estava lá, só que fora da imagem.

— Temos só mais algumas perguntas sobre ontem à noite que gostaríamos de fazer a você. — Briggs pareceu tomar a frente naquele interrogatório, o que me dava a entender que Sterling tinha escolhido ficar só olhando. Considerando que ela era a perfiladora, isso não me surpreendia. Sterling ia querer analisar Tory antes de decidir exatamente que caminho seguir.

— Já falei — respondeu Tory a Briggs, com uma pontinha de irritação na voz. — Camille e eu saímos pra beber. Jogamos algumas rodadas de pôquer e fomos embora cedo. Camille estava querendo ir pra uma festa. Eu, não. Vou me apresentar hoje e gosto de estar bem nesses dias.

— Fiquei sabendo que os ingressos das suas apresentações andam esgotando — disse o agente Briggs.

— Pode dizer o que está pensando, agente. — Tory o encarou, e foi quase como se ela estivesse nos observando com aquele mesmo olhar indiferente. — Minhas apresentações estão esgotando desde que o Wonderland fechou o cassino deles.

Desde que a segunda vítima literalmente pegou fogo, corrijo-a silenciosamente.

— Você parece estar na defensiva. — Foi a agente Sterling quem disse isso. Eu a conhecia o suficiente para saber que ela só tinha escolhido aquele momento para falar, além de ter feito exatamente aquela observação, por um motivo.

TUDO OU NADA 101

— Já é a segunda vez que vocês me entrevistam no intervalo de duas horas — rebateu Tory. — Vocês vieram até o meu local de trabalho. Não fazia muito tempo que eu conhecia Camille, mas gostava dela. Então, sim, quando vocês vêm aqui, supostamente dando sequência ao que eu falei ontem à noite, mas também dando indiretas sobre meu rival morto, eu fico meio na defensiva.

— Não só na defensiva — opinou Michael, mas não disse o que mais estava vendo no rosto dela.

— Eu não fiz mal a Camille — disse Tory, sem rodeios. — E não perderia meu tempo com Sylvester Wilde. Eu lamento por ela estar morta. Mas não lamento por ele. Acabamos por aqui?

Lia assobiou baixinho.

— Ela é boa.

— Em mentir? — perguntei, me perguntando qual parte da declaração que Tory tinha acabado de fazer não era verdade.

— Ela ainda não mentiu — disse Lia. — Mas vai. Os melhores mentirosos começam te convencendo de que são diretos ou incapazes de mentir. Ela está seguindo a primeira estratégia. E como eu falei, ela é muito, muito boa.

Tory era ilusionista. Era fácil acreditar que ela estava montando o palco para que, quando o desvio chegasse, Briggs e Sterling não percebessem.

A agente Sterling mudou a tática.

— Você consegue pensar em alguém que pudesse querer fazer mal a Camille? Alguém que talvez guardasse rancor dela?

Um vislumbre de tristeza passou pelo rosto de Tory. Ela afastou o sentimento. *Sem dor de cabeça. Sem estresse.*

— Camille era a única mulher com chance de avançar para a final numa competição de alto risco dominada por egos e homens. Ela era confiante e manipuladora e adorava vencer.

Você se identifica com ela, percebi enquanto Tory falava.

— Camille também era bonita, quase famosa e não tinha nenhum problema em dizer não para as pessoas — continuou

Tory sem nem hesitar. — Devia ter muita gente querendo fazer mal a ela.

Ela falou de um jeito tão direto que entendi na mesma hora: *Alguém, talvez várias pessoas, te magoaram.* Tory sabia como era ser vista como fraca e sabia como era ser dominada. Eu conseguia entender por que Camille tinha escolhido passar tempo com ela. Se fosse fictícia, Tory Howard seria exatamente o tipo de personagem que Camille Holt escolheria interpretar.

— Camille comentou com você alguma coisa sobre Aaron Shaw? — O agente Briggs mudou novamente a linha de interrogatório.

— Interessante — murmurou Michael, chegando mais perto da tela... e de Tory.

— Camille e eu nos conhecemos numa festa de Ano-Novo — respondeu Tory. — Nos demos bem. Saímos pra beber algumas vezes. Eu não chegava a ser o tipo de pessoa para quem ela se abria.

Olhei para Lia. *Ela está falando a verdade para eles de novo,* pensei.

— Mais uma pergunta — disse a agente Sterling. — Você e Camille foram ao Majesty ontem à noite.

— Ao novo restaurante japonês — ofereceu Tory. *Mais uma verdade, essa bem fácil de verificar.*

— Quem escolheu o restaurante? — perguntou Sterling.

Tory deu de ombros.

— Ela.

Atrás de mim, Lia tirou as pernas de cima do sofá e se levantou.

— Aí está — disse ela. — Essa é a mentira.

Capítulo 20

— **Vou mandar uma mensagem** pra Sterling. — Dean esticou a mão para pegar o celular. Havia uma grande chance de Sterling e Briggs terem pescado a mentira, mas eles iriam querer que Lia confirmasse. — Tem mais alguma coisa pra acrescentar? — perguntou Dean enquanto digitava.

Por algum milagre, Michael conseguiu sufocar sua mania de responder a tudo que Dean dizia com um deboche.

— Duas coisas — disse Michael. — Primeiro, estar na defensiva não é uma emoção. É uma combinação de emoções que acontece de jeitos diferentes em pessoas diferentes em momentos diferentes. Nesse caso, temos um coquetel impressionante de raiva, autodefesa e culpa.

Tory se sente culpada. Tentei encaixar isso com o que sabia sobre ela. Me parecia ser uma pessoa pragmática. Assim como Camille, havia chegado ao topo em um campo dominado por homens. Para ter sua própria apresentação em Las Vegas, ela deve ter precisado ser ambiciosa.

Não me parecia o tipo de pessoa que se permitiria ficar tanto tempo deprimida por seja lá o que fosse.

— E a segunda coisa? — perguntou Dean.

— A reação dela a Aaron Shaw — respondi antes de Michael.

Michael inclinou levemente a cabeça.

— Paralisação temporária dos músculos faciais, sobrancelhas resistindo à necessidade de se franzirem, uma leve repuxada dos lábios. — Ele ficou mexendo a garrafinha ritmicamente de uma das mãos para a outra e explicou melhor. — Medo.

Do que você tem medo, Tory? Por que desconversou quando Briggs e Sterling te perguntaram se Camille comentou alguma coisa sobre Aaron Shaw?

Acabei pensando no que eu sabia sobre o meio-irmão de Sloane. Crescera em uma família em que riqueza e poder eram presença certa. Eu apostava que ele tinha sido criado para seguir os passos do pai. Não seria difícil alguém assim se acostumar a limites morais difusos. Mas também teve aquela pontada de gentileza no jeito como ele interagiu com Sloane, e era isso me fazia hesitar.

É de você que Tory tem medo?, pensei, visualizando Aaron. *Ou do seu pai?*

Dean enviou a mensagem. Logo depois ouvimos a agente Sterling pedir licença do interrogatório. Em um minuto, Dean recebeu uma resposta.

— Mais alguma coisa? — leu ele em voz alta. — Cassie?

O fato de a agente Sterling ter dirigido a pergunta a mim me deu a entender que ela estava atrás de algo específico, uma confirmação de algum palpite dela ou algum aspecto da personalidade de Tory que seria mais provável que eu pescasse do que Dean.

— Não sei — falei baixinho —, mas podemos estar diante de um histórico de agressão. Verbal, física, sexual… ou talvez só uma ameaça constante disso.

Dizer isso me deu a sensação de quebra de confiança. Michael deve ter percebido pela minha voz, porque se inclinou sobre Dean e me passou a garrafinha. O encarei, uma sobrancelha arqueada. Ele deu de ombros.

— Não tenho como ajudar vocês. — O aumento no volume chamou minha atenção de volta ao tablet. Estava na cara que Tory tinha chegado ao limite. — Se tiverem mais perguntas, podem enviar ao meu advogado.

TUDO OU NADA 105

— Tudo bem aqui? — Sterling voltou a participar da conversa, entrando no campo de visão da câmera.

Briggs pigarreou.

— Eu estava perguntando à srta. Howard se alguém podia confirmar o paradeiro dela depois que se separou da srta. Holt.

— *E foi aí que ela mencionou o advogado.* Briggs deixou a segunda parte da frase no ar.

Ela não confia em pessoas ocupando posições de poder, falei mentalmente para ele. *E não confia em você.*

— Eu posso. — Uma voz masculina chegou pelo microfone vários segundos antes de o dono aparecer na tela, ficando exatamente entre Tory e os agentes do FBI. *Homem. Jovem. Vinte e poucos anos, no máximo.* Meu cérebro começou a catalogar o grupo demográfico antes mesmo de reconhecer o rosto.

— Beau Donovan — disse Dean. — Um de nossos suspeitos. O lavador de pratos de 21 anos que ganhou a vaga de amadores no torneio de pôquer.

— Tory estava comigo — disse Beau. — Ontem à noite, depois que ela e Camille se separaram, Tory esteve comigo.

— Que história engraçada — disse Lia, fingindo um sussurro. — Ela não estava mesmo.

Você está mentindo. Só isso já bastou para Beau prender completamente minha atenção. Ele e Tory tinham a mesma altura, mas ele ficou um pouco à frente dela. *Protetor.*

— Você e Beau estavam juntos ontem à noite? — O agente Briggs pressionou Tory.

— Isso mesmo — disse Tory, encarando os agentes. — Estávamos.

— Ela é *realmente* muito boa — comentou Lia. — Até eu poderia ter deixado essa mentira passar.

— E como vocês se conhecem? — perguntou Sterling.

Beau deu de ombros, parecendo por um instante um garoto encolhido nos fundos da sala de aula, sem nem prestar atenção direito no que era dito na frente.

— Ela é minha irmã.

Houve um momento de silêncio.

— Sua irmã — repetiu a agente Sterling.

— Irmã adotiva. — Foi Tory quem ofereceu essa informação. Ela era dois, talvez três anos mais velha do que Beau. Algo me deu a entender que aquele jeito protetor era recíproco.

— Ainda está precisando de ajuda pra consertar as lâmpadas? — perguntou Beau a Tory, como se o FBI não estivesse presente. — Ou não?

— Sr. Donovan — disse a agente Sterling, forçando a atenção dele de volta para ela —, você se importaria se fizéssemos algumas perguntas?

— Manda ver.

Tory não é a única que não gosta muito de gente em posição de poder.

— Fiquei sabendo que você avançou para as finais do torneio de pôquer multicassinos de Las Vegas — disse a agente Sterling. — Você anda recebendo bastante atenção.

— Todo mundo adora uma história de superação. — Beau deu de ombros novamente. — Estou pensando em vender os direitos pra Hollywood — disse ele. — Vai ser um daqueles filmes superinspiradores.

— Beau — disse Tory com um tom de advertência na voz.

— Só responde às perguntas.

Que interessante. Ela não queria que ele irritasse as autoridades. Por uma fração de segundo tive a sensação de estar vendo Lia e Dean num universo paralelo, em que ela era a mais velha e ele tinha aquele mesmo jeito cínico de Michael.

— Tudo bem — disse Beau para Tory, virando-se para a agente Sterling. — O que você quer saber?

— Há quanto tempo você joga pôquer?

— Um tempinho.

— Você deve ser bom.

— Melhor do que alguns.

TUDO OU NADA 107

— Qual é seu segredo?

— A maioria das pessoas é péssima mentindo — Beau disse, deixando os agentes assimilando a frase. — E pra alguém que abandonou o ensino médio, até que eu mando muito bem em matemática.

Vi Sterling arquivando essas frases para refletir mais tarde, e fiz o mesmo.

O agente Briggs assumiu o interrogatório.

— Você estava na festa de Ano-Novo no terraço do Apex?

— Estava — disse Beau. — Pensei em dar uma olhada no jeito como a outra metade das pessoas vive.

— Você conhecia Camille Holt? — perguntou a agente Sterling.

— Conhecia. Era uma garota legal — respondeu Beau.

— Mentira — cantarolou Lia.

— Bom — consertou Beau, como se tivesse escutado Lia —, Camille era legal comigo. Éramos os excluídos naquela panelinha. Ela era uma garota. Eu lavo pratos — disse, abrindo um sorrisinho torto. — Uma garota como ela normalmente não daria nem dois segundos pra um cara como eu. Mas quando eu entrei no torneio, ela se esforçou pra fazer com que eu me sentisse bem-vindo.

— Ela estava tentando te entender.

Entendi o motivo da declaração de Sterling: era uma tentativa de ver como Beau lidava com rejeição. *Diga que Camille só foi legal com ele para manipulá-lo e veja o que acontece.*

Beau deu de ombros.

— Claro que estava.

— Bola fora — disse Michael, baixinho. Ou melhor dizendo: as palavras de Sterling não conseguiram reação do alvo. Nenhuma.

— Camille era competitiva — disse Beau. — Eu respeitava isso. Além do mais, logo no início ela se deu conta de que não era comigo que ela precisava se preocupar.

A agente Sterling inclinou a cabeça.

— E com quem Camille *estava* preocupada?

Beau e Tory responderam à pergunta ao mesmo tempo:

— Thomas Wesley.

Capítulo 21

Enquanto Briggs e Sterling iam atrás de Thomas Wesley, nós ficamos por nossa conta. Michael tirou o fone e o jogou no tapete com o mesmo cuidado de quem joga um guardanapo amassado.

— Me chamem quando o show recomeçar — disse ele, pegando a garrafinha de volta e indo para o quarto. Lia me lançou um olhar como quem diz *Falei que estávamos com problemas da cabeça aos pés, não falei?*

Sim, pensei enquanto via Michael se afastando. *Você falou.*

— Vou dar uma olhada em Sloane — falei. Michael não fazia questão da minha preocupação. Sloane pelo menos talvez ficasse feliz com a companhia.

Quando cheguei ao nosso quarto, fui recebida pelo som de música eletrônica animada tocando. Abri a porta, meio que esperando ver Sloane de óculos de proteção e prestes a explodir alguma coisa. *Isso me ajuda a pensar*, ela explicou uma vez, como se explosivos fossem uma forma alternativa de meditação.

Mas, por sorte, na ausência do laboratório no porão, Sloane escolhera um caminho diferente… e menos explosivo. Estava deitada de cabeça para baixo na cama, a parte superior do corpo pendurada na ponta. Diagramas, gráficos e mapas desenhados à mão formavam três camadas que cobriam o chão ao redor dela.

— Treze horas. — Sloane gritou as palavras num tom mais alto que a música, ainda de cabeça para baixo. Fui abaixar o volume e ela continuou, dessa vez a voz mais suave, mais vulnerável. — Se nosso UNSUB está matando uma pessoa por dia, temos no máximo treze horas até ele matar novamente.

Briggs pedira a Sloane que descobrisse onde o UNSUB atacaria em seguida. Ela levou o pedido a sério. *Você quer ser necessária. Quer ser útil. Quer ter importância, mesmo que só um pouco.* Andei na ponta dos pés em volta dos papéis e deitei na cama ao lado dela. Ali, de cabeça para baixo, uma ao lado da outra, nos olhamos.

— Você vai conseguir — falei para ela. — E mesmo se não der certo, ainda assim vamos te amar.

Ficamos um instante em silêncio.

— Ela estava de vestido — sussurrou Sloane um pouco depois. — A garotinha. — Ela balançou a cabeça de leve, depois pegou uma caneta e começou a marcar distâncias em um dos mapas, tão tranquilamente como se não estivesse vendo tudo invertido.

Senti um aperto no peito. O jeito como Sloane segurava a caneta me dava a entender que nem mergulhar em um projeto como aquele era suficiente para fazê-la parar de pensar no pai dedicado e na filhinha dele.

— Estava com um vestido branco. — Sloane prosseguiu, em um tom de voz bem baixinho. — Estava limpo. Você reparou?

— Não — falei, gentil.

— Crianças mancham roupas brancas até uma hora depois de vesti-las em pelo menos 74 por cento das vezes — falou Sloane. — Mas não ela. Ela não o estragou.

O jeito como Sloane pronunciou a palavra *estragou* me deu a impressão de que ela não estava falando apenas de *crianças* manchando roupas. Estava falando de si mesma. E as roupas eram só a pontinha do iceberg.

— Sloane...

— Ele foi com ela ao bar pra pegar uma cereja. — Ela parou de mover a mão e se virou para me olhar novamente. — Ele levou cereja pra mim. Só uma vez.

TUDO OU NADA 111

Sloane poderia ter me dito a quantidade de cerejas, o dia e a hora exata, quantas horas tinham se passado desde então... eu conseguia *ver* todas essas informações se repetindo sem parar na cabeça dela.

— Ajuda se eu sentir ódio dele por você? — perguntei.

Dele. Do pai dela.

— Deveria? — perguntou Sloane, franzindo a testa e se sentando. — Eu não sinto ódio. Acho que talvez, um dia, quando eu estiver mais velha, pode ser que ele não me odeie.

Quando estiver mais velha... e for uma pessoa melhor e normal e boa, completei inconscientemente. Uma vez Sloane me contou que dizia e fazia a coisa errada em 84 por cento do tempo. O fato de que seu pai biológico desempenhou um papel lhe ensinando isso, o fato de Sloane ainda ter esperanças de que um dia ele pudesse desenvolver o menor sinal de afeição por ela se pelo menos fizesse as coisas direito, doeu de verdade.

Me sentei e passei os braços ao redor dela. Sloane se permitiu ser abraçada e ficou uns segundos com a cabeça apoiada no meu ombro.

— Não conta pra ninguém — disse ela. — Sobre as cerejas.

— Não vou contar.

Ela esperou mais um pouco e se afastou de mim.

— Uma vez Al Capone doou duas cerejeiras pra um hospital como agradecimento por ter lhe curado da sífilis. — Depois dessas palavras inesquecíveis, Sloane se deitou de cabeça para baixo na beira da cama, os olhos fixos nos mapas e desenhos que tinha reunido. — Se você não sair — avisou ela —, existe uma probabilidade alta de que eu comece a te contar algumas estatísticas sobre sífilis.

Rolei para fora da cama.

— Anotado.

De volta à sala, Michael achou que valia a pena retornar. Por motivos que eu não fazia a menor ideia, ele e Lia estavam numa disputa de queda de braço.

— O que... — comecei a dizer, mas, antes que pudesse terminar, Dean explicou.

— O show recomeçou.

Lia se aproveitou da distração de Michael e bateu com a mão dele na mesa.

— Ganhei!

Antes que Michael pudesse reclamar, ela voltou para onde estava no sofá. Me sentei ao lado de Dean. Michael ficou nos observando por um ou dois segundos, depois pegou o fone do chão e foi para trás de Lia.

Na tela, vi a mão de alguém (provavelmente de Briggs) bater à porta de um quarto de hotel. Coloquei o fone a tempo de ouvir o assistente de Thomas Wesley atender.

— Pois não?

— Agentes Sterling e Briggs — ouvi Sterling dizer, fora da tela. — FBI. Gostaríamos de dar uma palavrinha com o sr. Wesley.

— Infelizmente o sr. Wesley não está disponível no momento — disse o assistente.

A expressão no rosto de Lia deixou claro que aquilo era mentira.

— Vou ter o prazer em passar o recado ou colocar vocês em contato com o advogado do sr. Wesley.

— Se pudermos tomar só alguns minutos do tempo do sr. Wesley... — tentou Briggs mais uma vez.

— Infelizmente, é impossível. — O assistente deu um sorriso e fuzilou Briggs com o olhar.

— Tudo bem, James — disse uma voz e, um segundo depois, Thomas Wesley surgiu na tela. Estava com o cabelo grisalho levemente bagunçado. Usava um roupão de seda azul-petróleo e basicamente só isso. — Agente Sterling. Agente Briggs. — Wesley cumprimentou cada um com um aceno de cabeça, como um monarca graciosamente se dirigindo aos súditos. — Como posso ajudar?

TUDO OU NADA 113

— Temos só algumas perguntas — disse a agente Sterling — em relação ao seu relacionamento com Camille Holt.

— Claro.

— Sr. Wesley — disse o assistente, James, a voz carregada de desgosto. — O senhor não tem nenhuma obrigação de...

— Responder a nada que eu não queira responder — concluiu Wesley. — Eu sei. Acontece que eu quero responder às perguntas dos agentes. E — acrescentou ele, voltando a atenção para a tela — eu sou um homem acostumado a fazer o que quer.

Nesse momento, tive a estranha sensação de que ele estava dirigindo as palavras menos para o agente Briggs e mais para a câmera.

— Você mudou de hotel — disse o agente, arrastando o olhar do homem para cima. — Por quê?

Era uma pergunta inocente cujo único propósito era impedir que o homem olhasse muito atentamente para a caneta no bolso do agente Briggs.

— O outro ficou com o clima pesado depois daquela coisa toda de homicídio — respondeu Wesley. — Ele falava num tom que parecia casual, mas...

Michael preencheu as lacunas.

— Ele está mais incomodado do que quer demonstrar.

— Você sabe que houve... — respondeu a agente Sterling para Wesley.

— Outro homicídio aqui no Desert Rose? — disse Wesley sem nem hesitar, depois deu de ombros. — Quatro corpos em quatro dias em quatro cassinos diferentes. Entre ficar em um *quinto* cassino no dia cinco e ficar em um dos quatro, achei que teria mais chances de me dar bem se continuasse aqui.

Você está sempre jogando com as possibilidades, pensei, os olhos fixos em Wesley. *E com base no seu histórico no ramo, você costuma vencer.*

— Podemos entrar? — Foi Sterling quem perguntou. Ela também devia estar jogando com as possibilidades, especificamente com o fato de ser menos provável que Wesley, um mulherengo assumido, recusasse o pedido de uma agente mulher.

— Na verdade, hoje de manhã o sr. Wesley tem vários compromissos marcados — disse o assistente.

— James, vai arrumar o armário de bebidas — ordenou Wesley preguiçosamente. — Em ordem alfabética desta vez.

Após olhar de cara feia para os agentes pela última vez, o assistente de Wesley fez o que o chefe mandou. Wesley abriu mais a porta da suíte e gesticulou.

— Por favor — disse ele. — Entrem. Eu tenho uma vista *excelente* da piscina.

Em três segundos, Briggs e Sterling estavam na suíte. Ouvi a porta se fechar atrás deles. E então a imagem ficou preta.

Capítulo 22

Aquele barulho de estática foi ensurdecedor no meu ouvido. Joguei o fone longe. Os outros fizeram o mesmo.

— Mas que… — Quando o assunto era xingar, Lia era criativa e certeira. Ela começou a pressionar vários botões do tablet. *Nada.*

Dean se levantou.

— Ou estão fora de alcance ou tem alguma coisa bloqueando o sinal.

Considerando que a startup mais recente de Thomas Wesley era especializada em tecnologia de *segurança*, eu apostava na segunda opção. Tentei mandar uma mensagem para Sterling, mas a mensagem voltou indicando não ter sido entregue.

— O sinal de celular também está bloqueado — avisei.

— Quer saber? — disse Michael, os olhos brilhando. — Estou a fim de dar um passeio. Possivelmente lá pelos lados do Desert Rose.

— Não — respondeu Dean, seco. — Sterling e Briggs dão conta de Thomas Wesley, com ou sem a gente.

Lia girou o rabo de cavalo ao redor do indicador como se estivesse refletindo.

— Judd foi buscar comida — comentou ela. — E ouvi falar que o Desert Rose tem a maior piscina coberta do mundo.

— Lia — disse Dean. — Nós vamos ficar aqui.

— Claro que vamos — disse Lia, dando um tapinha no ombro dele. — E independente do que você diga, não estou planejando ir, até porque vivo fazendo o que mandam. Todo mundo sabe que eu não faço a menor questão de tomar minhas próprias decisões — declarou ela. — Principalmente quando a pessoa dando as ordens é você!

Nós fomos para a piscina.

Sloane preferiu ficar na suíte. Considerando o quanto ela odiava ser deixada de fora, interpretei isso levando em conta o fato de ela odiar mais ainda a ideia de não dar a Briggs a resposta que ele havia pedido.

— Nada mal — anunciou Lia enquanto deitava-se numa espreguiçadeira e virava o rosto para o céu artificial. O enorme complexo de piscinas cobertas do Desert Rose estava lotado de famílias e de quem tinha se isolado na área só para adultos, apesar de ainda não ser nem meio-dia.

Dean olhou para ela como se estivesse de saco cheio, mas se manteve em silêncio enquanto observava o local em busca de possíveis ameaças. Ocupei a espreguiçadeira ao lado de Lia. Thomas Wesley disse que a suíte dele tinha uma linda vista da piscina. Dei uma olhada nas sacadas com acesso a ela e levei a mão ao fone escondido sob o cabelo. Abaixei o volume para que o barulho de estática não ficasse tão ensurdecedor, mas mesmo assim estática continuou sendo a única coisa que consegui escutar.

— Você está frustrada.

Ergui o olhar e dei de cara Michael me encarando.

Ele ocupou a espreguiçadeira do outro lado de Lia e levou as mãos até a barra da camiseta, como se fosse tirá-la. Até que interrompeu o gesto, passou uma das mãos no cabelo e deixou a outra na lateral da espreguiçadeira. Parecia completamente à vontade, completamente relaxado.

TUDO OU NADA 117

Precisei reunir todas as minhas forças para não ficar imaginando os hematomas na barriga e no peito dele.

— Não me olha desse jeito — disse Michael baixinho. — Você não, Cassie.

Fiquei me perguntando o que exatamente ele tinha visto na minha expressão. Será que foram meus olhos, meus lábios ou a tensão no meu pescoço que me entregaram?

Ele sabe que eu sei por que ele não pode tirar a camiseta.

— Que jeito? — perguntei, me obrigando a me encostar e fechar os olhos. Michael era especialista em fingir que as coisas e as pessoas não tinham a menor importância. Eu não era tão talentosa assim, mas não o obrigaria a conversar sobre esse assunto comigo.

Nós não conversamos sobre quase nada mais mesmo.

Michael pigarreou.

— Ah, é agora que as coisas vão ficar interessantes.

Abri os olhos. Michael indicou a área da piscina reservada para adultos. *Daniel de la Cruz. O professor. Suspeito número dois.* Reconheci o homem um segundo antes de Lia. Depois de refletir por um instante, ela levantou da espreguiçadeira e jogou o longo rabo de cavalo por cima do ombro.

Enquanto Lia ia até lá, passava debaixo da corda e Dean resmungava algo que parecia muito *péssima ideia* baixinho, repassei tudo o que sabia sobre Daniel de la Cruz: *intenso. Perfeccionista.* Ainda assim, ali estava ele, com uma bebida na mão bem antes do meio-dia.

Você não está bebendo, percebi depois de um momento observando de la Cruz. Aquele era o tipo de homem que sabia exatamente a maneira como era percebido... e exatamente como manipular essa percepção. Ele fez contato visual com uma mulher próxima.

Ela sorriu.

Para você, tudo não passa de um algoritmo. Tudo pode ser previsto. Eu não conseguiria identificar o que exatamente me passou essa impressão. O caimento da sunga? O olhar atento? *Você tem PhD em matemática. Que tipo de professor joga pôquer profissional como carreira paralela?* Antes que eu pudesse raciocinar e chegar a respostas, Lia esbarrou em de la Cruz. Ele segurou a bebida um instante antes de derramar nela. *Bons reflexos.*

Ao meu lado eu praticamente conseguia *ouvir* Dean trincando os dentes.

— Ela vai se sair bem — murmurei ao mesmo tempo em que pensava no nosso UNSUB, na sequência de Fibonacci, no cuidado com que os dois primeiros homicídios tinham sido planejados.

— Ela vai se sair bem — murmurou Dean. — *Eu* que vou ter um ataque cardíaco.

— O que eu falei, Jonathan? — Uma voz ríspida interrompeu meu fluxo de pensamento. À minha esquerda, um homem com cabelo perfeito e o rosto que mal conseguia disfarçar sua desaprovação foi até um garotinho de sete ou oito anos. Seja lá o que o menino tenha respondido, o homem não gostou, então deu outro passo na direção da criança.

Ao meu lado, Michael ficou tenso da cabeça aos pés. Mas um momento depois estava novamente tão relaxado que cheguei a me perguntar se tinha sido coisa da minha cabeça. Ele se levantou preguiçosamente, limpando uma poeirinha invisível da camiseta enquanto se aproximava do homem e do garoto.

— Dean — falei, o tom de voz urgente.

Dean já estava de pé.

— Eu fico de olho na Lia — falei. — Vai.

Michael se sentou a uma mesa próxima ao garoto com o pai. Estampou um sorrisinho agradável no rosto enquanto observava a piscina, mas eu sabia que não devia achar que aquele posicionamento fosse mera coincidência. Michael aprendera a interpretar emoções como mecanismo de defesa contra os humores voláteis do pai aparentemente perfeito. A raiva era a emoção que mais o tirava do sério, mas aquela raiva escondida sob máscaras, que surgia entre familiazinhas que pareciam sem defeito? Isso não era só um gatilho. Era uma bomba-relógio.

Dean se sentou à mesa onde Michael estava antes. Michael apoiou os pés numa outra cadeira, como se não tivesse nenhuma preocupação no mundo.

Seguindo a promessa que fiz a Dean, forcei minha atenção de volta para Lia e o professor.

— Parece que você está bem por dentro do estado da nossa investigação.

Demorei um pouco até perceber que o áudio no meu fone tinha voltado. Briggs estava falando em alto e bom som, mas a resposta saiu abafada. Abaixei a cabeça e deixei o cabelo cair no rosto para ajustar o volume.

— ... obrigação minha saber. A primeira garota morreu na festa que eu estava dando, e Camille era minha amiga, digamos assim. Para um homem na minha posição, é bom ficar de olho nos amigos.

Observei as sacadas próximas. Lá perto do topo do domo identifiquei três pessoas. Duas estavam de terno. *Sterling e Briggs.*

Não fui a única a reparar. Do outro lado da piscina, o professor tinha os olhos fixos tanto em Wesley quanto nos agentes. *Você repara nas coisas, professor. Se orgulha disso.*

Chamei a atenção de Lia e sustentei o olhar dela por um segundo. Ela disse alguma coisa para de la Cruz e voltou até mim. Depois, num movimento fluido e coreografado, puxou o elástico que prendia o rabo de cavalo, deixando o cabelo preto cascatear pelas costas. Quando se sentou ao meu lado, encaixou o fone no ouvido.

— Imagino que você não possa ser persuadido a revelar sua fonte de informação sobre o caso de Camille, certo? — perguntou a agente Sterling. Era estranho ouvir sua voz enquanto eu só conseguia identificar sua silhueta na sacada.

— Provavelmente não — respondeu Wesley tranquilamente. — Mas James ficaria feliz em fornecer meus álibis pra cada uma das últimas quatro noites.

A expressão de Lia deixou bem claro seu ceticismo com relação ao assistente James ficar *feliz* em ajudar o FBI seja lá como fosse. Me virei para chamar a atenção dos garotos, mas nem Michael nem Dean estavam à mesa onde os dois se encontravam apenas um momento antes.

Ao olhar melhor, percebi que o garotinho e o pai também não. Enquanto prestava atenção às pessoas presentes, a agente Sterling transmitia a trilha sonora.

— Você é um homem inteligente — disse ela para Wesley, massageando o ego dele. — O que acha que aconteceu com Camille Holt?

Foi então que finalmente vi Michael encostado na lateral de uma lanchonete com tema de camelo. A poucos metros dali, o garotinho e o pai chegaram à frente da fila. Procurei Dean e o encontrei preso atrás de um grupo de mulheres de uns quarenta anos, tentando passar por elas para alcançar Michael.

— O que eu acho? — disse Wesley na trilha sonora no meu ouvido. — Acho que, se eu estivesse no seu lugar, estaria interessado nas habilidades bem particulares de Tory Howard.

Bem perto de Michael, o garoto estendeu a mão para pegar uma casquinha de sorvete. Ele sorriu para o pai. O pai sorriu para ele.

Dei um suspiro interno de alívio. Dean finalmente conseguiu atravessar a multidão e já estava se aproximando de Michael.

Nesse instante, duas coisas aconteceram. No áudio do fone, o agente Briggs pediu para Thomas Wesley esclarecer o comentário dele sobre as habilidades de Tory e, perto da lanchonete, o garotinho tropeçou e o sorvete caiu no chão.

Tudo entrou em câmera lenta para mim ao mesmo tempo que o garoto ficou paralisado. O pai esticou a mão para pegar o filho, fechou-a no braço do garoto e o puxou com grosseria para o lado.

Michael avançou com tudo. Num segundo estava a meio metro de Dean e, no seguinte, estava arrancando a mão do pai do braço do filho e se preparava para acertar um soco na cara do homem.

— Estou surpreso que você não saiba. — A voz de Wesley interrompeu meu horror. — Tory Howard é uma ilusionista até bem decente, mas o verdadeiro talento dela é hipnose.

Capítulo 23

O homem que Michael atacou retribuiu com outro soco. Michael caiu. Mas não ficou no chão.

Dei um pulo, mas num piscar de olhos Lia entrou na minha frente.

— Dean cuida disso.

Tentei desviar dela.

— Pra trás, Cassie — disse Lia, a voz baixa, o rosto a menos de dois centímetros do meu. — A última coisa de que eles precisam é você no meio da briga. — Ela passou o braço pelo meu. Para quem visse de fora, parecíamos melhores amigas, mas ela me segurava apertado como se seu braço fosse feito de ferro.

— Além do mais — acrescentou ela, a expressão bem séria —, alguém tem que fazer o controle de danos.

Só então percebi que o áudio tinha sido novamente interrompido. A sacada onde Sterling, Briggs e Thomas Wesley estavam momentos antes estava vazia.

Dean precisou conter Michael e começou a segurar nosso colega Natural contra sua vontade. Os seguranças foram chamados. Foi por muito pouco que Michael escapou de ir parar numa delegacia.

Dizer que nossos superiores não ficaram contentes com nosso passeio não autorizado seria eufemismo. Dizer que ficaram *menos* felizes ainda com o embate de Michael com a lei seria o eufemismo do século.

Judd nos encontrou no saguão do Majesty. Pela postura dele, os pés mais abertos do que o habitual, os braços cruzados sobre o peito, percebi que ele tinha recebido uma ligação de Sterling e Briggs.

Ao meu lado, Michael fez uma careta. Não por causa do lábio inchado ou do corte acima do olho que já estava ficando roxo, mas porque os leves sinais de tensão no semblante de Judd fizeram sua ficha cair sobre *exatamente* o tamanho da encrenca em que tínhamos nos metido.

Quando o alcançamos, Judd se virou sem dizer nada e saiu andando em direção ao elevador. Fomos logo atrás. Ele se manteve em silêncio até a porta do elevador se fechar.

— Você deu sorte de isso aí não precisar de pontos — disse Judd para Michael, e pelo tom dele percebi que não estávamos com muita sorte de estarmos presos num elevador com um atirador de elite que sabia matar um homem usando só o dedo mindinho.

— O som foi cortado enquanto Briggs e Sterling estavam interrogando Thomas Wesley — disse Lia. — A gente só tentou ficar no alcance da transmissão.

Abri a boca para confirmar o que Lia tinha dito, mas Judd me impediu.

— Não — disse ele. — Estamos em Las Vegas. Vocês são um bando de adolescentes presos numa suíte de hotel. Se eu fosse o tipo de homem que gosta de apostas, teria grandes chances de adivinhar como tudo isso foi acontecer.

— Se você fosse o tipo de homem que gosta de apostas — disse Michael, o tom de voz preguiçoso —, você estaria lá embaixo, no cassino.

Judd esticou a mão e apertou o botão de parada de emergência. O elevador sacudiu e parou. Ele se virou e ficou encarando Michael com expressão bem calma, sem dizer uma palavra.

Segundos, quase um minuto inteiro se passou.

— Desculpa — Michael disse mais para o teto do que para Judd. — Às vezes eu não consigo me segurar.

Fiquei me perguntando se Michael estava pedindo desculpas pelo desrespeito ou pelo que tinha feito na piscina.

— O que você acha que vai acontecer — disse Judd baixinho — quando o cara em quem você bateu e a família dele chegarem em casa hoje à noite?

A pergunta sugou todo o oxigênio do ar. Judd apertou o botão novamente e o elevador voltou a se mexer. Não consegui nem olhar para Michael porque não havia nada, *nada* que Judd pudesse ter dito que o deixaria mais arrasado.

A porta do elevador finalmente se abriu, mas Judd e eu fomos os últimos a descer. Não pude deixar de olhar para ele quando pisei no corredor.

— Oito de maio — disse Judd baixinho. — Seis anos em maio agora. — Ele me deu tempo suficiente para pensar nessa data, entender a que se referia antes de continuar: — Se eu tiver que ser um babaca pra não precisar enterrar outro jovem, então, Cassie, eu sei ser um babaca.

Os músculos no meu pescoço se contraíram. Judd passou por mim, pelos outros e foi o primeiro a chegar à porta da suíte. Quando a abriu, ficou paralisado.

Com os batimentos ecoando no ouvido, corri para alcançá-lo. *O que pegaria um fuzileiro experiente completamente de surpresa?* Um ou dois segundos antes de eu ver, minha mente gerou a pior resposta possível.

Sloane.

Cheguei à entrada. Lia, Michael e Dean estavam tão paralisados quanto Judd. A primeira coisa que vi foi vermelho.

Pontos vermelhos. Traços vermelhos. Vermelho nas janelas.

Sloane se virou para nós com um sorriso no rosto.

— Oi, gente!

Demorei um momento até entender que ela estava lá e estava *bem*. Levei um pouco mais de tempo para perceber que o vermelho nas janelas era um *desenho*.

— Que merda é essa, Sloane? — foi Lia quem recuperou a voz primeiro.

— Eu precisava de uma superfície maior pra escrever. — Sloane ficou tirando e colocando a tampa da caneta que tinha na mão. — Vai sair — disse ela. — Supondo que eu tenha usado uma caneta que apaga e não uma permanente.

Ainda tentando entender o que eu estava vendo, fui até o diagrama que Sloane desenhara na superfície da janela panorâmica.

— Tem uma chance de 74 por cento de sair — disse Sloane, consertando a declaração anterior. — O lado bom — continuou, se virando para observar o próprio trabalho — é que agora eu sei onde o assassino vai atacar da próxima vez.

Capítulo 24

— **Desenhei um mapa** em escala do Strip, marcando os locais dos quatro primeiros homicídios. — Sloane deu uma batidinha em cada X vermelho enquanto citava os locais. —A piscina do terraço do Apex, o palco do teatro principal do Wonderland, a localização exata onde Eugene Lockhart estava sentado quando recebeu o disparo e... — Sloane parou em frente ao último X. — O banheiro mais a leste no cassino do Majesty. — Ela nos olhou com expectativa. — O padrão não é onde o UNSUB atacou, e sim em *qual cassino*. Essas são as coordenadas precisas do assassinato!

Dean a encarou com uma expressão intensa no rosto.

— Coordenadas no sentido de latitude e longitude?

Senti-o começando a entrar na perspectiva do assassino, integrando essa informação à sua linha de raciocínio quando Sloane o interrompeu:

— Não latitude. Não longitude.

Ela tirou a tampa da caneta e desenhou uma linha conectando as duas primeiras vítimas. Depois fez o mesmo para conectar a segunda vítima à terceira e a terceira vítima à quarta. Por fim, acrescentou mais cinco marcas, amontoadas próximas dentro dos limites do Majesty. Ela as conectou ao resto, uma após a outra, e se virou para nós, os olhos brilhando.

— Estão vendo agora?

Eu vi.

TUDO OU NADA 127

— É uma espiral — disse Dean.

Ao ouvir as palavras dele, Sloane voltou e desenhou um arco sobre cada uma das linhas. O resultado mais parecia uma concha.

— Não é só *uma* espiral — disse Sloane, dando um passo para trás. — É uma espiral de Fibonacci!

Lia se jogou no sofá e ficou olhando para o diagrama de Sloane.

— Vou arriscar e chutar que isso tem alguma coisa a ver com a sequência de Fibonacci.

Sloane assentiu enfaticamente. Então, cheia de energia, olhou para a janela e, como não encontrou onde pudesse escrever, foi para a parede ao lado.

— Vamos tentar com papel desta vez — disse Judd, o tom de voz calmo.

Sloane o encarou determinada.

— Papel — disse ela, como se fosse uma palavra em outro idioma. — Certo.

Judd lhe entregou um pedaço de papel e ela se sentou no chão sem a menor cerimônia e começou a desenhar.

— O primeiro número sem ser zero na sequência de Fibonacci é um. Então você desenha um quadrado — explicou ela enquanto fazia exatamente isso — onde cada lado tem uma unidade de comprimento.

Embaixo desse quadrado ela desenhou outro idêntico.

— O número seguinte na sequência também é um. Agora você tem um e um...

— E um mais um é? — Ela não esperou resposta. — Dois.

Outro quadrado, esse com o dobro de cada um dos primeiros.

— Dois mais um dá três. Três mais dois dá cinco. Cinco mais três dá oito...

Sloane continuou desenhando quadrados e, enquanto desenhava, seguia no sentido anti-horário, até ficar sem espaço.

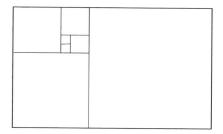

—Agora, imaginem que eu continue — disse ela, encarando Judd com um olhar muito intenso que interpretei como significando que ele tinha cometido um erro ao proibi-la de desenhar na parede. — E imaginem que eu fizesse *isto*...

Ela começou a desenhar arcos pela diagonal de cada quadrado.

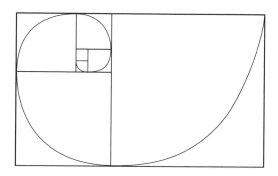

— Se eu continuasse e acrescentasse mais dois quadrados, ficaria exatamente — ela se virou para a espiral na janela — assim.

Olhei do desenho de Sloane para o esboço de Las Vegas que ela tinha feito na janela. Ela tinha razão. Começando no Apex, o assassino estava espiralando. E se os cálculos de Sloane estivessem corretos (eu não tinha nenhum motivo para duvidar disso), nosso UNSUB estava sendo tanto preciso quanto previsível.

Sloane começou a escrever os números da sequência de Fibonacci nas margens do papel, e lembrei que na primeira vez que ela nos contou sobre a sequência, comentou que estava em toda parte. Disse que era lindo.

Disse que era a *perfeição*.

Você vê a mesma coisa quando olha para esse padrão, pensei, me dirigindo ao UNSUB. *A beleza. A perfeição. Tatuada no pulso de Alexandra Ruiz. Queimada no pulso do mágico. Escrita na pele daquele idoso. Entalhada na pele de Camille.*

Você não está só passando um recado. Está criando algo. Algo lindo.

Algo sagrado.

— Qual é o próximo local? — perguntou Dean. — O próximo homicídio na espiral... onde vai ser?

Sloane se virou para a janela e deu uma batidinha sob o quinto X que havia desenhado.

— Bem aqui — disse ela. — No Majesty. Todos os pontos de assassinato que restam são aqui. Quanto mais perto do núcleo da espiral, mais próximos os pontos ficam uns dos outros.

— Onde no Majesty? — perguntou Dean a Sloane.

Se o UNSUB continuasse matando uma pessoa por dia, talvez estivéssemos a minutos do próximo assassinato... e não mais do que horas.

— No Grande Salão de Festa — murmurou Sloane enquanto olhava para o desenho na janela com a expressão perdida. — Só pode ser lá.

Você

A faca é a próxima.
Água. Fogo. Atravessar o idoso com uma flecha. Estrangular Camille. Agora vem a faca. É assim que se faz. É assim que tem que ser.

Você se senta no chão, de costas para a parede, a lâmina equilibrada com cuidado no joelho.

Água.

Fogo.

Perfuração.

Estrangulamento.

Um, dois, três, quatro...

A faca vai ser o item número cinco. Você respira fundo, sentindo o número das armas: o peso exato da lâmina, a velocidade com que você vai cortar a garganta do seu próximo alvo.

Você expira.

Água. Fogo. Perfuração. Estrangulamento. A faca é a próxima.

E aí... e aí...

Você sabe como tudo isso termina. Você é como um bardo contando essa história. É como um alquimista destruindo o padrão.

Mas agora tudo que importa é a lâmina e sua respiração regular e o conhecimento de que tudo pelo que você tanto batalhou vai acontecer.

Começando pelo número cinco.

Capítulo 25

O FBI ficou vigiando o Grande Salão de Festas. Para aqueles de nós que *não estavam* autorizados a participar de tocaias, o dia logo virou um jogo de espera. A tarde foi lentamente tornando-se noite. Quanto mais escuro ficava, mais fortes as luzes do lado de fora da nossa janela pintada de vermelho pareciam ficar — e mais acelerado meu coração batia.

Primeiro de janeiro. Dois de janeiro. Três de janeiro. Quatro de janeiro. Eu não conseguia parar de pensar que estávamos no dia cinco. *Quatro corpos em quatro dias. Agora vem o número cinco. É assim que você pensa nelas, né? Não como pessoas. Como números. Coisas a serem quantificadas. Uma parte da sua equação.*

Minha mente foi até a foto que eu tinha visto no arquivo da minha mãe, de um esqueleto cuidadosamente embrulhado num xale azul-royal. Dean percebeu uma ponta de remorso no jeito como o corpo tinha sido enterrado. Eu não conseguia parar de me lembrar do contraste.

Você não sente remorso. Me obriguei a focar no assassino de Las Vegas. Com isso, sim, eu conseguia lidar. Disso eu dava conta. *Por que sentiria? Tem bilhões de pessoas no mundo, e você só matou uma porcentagem bem pequena delas. Uma, duas, três, quatro...*

— Pronto, chega. — Lia saiu do quarto, deu uma olhada na gente e foi até a cozinha. Ouvi-a abrir o freezer e segundos depois ela já estava de volta. Jogou uma coisa para Michael. — Pano de prato congelado — disse ela para ele. — Coloca no olho e para de ficar emburrado, porque todo mundo sabe que isso tem mais a cara do Dean.

Lia nem esperou para ver se Michael seguiria as instruções, foi logo se virando para o alvo seguinte.

— Dean — disse ela, a voz oscilando um pouco. — Eu estou grávida.

A pálpebra de Dean tremeu.

— Não está, não.

— Quem pode garantir? — rebateu Lia. — A questão é que ficar aqui esperando o telefone tocar pensando nos piores cenários possíveis não está ajudando ninguém.

— E o que você sugere? — perguntei.

Lia apertou um botão e uma cortina blecaute começou a cobrir lentamente as janelas... e tudo que estava escrito. Sloane soltou um gritinho indignado, mas Lia cortou qualquer reclamação.

— Eu sugiro — disse Lia — passarmos as próximas três horas e 27 minutos fazendo nossas melhores imitações de adolescentes *de verdade*. — Ela se sentou entre mim e Dean no sofá. — Quem está a fim de brincar de Duas Verdades e uma Mentira?

— Eu fui expulso de quatro colégios internos. — Michael franziu as sobrancelhas, seu tom não dando nenhuma indicação se ele dizia ou não a verdade. — Meu filme favorito é *A incrível jornada*.

Não é aquele em que os bichinhos de estimação perdidos tentam encontrar o caminho de volta para casa?, pensei.

— E — concluiu Michael de um jeito elaborado — estou pensando em ir ao quarto do Redding hoje quando ele estiver dormindo pra raspar minhas iniciais na cabeça dele.

Três declarações. Duas verdades. Uma mentira.

— A terceira — disse Dean num tom de voz sombrio. — A mentira é a terceira frase.

Michael não conseguiu exatamente dar um sorrisinho malandro com o lábio inchado como estava, mas se esforçou.

TUDO OU NADA 133

Lia, deitada de bruços no tapete, se apoiou nos cotovelos.
— De quantos colégios internos você *foi* expulso? — perguntou ela.

Michael deu um tempinho para Dean perceber que nossa detectora de mentiras tinha identificado a primeira frase como mentira.

— Três — disse ele para Lia.

— Preguiçoso — opinou ela.

— Não tenho culpa por Sterling e Briggs ainda não terem me expulsado. — Michael passou um polegar pelo lábio cortado, os olhos brilhando de um jeito estranho. — Está na cara que eu sou dor de cabeça. Eles são inteligentes. A expulsão número quatro é só questão de tempo.

Melhor fazer alguém te rejeitar, pensei, entendendo mais do que queria, *do que deixar eles fazerem isso por conta própria*.

— *A incrível jornada?* — Dean olhou para Michael. — Sério?

— Fazer o quê? — respondeu Michael. — Não resisto a cachorrinhos e gatinhos fofos.

— Isso parece estatisticamente improvável — disse Sloane, que olhou por vários segundos para Michael e então deu de ombros. — Minha vez — ela disse, mordendo o lábio inferior.

— A ninhada média de um beagle é de sete filhotes. — Sloane deu uma pausa e ofereceu a segunda frase. — A palavra *espátula* é derivada da palavra grega *spathe*, que significa lâmina ampla e achatada.

Sloane não entendia as complexidades do jogo, mas sabia que precisava dizer duas coisas verdadeiras e uma falsa. Ela retorceu as mãos no colo. Mesmo que as mentiras não tivessem sido óbvias, ficou na cara que ela estava se preparando para mentir.

— O dono deste cassino — disse ela, as palavras saindo apressadas — não é meu pai.

Sloane passou a vida toda guardando esse segredo. Mas tinha me contado. Apesar de não conseguir contar para os outros... podia mentir. Mentir mal, obviamente, num jogo em que o objetivo era encontrar mentiras.

Senti os outros explodindo de curiosidade, mas ninguém disse nada.

— Vocês precisam dar algum palpite. — Sloane engoliu em seco e ergueu o olhar. — Vocês *têm* que dar algum palpite. São as regras.

Michael cutucou o pé de Sloane com o dele.

— É aquela sobre os beagles?

— Não — disse Sloane. — Não é.

— Nós sabemos — disse Dean no tom de voz mais gentil que eu já tinha ouvido. — Sabemos qual é a mentira, Sloane.

Sloane deu um longo suspiro.

— Segundo meus cálculos, agora seria uma boa hora pra alguém me abraçar.

Dean, que estava ao lado nela, abriu os braços e Sloane se aconchegou.

— Levanta a mão se você não sabia que Dean era do tipo que abraça — disse Michael, levantando a mão. Lia riu.

— Esse abraço está concluído. — Sloane se afastou de Dean.

— Duas verdades e uma mentira. Agora é outra pessoa — disse ela, determinada.

Eu obedeci.

— Eu nunca fui hipnotizada. — *Verdade.* — Eu tenho hipermobilidade. — *Mentira.* Pensei em Sloane abrindo o coração. — As autoridades encontraram um corpo que acham que é da minha mãe.

Sloane tinha aberto o jogo. Eu devia o mesmo a eles, mesmo que Dean e Lia já soubessem.

— Eu nunca percebi nenhuma indicação física de você ter hipermobilidade — disse Sloane, as mãos no colo. — Ah. — Sua ficha de que eu estava falando a verdade sobre o corpo caiu com tudo e ela hesitou. — Pelos meus cálculos... — ela começou a dizer, depois deixou para lá e só se jogou em cima de mim.

A gente devia começar a chamar esse jogo de duas verdades, uma mentira e um abraço, pensei, mas algo naquele contato físico ameaçou a muralha que eu havia erguido na minha mente, aquela que me impedia de acabar caindo num lugar sombrio.

— Minha vez de novo. — Michael me encarou. Esperei que ele dissesse alguma coisa... verdadeira, real. — Eu sinto muito pela sua mãe — ele me disse. *Verdade*. — Me deixaria muito feliz poder dar um soco na cara do seu pai se rolasse uma oportunidade. — *Verdade*. Ele se inclinou para trás, apoiando-se na palma das mãos. — E tomei a generosa decisão de não raspar minhas iniciais na cabeça de Dean.

Dean olhou de cara feia para Michael.

— Eu juro por Deus, Townsend, se você...

— Sua vez, Lia — interrompi. Considerando a impressionante habilidade de Lia de fazer tudo parecer verdade, a vez dela era de longe a mais desafiadora.

Enquanto pensava, Lia dava batidinhas com a ponta dos dedos na beira da mesa de centro. O ritmo regular das batidas me fez desviar os olhos para o relógio na parede. Estávamos jogando havia horas. Já era quase meia-noite.

— Quando eu tinha nove anos, matei um homem. — Lia fez o que sabia fazer de melhor: oferecer uma distração. — Estou pensando em raspar a cabeça do *Michael* enquanto ele estiver dormindo. E — concluiu, sem mudar o tom de voz — eu cresci numa seita.

Duas verdades e uma mentira. A distração que Lia havia dado fazia sentido: aos treze anos, logo antes de entrar no programa, Lia morava na rua. Eu sabia que a habilidade de mentir costumava ser apurada em ambientes específicos, e nenhum desses ambientes era bom.

Quando eu tinha nove anos, matei um homem.

Eu cresci numa seita.

Judd entrou na sala. Eu estava tão concentrada no que Lia tinha acabado de dizer e tentando descobrir qual das frases era mentira que levei vários segundos até entender a expressão sombria no rosto de Judd.

Olhei para o relógio: meia-noite e um. *Seis de janeiro.* *Sterling ligou*, pensei. Meu coração parecia querer sair pela garganta e as palmas das minhas mãos ficaram grudadas de suor.

— O que temos? — perguntou Dean a Judd, a voz baixa.

Judd lançou um olhar rápido para Sloane e respondeu à pergunta de Dean:

— Nada.

Capítulo 26

O FBI continuou monitorando o Grande Salão de Festas do Majesty. Nada no dia 6 de janeiro. Nada no dia 7. No dia 8 acordei com a agente Sterling no nosso quarto. Ela e Dean estavam sentados na cozinha, falando baixinho. Judd estava diante do fogão fazendo panqueca. Por um momento, tive a sensação de estar de volta à nossa casa em Quantico.

— Cassie — disse a agente Sterling quando me viu na porta.

— Que bom. Senta aí.

Olhei de Sterling para Dean e fiz o que ela mandou. Em parte, esperava receber uma notícia, mas o resto de mim ficou observando o jeito como ela me cumprimentou, sua postura, o fato de que Judd colocou um prato de panqueca para ela, para Dean e para mim.

Você não veio aqui porque tinha notícias. Você veio porque não tem.

— Nada ainda? — falei. — Não dá para entender. Mesmo que Sloane tenha se enganado sobre o local, ainda assim deveria ter havido…

Outro corpo. Provavelmente *vários* corpos.

— Talvez eu tenha reparado a presença do FBI e recuei — disse Dean, entrando na perspectiva do UNSUB. — Ou talvez eu tenha passado a esconder os corpos.

— Não — respondi instintivamente, mesmo antes de pensar nos motivos. — Você não está escondendo o resultado do seu trabalho. Você queria que a polícia visse os números. Queria que soubessem que aqueles acidentes não eram acidentes. *Você queria que víssemos a beleza do que você está fazendo. O padrão. A elegância.* — Isso não se trata apenas de assassinato — murmurou Dean. — É uma performance. É arte.

Pensei em Alexandra Ruiz com o cabelo espalhado em volta da cabeça no chão; no ilusionista queimado e irreconhecível; no idoso com uma flecha enfiada no coração. Pensei em Camille Holt com a pele cinzenta, aqueles olhos impossivelmente grandes injetados de sangue.

— Com base na natureza dos crimes — a voz da agente Sterling interrompeu meu raciocínio —, é bem óbvio que estamos lidando com um assassino organizado. Esses ataques foram planejados. Meticulosamente, chegando ao ponto de evitar câmeras de segurança. Nós não temos testemunhas. As provas físicas não estão dando em nada. Tudo que temos é a história que esses corpos contam sobre a pessoa que os matou... e como essa história está evoluindo com o tempo.

Ela colocou quatro fotos na mesa.

— Me digam o que veem — disse ela. Interpretei seu pedido como significando que a aula tinha começado.

Encarei a primeira foto. Alexandra Ruiz era uma garota bonita, não muito mais velha do que eu. *Você também a achou bonita. Você a viu se afogando, mas não a segurou debaixo da água. Não deixou nenhuma marca em sua pele.*

— Não tem nada a ver com violência — disse Dean. — Eu nunca toquei nela. Nunca precisei disso.

Continuei de onde Dean parou.

— Tem a ver com poder.

— O poder de prever o que ela faria — continuou ele.

Me concentrei.

— O poder de influenciá-la. De derrubar o primeiro dominó e ver o resto cair.

TUDO OU NADA **139**

— De fazer as contas — disse Dean.

— E a segunda vítima? — perguntou Sterling. — Com ele também foi uma questão de matemática?

Voltei minha atenção para a segunda foto, do corpo queimado e irreconhecível.

— Eu não o matei — murmurou Dean. — Eu fiz acontecer, mas não risquei o fósforo. Só fiquei e observei.

Você passa muito tempo observando, pensei. *Sabe como as pessoas funcionam e as despreza por isso. Por pensarem, mesmo que por um segundo, que são como você.*

— A questão não é ser mais poderoso do que o resto das pessoas — falei em voz alta, meus olhos fixos nos de Dean. — A questão é ser mais inteligente.

Dean curvou a cabeça de leve, o olhar fixo em algo que nenhum de nós era capaz de ver.

— Ninguém sabe o que eu sou de verdade. Acham que sabem, mas estão enganados.

— É importante — fui em frente — mostrar às pessoas. Os números, o padrão, o planejamento... você quer que vejam.

— Quem? — incentivou a agente Sterling. — A atenção de quem o UNSUB está tentando captar? — Percebi pelo tom de voz que ela já tinha feito essa mesma pergunta a si mesma. O fato de ela também estar nos perguntando me deu uma ideia sobre a resposta.

— Não só o FBI — falei lentamente. — Não só a polícia.

Sterling inclinou a cabeça para o lado.

— Está me dizendo o que acha que eu quero ouvir ou o que sua intuição te diz?

Os números importavam para o UNSUB. *Importam pra você porque importam pra outra pessoa.* Cheguei a pensar que o UNSUB estava fazendo uma performance. *Pra quem?*

Respondi à pergunta de Sterling:

— Os dois.

Sterling assentiu brevemente e deu uma batidinha com os dedos na terceira foto.

— A flecha — disse Dean. — Chega de dominós. Dessa vez eu mesmo disparei.

— Por quê? — insistiu Sterling. — Poder, influência, manipulação... e depois o que, força bruta? Como um assassino muda assim? *Por que* um assassino muda assim?

Olhei para a foto, tentando enxergar a lógica do UNSUB.

— A mensagem na flecha — falei. — *Tertium.* Pela terceira vez. Na sua cabeça, é tudo a mesma coisa: se afogar, ver alguém queimar vivo, disparar uma flecha no homem... tudo dá na mesma pra você.

Mas não são a mesma coisa. Era isso que eu não conseguia tirar da cabeça. O jeito como um UNSUB matava contava uma história sobre motivações e necessidades psicológicas ocultas.

Que história você está me contando?

— Camille Holt foi estrangulada com o próprio colar. — Dean foi para a última foto. — Assassinos organizados costumam levar as próprias armas para a cena do crime.

— Sim — respondeu a agente Sterling. — Eles levam.

Estrangulamento era algo pessoal. Era físico, bem mais relacionado à dominação do que à manipulação.

— Você entalhou os números na pele dela — falei em voz alta. — Para puni-la. Para se punir por não ter alcançado a perfeição.

Você tem um plano. Fracassar não é uma opção.

— Qual foi a trajetória dele? — perguntou a agente Sterling.

— A cada morte ele foi se tornando mais violento — disse Dean. — E começou a atacar de um jeito mais pessoal. Ele está aumentando a intensidade das coisas.

A agente Sterling assentiu brevemente.

— A intensificação — disse ela, entrando no modo aula — acontece quando um assassino começa a precisar de mais a cada morte. Pode se manifestar de vários jeitos. Um assassino que começa dando uma facada na vítima e passa a dar várias facadas está intensificando sua maneira de agir. Um assassino que começa matando uma vez por semana e passa a matar duas vítimas no mesmo dia está se intensificando. Um assassino que começa escolhendo presas fáceis e segue para alvos cada vez mais difíceis está se intensificando.

— E — acrescentou Dean — um assassino que segue para meios progressivamente mais violentos a cada morte está se intensificando.

Vi a lógica no que eles diziam.

— Recompensas cada vez menores — falei. — Como um viciado em drogas precisando de doses cada vez maiores pra sentir sempre a mesma onda.

— Às vezes — concordou a agente Sterling. — Outras vezes, a intensificação pode refletir uma perda de controle gerada por alguma fonte externa de estresse. Ou talvez refletir a crença cada vez maior do assassino de que é invulnerável. Conforme o UNSUB vai se tornando mais imponente, as mortes acompanham.

Você está intensificando as coisas. Fiquei um momento pensando sobre isso. *Por quê?*

Pronunciei em voz alta a pergunta seguinte que surgiu na minha cabeça.

— Se o UNSUB está intensificando as coisas — falei —, por que ele pararia?

— Ele não conseguiria parar — respondeu Dean secamente.

Quatro corpos em quatro dias... depois, nada.

— A maioria dos assassinos em série não simplesmente para — disse a agente Sterling. — A menos que alguém ou alguma coisa os impeça.

O jeito como ela pronunciou essas palavras me deu a entender que ela estava pensando em outro caso, sobre um assassino específico que ela havia tentado capturar e que *tinha* parado. *O que conseguiu escapar.*

— A explicação mais provável para a interrupção súbita e permanente de um assassinato em série — continuou a agente Sterling — é das duas, uma: ou o UNSUB foi preso por um crime não relacionado ou morreu.

Olhei para Judd. A filha dele havia sido a melhor amiga da agente Sterling. *O assassino da sua filha morreu, Judd? Enquanto tentava não ser encontrado? Foi preso por um crime não relacionado?* Eu não precisava ter muito conhecimento sobre o caso para perceber que essas perguntas assombravam Sterling e Judd.

— E agora? — perguntei à agente Sterling, sufocando a vontade de adentrar ainda mais sua psiquê.

— Precisamos entender duas coisas — respondeu minha mentora. — Por que nosso UNSUB intensificou as coisas e por que ele ou ela parou.

— Ninguém parou.

Dean, a agente Sterling e eu viramos a cabeça para a porta e demos de cara com Sloane, o cabelo ainda todo desgrenhado da noite de sono.

— Ele não consegue simplesmente *parar* — disse Sloane, teimosa. — Ainda não acabou. O Grande Salão de Festas é o próximo.

Ouvi na voz de Sloane o quanto ela precisava estar certa. O quanto precisava ter feito isso direito.

— Sloane — disse a agente Sterling delicadamente —, tem uma chance, uma chance das boas, de termos sem querer dado uma dica para o assassino. Nós quebramos o padrão.

Sloane balançou a cabeça.

— Se você começa na origem da espiral e vai saindo, pode parar a qualquer momento. Mas se você começa de fora e vai entrando, tem um começo e um fim. O padrão está estabelecido.

— Vocês podem continuar de olho no Grande Salão de Festas? — perguntou Dean a Sterling. Ele conhecia Sloane tão bem quanto eu. Sabia o que isso significava para ela... e sabia

TUDO OU NADA 143

que, quando o assunto era números, a intuição dela era mais aguçada do que a de todo mundo.

A agente Sterling respondeu de uma maneira calculada:

— O dono do cassino fez o possível para ajudar quando dissemos que o Grande Salão podia estar correndo risco, mas a boa vontade da gerência está por um fio. — O fato de a agente Sterling ter se recusado a se referir ao pai de Sloane pelo nome me deu a entender que ela sabia *exatamente* quem ele era para ela.

— Diz que precisa ficar fechado — disse Sloane, determinada. — Diz que o padrão ainda não se completou. Faz ele ouvir.

Ele nunca te ouve. Ele nunca te viu de verdade.

— Vou fazer o que eu puder — disse a agente Sterling.

Sloane engoliu em seco.

— Vou descobrir. Vou me esforçar mais. Vou descobrir a resposta, juro que vou, você só tem que dizer a ele.

— Você não precisa se esforçar mais — disse a agente Sterling. — Você já fez tudo que te pedimos. Fez tudo certo, Sloane.

Sloane balançou a cabeça e voltou para a sala. Apertou o botão para subir a cortina e ficou encarando os cálculos na janela.

— Vou descobrir — disse novamente. — Eu juro.

Capítulo 27

— **E agora?** — perguntei baixinho à agente Sterling. Ela, Dean e eu tínhamos ido para o corredor no lado de fora da suíte.

— Podemos manter o Grande Salão fechado por mais um dia — disse a agente Sterling. — Talvez dois. Mas o FBI e a polícia local não podem abrir mão de mais do que umas duas equipes pra ficar monitorando o local. Nós temos outras pistas para seguir.

— Pistas como Tory Howard? — perguntei.

A agente Sterling só arqueou a sobrancelha.

— Quer dizer que no meio da briga do Michael você conseguiu ouvir essa parte da nossa entrevista com Thomas Weasley?

Fiz que sim e, para o bem de Dean, preenchi o silêncio:

— Wesley alegou que Tory tinha um talento especial em hipnose.

— Estamos concentrados nos números e no salão de festa — respondeu Sterling, depois abaixou o tom de voz para impedir que Sloane escutasse. — Mas talvez esteja na hora de começar a ir atrás de outras pistas.

Como nosso UNSUB tinha feito Alexandra Ruiz tatuar o número no braço? Como ela foi parar de bruços na piscina sem nenhum sinal de resistência?

Manipulação. Influência.

— Hipnose — repetiu Dean. Eu conseguia praticamente vê-lo chegando à conclusão de que Tory Howard tinha mentido para a polícia. Ela estava escondendo alguma coisa.

— Preciso ir — disse a agente Sterling. — Falei para Briggs que não ia demorar. Dean, continua trabalhando no perfil. Por que o UNSUB intensificou o nível das coisas, por que ele parou, qualquer coisa que chame sua atenção.

— E eu? — perguntei.

Sterling olhou para a sala.

— Quero que você tire Sloane da suíte e a afaste do caso por umas horas. Ela tem tendência a ser obsessiva mesmo nas melhores circunstâncias.

Ninguém nem precisou dizer que aquelas não eram as melhores circunstâncias.

— Pra onde devo levá-la? — perguntei.

Ela fez uma cara que me fez suspeitar que eu não gostaria da resposta dela.

— Acho que Lia disse alguma coisa sobre fazer compras, não?

— É a minha cara ou não é? — Lia mostrou uma blusa da cor de uma opala negra. Mesmo no cabide, o corte era impressionante: tinha um decote assimétrico e, na cintura, era mais justo. Antes que eu pudesse responder, Lia já estava segurando outra peça: uma blusinha delicada de camponesa. Logo depois ela pegou uma saia marrom e justa para se juntar às blusas.

Cada coisa que ela pegava parecia pertencer a uma pessoa diferente, e o objetivo era exatamente esse. Lia não só experimentava roupas. Ela experimentava personas.

Quando eu tinha nove anos, matei um homem.

Eu cresci numa seita.

Eu não tinha como adivinhar quais dessas frases eram verdade. E Lia gostava que fosse assim.

— Viu alguma coisa que te chamou a atenção, Sloane? — perguntei. Ela não queria sair da suíte. Só consegui convencê-la prometendo um espresso.

Em resposta, Sloane balançou a cabeça, mas reparei que ela passava a mão de leve por uma blusa branca com três manchas roxas bem artísticas.

— Experimenta — sugeriu Judd rispidamente.

Logicamente, um fuzileiro aposentado de sessenta anos não teria como passar despercebido em uma butique chique, mas Judd estava tão parado que quase me esqueci que ele estava lá. A agente Sterling o tinha convocado para nos acompanhar, por uma questão de segurança.

Não queria mesmo pensar no que podia acontecer com Michael e Dean sozinhos na suíte.

— Só setenta e um por cento dos visitantes de Las Vegas jogam quando estão aqui — disse Sloane, afastando a mão do tecido claro e sedoso da blusa. — Cada vez mais as pessoas vêm pra fazer compras.

Lia pegou a blusa que Sloane olhava.

— Você vai experimentar — informou ela. — Senão vou cancelar a oferta de espresso da Cassie.

Sloane franziu a testa.

— Ela pode fazer isso?

Logo ficou claro que, sim, Lia podia fazer isso. Depois que Lia arrastou Sloane para o provador, Judd virou para mim.

— Não gostou de nada? — perguntou ele.

— Ainda não — falei. Na verdade, não estava muito a fim de fazer compras. Eu concordei com a agente Sterling quando ela disse que precisávamos tirar Sloane da suíte. Queria dar uma força para minha colega de quarto, mas, por mais que me esforçasse, não conseguia parar de imaginar o que o UNSUB poderia estar fazendo naquele exato momento.

Por que você intensificou as coisas? Por que parou?

Me obriguei a pegar um vestido em uma arara próxima. Era simples: tinha um tom azul-royal vibrante e a saia rodada. Só quando me juntei a Lia e Sloane no provador e o experimentei foi que percebi que era do mesmo tom do xale que tinha sido

TUDO OU NADA 147

enrolado no que muito provavelmente eram os restos mortais da minha mãe.

"Dança que passa." Minha mãe está com um xale azul-royal no pescoço, o cabelo ruivo úmido por conta do frio e da neve enquanto ela liga o rádio do carro e aumenta o volume.

Dessa vez, não consegui afastar a lembrança. Nem sabia se queria mesmo fazer isso.

"Você pode fazer melhor do que isso", diz ela, me lançando um olhar do banco do motorista, onde dança loucamente.

Tenho seis ou sete anos e está tão cedo que mal consigo ficar de olhos abertos. Parte de mim não quer dançar para passar desta vez.

"Eu sei", diz minha mãe ao som da música. "Você gostava da cidade e da casa e do nosso jardinzinho. Mas casa não é um lugar, Cassie. Casa são as pessoas que mais te amam." Ela para no acostamento da rodovia. "Para todo o sempre", murmura ela, tirando o cabelo do meu rosto. "Aconteça o que acontecer."

"Aconteça o que acontecer", sussurro, e ela abre um daqueles sorrisos lentos e misteriosos que acabam me fazendo sorrir também. Quando me dou conta, ela já aumentou a música no máximo e estamos ambas fora do carro, dançando na neve na beira da estrada.

— Cassie? — A voz de Lia me trouxe de volta ao presente. Pela primeira vez ela falava num tom de voz gentil.

Não sabemos se o corpo é dela, pensei, *não com certeza*. Mas enquanto me encarava no espelho, não consegui acreditar nisso. O azul do vestido fez meus olhos saltarem. Meu cabelo parecia de um castanho-avermelhado mais escuro, quase como uma pedra preciosa.

— Essa é mesmo a sua cor — disse Lia.

Era a cor da minha mãe também, pensei. Se uma pessoa tivesse conhecido a minha mãe, se a tivesse amado, a achado bonita… era com essa cor que a teria enterrado.

O colar dela. A cor dela. Senti uma dormência estranha se espalhando pelo meu corpo, meus braços e pernas pesados e minha língua pesada na boca. Tirei o vestido e voltei para a frente da loja. Do outro lado da calçada havia uma antiga loja de doces. Acabei tropeçando de volta nos meus hábitos de infância: observar pessoas e contar a mim mesma histórias sobre os clientes. *A mulher comprando balinha de limão acabou de terminar com o namorado. Os garotos olhando cigarros de chocolate estão torcendo para que a mãe não perceba que eles já experimentaram o de verdade. A garotinha olhando um pirulito do tamanho da cabeça dela não tirou o cochilo da tarde.* Meu celular tocou. Atendi ainda com os olhos fixos na garotinha. Ela não pegou o pirulito. Só ficou parada ali, olhando o doce com aquela expressão séria no rosto.

— Alô.

— Cassie.

Levei mais tempo para reconhecer a voz do meu pai do que eu levaria para reconhecer a de Sterling ou de Briggs.

— Oi, pai — falei com a voz embargada, minha mente tomada de tudo aquilo que tentava esquecer. — Agora não é um bom momento.

Lá do outro lado, o pai da garotinha de olhar sério se aproximou dela. Ele esticou a mão. Ela a segurou. *Simples. Fácil.*

— Só liguei pra saber como você está.

Meu pai estava tentando. Dava para perceber... mas eu também percebia a facilidade com que o homem do outro lado da calçada botava a filha nos ombros. Ela devia ter uns três, talvez quatro anos. Tinha cabelo ruivo, em um tom mais intenso do que o meu, mas era fácil acabar imaginando a mim mesma na idade dela.

Eu nem sabia que tinha pai.

— Estou bem — falei, dando as costas para a cena do outro lado da calçada. Eu não precisava saber se o pai surpreenderia a filha com o pirulito. Não precisava ficar vendo o jeito como ela olhava para ele.

— Recebi uma ligação da polícia hoje cedo. — Meu pai tinha uma voz naturalmente grave.

TUDO OU NADA 149

Então você não ligou só pra ver se eu estava bem.

— Cassie?

— Estou aqui.

— A perícia conseguiu extrair rastros de sangue do xale em que o esqueleto estava embrulhado.

Minha mente absorveu essa informação e saiu correndo com ela. *Se o sangue dela estava no xale, você deve tê-la embrulhado nele em algum momento antes... antes...*

— A análise preliminar sugere que é o mesmo tipo sanguíneo da sua mãe. — A voz do meu pai estava tão controlada que me perguntei se ele tinha escrito aquilo, se estava lendo um roteiro. — Estão fazendo análise de DNA. Não sabem se a amostra será suficiente, mas, se for, devemos ter a resposta nos próximos dias. — Ele hesitou só por um momento. — Se precisarem tentar fazer uma análise de DNA dos ossos... — A voz dele deu uma falhada. — Demoraria mais.

— Respostas — falei, me fixando naquela palavra que pronunciei como se fosse uma acusação. *O colar dela. A cor dela.*

— Eu não quero só saber se é ela. Eu quero saber quem fez isso.

— Cassie. — Foi tudo que meu pai conseguiu dizer. O roteiro dele tinha acabado.

Me virei para a loja de doces. A garotinha ruiva e o pai já tinham ido embora.

— Tenho que ir.

Desliguei o telefone bem na hora que Lia se preparava para dar o bote.

— Já sei — falei, a voz tensa. — Não é minha vez de ter problemas.

— Quer mais uma prova disso? — Lia pegou meu braço e começou a me puxar para os fundos da loja. — Sloane acabou de sair correndo pela saída de funcionários — disse ela, a voz baixa. — Junto com quinhentos dólares em mercadoria.

Capítulo 28

***Quem leva uma cleptomaníaca estressada** para fazer compras?*, pensei, recriminando a mim mesma quando saímos pelos fundos da loja. *Sério, quem faz uma coisa dessa?* A porta se fechou. Sloane estava a poucos metros dali, a blusa de seda numa das mãos e uma espécie de pulseira na outra.

— Sloane — falei. — Temos que voltar pra loja.

— Não são só quatro corpos em quatro dias — disse Sloane.

— Foi isso que deixamos passar. Que eu deixei passar. Primeiro de janeiro. Dois de janeiro. Não são só dias. São datas no formato americano, mês e dia. 1/1. 1/2.

— Sim, eu entendo — disse Lia de um jeito tão convincente que quase acreditei que entendia mesmo. — Você pode nos contar tudo *depois* que voltarmos pra loja, antes que Judd ou a vendedora reparem nosso sumiço.

— Um, um, dois — continuou Sloane, como se Lia nem tivesse falado nada. — É assim que a sequência começa. 1/1. 1/2. Estão vendo? O padrão não foi rompido, porque um corpo por dia *não era o padrão*. — A voz de Sloane praticamente vibrou tamanha a intensidade com que ela falava. — Primeiro de janeiro, dois, três e quatro, todas são datas Fibonacci. Treze, 1/3. Cento e quarenta e quatro, 1/4. — As palavras começaram a sair sem parar de sua boca, cada vez mais rápidas. — Só preciso entender os parâmetros exatos que ele está usando…

Até que lá no final da viela outra porta se abriu. Lia pensou rápido e puxou Sloane e a mim para perto da parede. Mas nem era necessário: as pessoas que saíram estavam completamente envolvidas em uma conversa.

Não consegui ouvir o que diziam, mas não precisei de Michael para me contar que estavam com as emoções à flor da pele.

Aaron Shaw. Reconheci o irmão de Sloane um instante antes de identificar sua acompanhante. *Tory Howard.*

Aaron disse alguma coisa, como se implorasse a ela. A mulher voltou, entrou no prédio e bateu a porta. Aaron falou um palavrão alto o suficiente para eu conseguir entender as palavras, depois chutou a porta de metal.

— Esse também é meu palavrão favorito — sussurrou Sloane.

— Alguém aí fica nervosinho — murmurou Lia.

A porta de metal se abriu atrás de mim, me fazendo dar um pulo. Judd saiu para a viela e deu uma olhada nos arredores atrás de possíveis ameaças. Percebi o segundo exato em que os olhos dele pousaram em Aaron Shaw.

— Garotas, voltem pra dentro.

Fizemos o que ele mandou. A porta se fechou, deixando Judd sozinho na viela.

— Com licença. — Um homem de terno preto surgiu à nossa frente. *Segurança.* Ele olhou a mercadoria na mão de Sloane e a direção de onde tínhamos vindo. — Vou ter que pedir para me acompanharem.

O segurança tinha visto pela câmera o momento em que Sloane saiu da loja. O fato de ela ter retornado por vontade própria não pareceu fazer nenhuma diferença na opinião de que ela tinha furtado. Tentei acreditar que quando Judd voltasse da viela e percebesse que não estávamos na loja, ele viria até a sala da segurança, onde nós três estávamos diante de um homem que reconheci muito bem.

Foi você que foi falar com o pai de Sloane na noite em que Camille foi assassinada, pensei enquanto o homem nos encarava. Tinha altura mediana, feições comuns e uma cara de paisagem que deixaria orgulhoso qualquer jogador de pôquer profissional. Algo no jeito como ele se sentava e se mexia exalava poder e autoridade... talvez até um toque de perigo.

— Vocês têm ideia do prejuízo que furtos causam a este cassino todo ano? — perguntou, o tom cuidadosamente controlado.

— Treze bilhões de dólares em mercadorias são furtados anualmente. — Sloane não conseguiu se segurar. — Estimo que sua parte disso deve ser menos de zero vírgula zero zero zero um por cento.

Obviamente o homem não esperava por uma resposta de verdade.

— Ela não estava furtando. — Lia fez parecer que a simples ideia de Sloane roubar qualquer coisa merecesse uma revirada de olhos. — Ela teve um ataque de pânico. Foi lá fora tomar um ar. Depois voltou. Fim da história.

A mentira de Lia chegava tão perto da verdade que mesmo com filmagens de segurança teriam dificuldade de argumentar sobre sua interpretação. Sloane estava agitada desde o momento em que pisamos na loja. Sloane tinha saído. Tinha voltado. *Tudo verdade.*

— Victor.

O chefe de segurança ergueu o rosto. Enquanto isso, nos viramos para a porta do escritório: Aaron Shaw estava ali, a feição tão calma e controlada como no dia em que o conhecemos.

— Aaron — cumprimentou Victor.

Não sr. Shaw, reparei. Quando o assunto era a hierarquia do Majesty, eu não tinha exatamente certeza de quem estava acima de quem.

— Isso pode esperar um pouco? — O tom de Victor fez com que aquilo soasse mais como uma ordem do que como uma pergunta.

— Só vim dar uma olhada em nossas hóspedes VIP — respondeu Aaron. — Essas garotas estão com o sr. Townsend na suíte Renoir.

As palavras *suíte Renoir* deixaram Victor tenso. *É gente que gasta dinheiro, então deixe elas em paz,* Aaron poderia ter dito.

— Me deixa fazer meu trabalho — disse Victor para Aaron.

— Seu trabalho é ficar perturbando adolescentes com problemas de ansiedade? — perguntou Lia, arqueando uma sobrancelha. — Tenho certeza de que uma porção de canais de notícias acharia isso fascinante.

Quando Lia dava vida a uma interpretação criativa da verdade, ela ia até o final.

— Por que não ouvimos a garota envolvida na história? — disse Victor, estreitando os olhos para Sloane. — Você teve um ataque de pânico, como sua amiga alega?

Sloane desviou o olhar para o canto da frente da mesa do homem.

— Pacientes com síndrome do pânico têm dez vezes mais chance de ter hipermobilidade do que controle — disse ela, direta.

— Victor — disse Aaron, o tom de voz firme. — Eu cuido disso. Pode ir.

Após um momento de silêncio carregado de tensão, o chefe de segurança saiu da sala sem dizer nada. Era óbvio que Aaron quem mandava ali. Acho que deixei até escapar um suspiro de alívio, mas quando Aaron fechou a porta, virou-se para nós.

— Vamos conversar.

Capítulo 29

Aaron se sentou na beira da mesa de Victor, em vez de na cadeira atrás.

— Qual é seu nome? — perguntou a Sloane, baixinho.

Ao meu lado, Sloane abriu a boca e voltou a fechá-la.

— O nome dela é Sloane — Lia respondeu por ela, de queixo erguido.

— Qual é seu sobrenome, Sloane? — perguntou Aaron, o tom de voz gentil. Pensei no jeito como ele reagiu à estatística de Sloane no dia em que o conhecemos, com um sorriso estampado no rosto. Depois pensei naquela breve e acalorada interação que tínhamos visto entre ele e Tory.

— Tavish — sussurrou Sloane, forçando-se a erguer o rosto, os olhos azuis bem arregalados. — Eu tive intenção de roubar aquela blusa.

Resmunguei em pensamento. Sloane não tinha a menor capacidade de enganar quem quer que fosse. *Por outro lado,* pensei, *ela está sentada na frente do filho do pai dela sem dizer nada sobre isso.*

— Vou fingir que não ouvi — disse Aaron, abrindo um sorrisinho de canto. Era complicado ligar o homem diante de nós ao que tínhamos visto na viela.

Você conhece Tory. Ela te conhece. As emoções estavam à flor da pele... De repente pensei em uma possibilidade. *Talvez você* realmente *conheça Tory. Talvez não fosse para Camille que você estava olhando aquela noite no restaurante japonês. Atração, afeto, tensão... talvez você estivesse de olho em Tory.*

E se Tory só tivesse escolhido o Majesty para tomar uns drinques naquela noite porque queria vê-lo? Ela mentiu para Briggs e Sterling sobre a escolha do restaurante ter sido dela. *E se ela não tiver medo de Aaron? E se ela estiver com medo de ele a deixar? Ou com medo de alguém descobrir que estão envolvidos? Alguém como, por exemplo, o pai de Aaron*, pensei.

— Tavish. — Aaron repetiu o sobrenome de Sloane, mas então parou, como se tivesse ficado com a boca seca. — Meu pai tinha uma amiga — continuou, a voz baixa. — Chamada Margot Tavish.

— Tenho que ir. — Sloane ficou de pé. Estava tremendo. — Tenho que ir *agora*.

— Por favor — disse Aaron. — Sloane. Não vai embora.

— Preciso ir — sussurrou Sloane. — Eu não devia estar aqui. Não posso contar.

Ela queria que ele gostasse dela. Mesmo em pânico, mesmo tentando fugir dele, Sloane queria tanto que ele gostasse dela que dava para sentir.

— Temos os mesmos olhos — disse Aaron. — Chamam de azul Shaw, sabia?

— A língua de um camaleão é mais comprida do que o corpo! E uma baleia azul pesa 2,7 toneladas!

— Desculpa — disse Aaron, erguendo as mãos e dando um passo para trás. — Não quis te assustar nem te causar nada disso nem te botar numa saia justa. É só que assim que me formei no ensino médio fiquei sabendo sobre a sua mãe. Fui falar com ela, que disse que havia uma criança, mas quando coloquei meu pai contra a parede, sua mãe já tinha sofrido a overdose e você tinha desaparecido.

Desaparecido. Levei um segundo para fazer as contas. Aaron deve ter se formado no ensino médio na mesma época em que Sloane foi recrutada para o programa dos Naturais.

— Não tem como você saber qualquer coisa sobre mim — disse Sloane para Aaron, a voz baixa. — Essa é a regra.

— Não a minha regra. — Aaron se levantou e andou na direção dela. — Eu não sou como o meu pai. Se soubesse de você antes, juro que eu teria...

— Teria o quê? — interrompeu Lia, protetora. Sloane era nossa família, bem mais do que ela poderia ser a dele, e, naquele momento, ela estava vulnerável, sensível e sofrendo. Lia não confiava em estranhos e especificamente não confiava naquele estranho, o cara que tínhamos visto brigando com Tory Howard, perto de Sloane.

Antes que Aaron pudesse responder, a porta da sala foi aberta. Era Judd. Ao lado do pai de Aaron.

Capítulo 30

— **Aaron** — disse o sr. Shaw. — Se puder fazer a gentileza de nos dar um momento...

Aaron não pareceu inclinado a deixar Sloane sozinha em uma sala com o pai, e isso me fez pescar uma série de informações sobre os dois.

— Aaron — disse o sr. Shaw de novo, a voz perfeitamente agradável. O homem exalava poder. Percebi antes mesmo de Aaron que ele obedeceria ao pedido do pai.

Você não pode lutar contra ele, pensei enquanto observava Aaron saindo da sala. *Ninguém pode.*

Foi só Aaron sair para o sr. Shaw focar completamente em nós.

— Gostaria de um minuto a sós com Sloane — disse ele.

— E eu gostaria de um vestido feito de arco-íris e de uma cama cheia de filhotes de cachorro que nunca crescem — respondeu Lia. — Não vai rolar.

— Lia — disse Judd, o tom de voz moderado. — Não fica provocando o magnata dos cassinos.

Pelo tom de Judd entendi que ele também não tinha intenção de deixar Sloane sozinha com o pai.

— Sr. Hawkins. — O tal magnata me surpreendeu por saber o sobrenome de Judd. — Se eu quiser falar com a minha filha, eu vou falar com a minha filha.

A expressão de Sloane ficou dolorosamente transparente quando ele disse a palavra *filha*. Ele falou como se tratasse de uma propriedade. Ela não conseguiu deixar de ter esperanças, esperanças desesperadas, de que aquilo fosse uma forma de cuidado.

— Sloane — disse Judd, ignorando a demonstração de poder de Shaw —, quer voltar para o quarto?

— Ela quer — disse Shaw, pronunciando cada palavra de um jeito bem preciso — falar comigo. E a menos que *você* queira que eu deixe escapar para pessoas interessadas que seus amigos agentes andam visitando adolescentes na suíte Renoir, você vai deixar Sloane fazer o que ela tiver vontade.

Devíamos ter montado nossa base de operações fora da Strip, percebi. *Longe do radar, longe...*

— Cassie e Lia ficam. — A voz de Sloane saiu quase inaudível. Ela pigarreou e tentou de novo. — Pode ir — disse para Judd, de queixo erguido. — Mas quero que Cassie e Lia fiquem.

Foi só então que, pela primeira vez desde que entrou naquele cômodo, o pai de Sloane olhou de verdade para a filha.

— A ruiva pode ficar — ele enfim disse. — A detectora de mentiras sai.

Nessa hora minha ficha caiu: *O pai de Sloane sabe o que Lia é capaz de fazer. Ele não está por dentro só da conexão entre nós e o* FBI. *Ele sabe de tudo. Como esse homem pode saber de tudo?*

— Sloane — disse Judd, a voz calma como se ele estivesse sentado à mesa da cozinha em uma manhã qualquer fazendo palavras-cruzadas. — Você não precisa fazer nada que não queira.

— Tudo bem — disse Sloane, batendo com os dedos na coxa de nervosismo. — Vou ficar bem. Pode ir.

O pai de Sloane esperou a porta fechar para voltar a atenção para a filha... e para mim. Estava bem óbvio que eu não era vista como ameaça. Ou talvez ele só tivesse percebido que Judd não deixaria Sloane sozinha e eu era dos males, o menor.

O fato de ele ter expulsado Lia fez com que eu ficasse me perguntando que mentiras planejava contar.

— Você está com uma cara boa, Sloane. — Shaw se sentou atrás da mesa.

— Estou doze por cento mais alta do que na última vez que você foi me ver.

Shaw franziu a testa.

— Se eu soubesse que você estaria em Las Vegas, eu teria feito arranjos alternativos para o seu... grupinho.

Arranjos alternativos, ou seja, *mais longe dele e de sua família*.

Tomei a frente para que Sloane não precisasse responder:

— Você sabe o que nosso grupo faz. Como?

— Tenho amigos no FBI. Fui eu quem sugeri Sloane para o programinha do seu agente Briggs.

Sloane piscou várias vezes, como se ele tivesse jogado um balde de água na cara dela. O pai de Michael o tinha trocado com o FBI em troca de imunidade envolvendo crimes de colarinho branco. O de Sloane, pelo visto, só a quis fora da cidade e longe do filho dele.

— Você precisa ficar longe da minha família. — Shaw falava em um tom de voz enganosamente gentil quando desviou o olhar novamente para Sloane. Falava como Aaron, a voz calma e tranquilizadora, mas não dava para se deixar enganar pelas palavras. — Preciso pensar na mãe de Aaron.

— E na garotinha. — As palavras escaparam de Sloane.

— É — disse Shaw. — Temos que pensar na Cara. Ela é só uma criança. Nada disso é culpa dela, né? — perguntou ele, o tom ainda tão gentil que tive vontade de dar um soco nele com a mesma força daquele que Michael deu no cara da piscina.

Sloane também não tem culpa de nada.

— Me diz que entende, Sloane.

Sloane assentiu.

— Eu preciso te ouvir dizer.

— Eu entendo — Sloane sussurrou.

Shaw se levantou.

— Você vai ficar longe de Aaron — reiterou ele. — Seria uma ótima ideia você encorajar seus amigos do FBI a fazerem o mesmo.

— Isso é uma investigação de assassinatos em série — falei, rompendo meu silêncio. — Não cabe a você decidir com quem os investigadores falam ou deixam de falar.

Shaw desviou os olhos, do mesmo azul dos de Aaron, do mesmo azul dos de Sloane, para mim.

— Meu filho não sabe de nada que possa ser útil. O FBI está perdendo tempo com ele, e também está perdendo tempo com essa ideia ridícula de que um assassino que conseguiu escapar da prisão se complicaria cometendo o próximo assassinato no Grande Salão de Festas do Majesty, aconteça o que acontecer.

— Não é uma ideia ridícula. — Sloane se levantou, a voz tremendo. — Você só não consegue ver. Não entende. Mas o fato de você não entender uma coisa não quer dizer que pode ignorá-la. Você não pode fingir que o padrão não existe e torcer pra que suma.

Do mesmo jeito que ele finge que você não existe, minha mente traduziu. *Do mesmo jeito que ele te ignora.*

— Chega, Sloane.

— Não é uma ideia ridícula. — Sloane engoliu em seco e se virou para a porta. — Você vai ver.

Você

Esperar é mais difícil do que você imaginava.

Toda noite você se senta com a faca equilibrada em um joelho. Toda noite você volta a pensar em cada repetição, cada possibilidade, cada segundo até chegar o momento em que você vai chegar por trás do seu alvo e cortar sua garganta com a faca.

Só mais um cálculo. Mais um número. Mais um passo até estar mais perto do que você vai se tornar.

Você quer. Quer tanto que consegue sentir o gosto. Você quer agora.

Mas está à mercê dos números, e os números estão mandando esperar. Então você espera, observa e escuta.

Você fica sabendo que o FBI desconfia que o próximo assassinato vai acontecer no Grande Salão de Festas. Você fica sabendo que estão de olho lá — estão esperando, como você. Você acha que isso significa que alguém reparou no padrão; pelo menos uma fração, um pedaço do padrão. Nos seus momentos mais tranquilos, quando você observa a lâmina, você se pergunta quem dentro do FBI foi capaz de descobrir.

Você se pergunta se a pessoa realmente aprecia o que você fez, o que está fazendo, o que vai se tornar. Mas como poderia apreciar? Quem quer que seja, o que quer que pense que sabe, não passa de uma fração da verdade.

Eles sabem só o que você permitiu que soubessem. Você os guiou pelo caminho da descoberta.

O que você quer não é a atenção deles.

Lentamente, refletindo, você tira a camisa. Pega a faca. Vira o rosto para o espelho, encosta a ponta da lâmina na pele e começa a desenhar. Até surgir o sangue. Você dá boas-vindas à dor. Logo, logo você nem vai mais sentir.

Que o FBI vá atrás de você. Que façam aquilo que sabem fazer de pior. E, quanto ao resto, talvez esteja na hora de passar um recado. Você está à mercê dos números.

Que o mundo fique à mercê deles também.

Capítulo 31

Quando voltamos para a suíte, havia dois pacotes nos esperando. O primeiro continha as filmagens da entrevista mais recente de Sterling e Briggs com Tory Howard. O segundo era de Aaron Shaw.

Sloane abriu o segundo pacote em silêncio. Dentro havia seis ingressos para a apresentação de *Imagine*, de Tory Howard, que aconteceria naquela mesma noite. A panfleto que vinha junto prometia "uma noite fascinante de um entretenimento perturbador". Embaixo, Aaron escrevera *Por conta da casa* em letra cursiva e assinara seu nome.

— Preciso arranjar alguma coisa para fazer agora que não seja chorar — disse Sloane. — E gostaria de fazer isso sozinha. — Ela saiu correndo antes que algum de nós pudesse dizer qualquer coisa.

Lia e eu nos entreolhamos. Quando Michael e Dean se aproximaram, contamos tudo que tinha acontecido. Lia jogou o cabelo por cima do ombro e fez sua melhor imitação de alguém que não estava nada preocupado com Sloane... nem com mais ninguém além de si mesmo.

— E aí? — disse ela, pegando as filmagens que o FBI tinha enviado. — Quem quer ver Sterling e Briggs interrogarem a namorada de Aaron Shaw?

Na tela, o agente Briggs, a agente Sterling e Tory estavam no que parecia ser algum tipo de sala de interrogatório, junto de um homem que imaginei ser o advogado de Tory.

— Obrigado por aceitar se reunir novamente conosco. — Briggs sentava-se de frente a Tory, com Sterling à sua esquerda. O advogado de Tory estava ao lado dela.

— Minha cliente ficou satisfeita em poder vir esclarecer qualquer mal-entendido que possa ter havido em suas declarações anteriores. — A voz do advogado era suave, um tom barítono. Usava um relógio que mesmo a distância parecia caro.

Tory não o contratou. Nem duvidei da minha intuição. Tory era durona, ia direto ao ponto, além de ser uma sobrevivente. Em algum momento da vida esteve num lar de acolhimento. Batalhou para conseguir tudo que tinha. Não havia dúvida de que ela contrataria o melhor advogado que pudesse pagar para impedir que o FBI a manipulasse, mas sua preferência seria por alguém mais agressivo e com menos interesse em ternos de marca.

— Srta. Howard, na última vez que conversamos você disse que Camille Holt foi quem escolheu o restaurante do Majesty para se encontrarem naquela noite.

— Eu disse isso? — Tory nem piscou. — Tem alguma coisa errada. Fui eu quem sugeri de irmos lá.

Lembrei-me de quando vi Tory na viela com Aaron. Será que aquela entrevista foi o motivo da discussão? Ele tinha a orientado sobre o que dizer?

— Você estava ciente de que o local do assassinato de Camille já estava marcado? — perguntou o agente Briggs.

— Não — respondeu Michael por ela. — Ela não estava. Olha só isso. — Ele indicou a tela, apesar de eu não saber que parte da expressão de Tory tinha dado essa pista a ele. — Ela foi pega de surpresa.

A agente Sterling aproveitou o momento.

— Como você define seu relacionamento com Aaron Shaw?

Tory ainda estava tão absorta na revelação do assassinato de Camille que podia ter respondido, mas seu advogado se inclinou para a frente.

— Minha cliente não vai responder a nenhuma pergunta sobre Aaron Shaw.

— Olha as narinas do advogado se dilatando com a pergunta — disse Michael. — É a coisa mais próxima de emoção que o cara demonstrou até agora.

Em outras palavras:

— Ele está mais preocupado em proteger Aaron do que proteger Tory — falei. *Ela não o contratou*, pensei novamente. *Foram os Shaw.*

Na tela, Sterling e Briggs trocaram um olhar cheio de significado. Os dois tinham percebido a mesma coisa.

— Entendido — disse o agente Briggs para o advogado. — Seguindo em frente, srta. Howard, nós estávamos na expectativa de que você pudesse nos emprestar seu conhecimento de hipnose.

Tory olhou para o advogado. Nenhuma objeção.

— O que querem saber?

— Você pode descrever o processo de quando hipnotiza alguém? — perguntou Briggs. Ele estava mantendo as perguntas genéricas.

Tratando-a como especialista, não suspeita, pensei. *Inteligente.*

— Costumo começar pedindo que os voluntários contem de cem até zero. Se eu quiser um impacto maior, posso usar uma técnica que tem um resultado mais rápido.

— Como?

— É possível chocar alguém para que entre em estado hipnótico — disse Tory. — Ou você pode começar uma espécie de sequência automática, como um aperto de mão, e interrompê-la.

— E quando uma pessoa está hipnotizada — disse Briggs —, você pode implantar certas sugestões, fazer com que ela aja de uma maneira ou de outra?

Tory era muitas coisas, menos ingênua.

— Se tiver algo específico em mente, agente Briggs, é só perguntar.

Sterling se inclinou para a frente.

— Você poderia hipnotizar alguém e mandá-la fazer uma tatuagem?

— Depende — respondeu Tory, a voz firme. — Se a pessoa sendo hipnotizada estiver aberta a fazer uma tatuagem...

— Pensei que ela fosse parar por aí, mas não. — Hipnose não é controle mental, agente Sterling. É sugestão. Não dá pra alterar a personalidade de ninguém. Não dá pra fazer com que ela faça algo que não quer fazer. A pessoa hipnotizada não é uma folha em branco. Só está... aberta.

— Mas se a pessoa estivesse propensa a fazer uma tatuagem...

— Aí, sim — disse Tory. — Eu poderia implantar essa sugestão. Mas como dou valor ao meu trabalho e não quero ser processada por pessoas irritadas da plateia, costumo preferir coisas menos permanentes.

A tatuagem de Alexandra Ruiz era de henna, pensei. *Menos comum do que uma tatuagem normal... e menos permanente.*

— Qualquer um pode ser hipnotizado? — Quem perguntou agora foi o agente Briggs.

— Não se pode forçar alguém que não quer. — Tory encostou na cadeira. — E algumas pessoas são mais fáceis de hipnotizar do que outras. Sonhadores. Gente que tinha amigos imaginários quando criança.

Ao lado de Tory, o advogado deu uma olhada no relógio.

— Com que rapidez alguém poderia aprender a fazer o que você faz? — perguntou Briggs a Tory.

— A fazer tão bem quanto eu faço? — perguntou Tory. — Anos. Pra conseguir hipnotizar alguém e só? Conheço gente que alega poder ensinar em menos de dez minutos.

Imaginei qual seria a pergunta seguinte.

— Você já ensinou a alguém?

Tory desviou o olhar para o advogado.

—Acredito — disse ele, se levantando e indicando que Tory fizesse o mesmo — que minha cliente já matou sua curiosidade por tempo suficiente.

Aaron, pensei. *Ela ensinou a Aaron.*

As imagens viraram estática. Um momento de silêncio depois, Lia disse:

— Cada palavra que saiu da boca de Tory era verdade.

A *verdadeira pergunta*, pensei, *é o que ela não disse.*

— Eu quero ir.

Ergui o olhar e vi Sloane parada no batente da porta.

— Ir aonde?

— No *Imagine*, de Tory Howard — disse Sloane. — Aaron nos mandou ingressos de cortesia. Eu quero ir.

Pensei no jeito como ele tinha salvado Sloane do chefe de segurança, no jeito como tinha feito pouco caso do furto, no jeito como jurou que se tivesse ficando sabendo dela tudo seria diferente.

Pensei no pai de Sloane mandando que ela ficasse longe do filho dele.

Uma batida soou na porta.

— Entrega — gritaram. — Para a srta. Tavish.

Foi Dean quem abriu a porta. Ele aceitou a caixa, a expressão cautelosa. Fiquei me perguntando se ele estava pensando nos presentes que eu havia recebido um tempo atrás: caixas com cabelo humano dentro, caixas que me marcavam como objeto da fascinação de um assassino.

Esperamos que Judd abrisse o pacote. Ali, sobre um fundo de papel de seda listrado, estava a blusa que Sloane havia tentado roubar.

Dentro tinha um cartão, e reconheci a caligrafia de Aaron. A mensagem dizia apenas: *Eu não sou como meu pai.*

Sloane passou a mão de leve pela blusa de seda, uma expressão meio coração partido e meio assombro surgindo no rosto.

— Não ligo para o que vão dizer — disse, baixinho. — Nem Briggs. Nem Sterling. Nem Grayson Shaw. — Ela levantou a blusa com cuidado de dentro da caixa. — Eu vou.

Capítulo 32

Fomos nós seis. Judd parecia acreditar que aquele era dos males, o menor, já que o pior cenário possível seria se Sloane acabasse dando um jeito de ir sozinha.

Assim que encontramos nossos lugares, dei uma boa examinada no auditório. Meu olhar pousou em Aaron Shaw um momento antes de ele perceber a presença de Sloane. Num piscar de olhos sua postura mudou, indo de perfeitamente polida, sem dúvida nenhuma o herdeiro de seu pai, àquele cara que eu tinha visto de relance na segurança. *A pessoa que se importa com Sloane.*

Ele veio abrindo caminho pela multidão até chegar a nós.

— Você veio — disse para Sloane, depois abriu um sorriso e hesitou. — Me desculpa. Por mais cedo.

Durante aquele breve momento de hesitação ele lembrava Sloane.

Ao meu lado, nossa especialista em números pigarreou.

— Uma quantidade substancial de pedidos de desculpa é feita por pessoas que não têm pelo que se desculpar. — Esse era o jeito de Sloane de dizer a ele que tudo bem, que não o culpava por ter baixado a guarda para o pai ou por tê-la deixado com ele.

Antes que Aaron pudesse responder, uma garota que devia ter a mesma idade que ele apareceu ao seu lado. Usava calça jeans escura e uma blusa larga estilosa. Tudo nela, acessórios, corte de cabelo, postura, roupas, exalava *dinheiro*.

Dinheiro antigo, pensei. *Discreto.*

Após um instante de indecisão, Aaron a cumprimentou com um beijo na bochecha.

Uma amiga?, me perguntei. *Ou algo mais? E, se sim, o que é Tory?*

— Senhoras e senhores. — Uma voz grave soou nos alto-falantes do auditório. — Bem-vindos a *Imagine*, de Tory Howard. Enquanto se preparam para serem levados a um mundo onde o impossível se torna possível e você acaba questionando as profundezas da mente e da experiência humana, pedimos que coloquem os celulares no silencioso. Fotografias com flash são proibidas durante o espetáculo. Se violar as regras, podemos ser obrigados a fazer você... desaparecer.

Assim que ele disse a palavra *desaparecer*, um holofote iluminou o centro do palco e uma leve névoa subiu do chão. Num segundo o holofote estava vazio, no seguinte Tory estava lá, vestindo uma calça preta apertada e um casaco de couro que ia até o chão. Ela esticou o braço para o lado e de repente, do nada, estava segurando uma tocha acesa. A luz do holofote diminuiu. Ela levou a chama à parte de baixo do casaco.

Na mesma hora me lembrei da segunda vítima. Em um piscar de olhos, Tory vestia um casaco de fogo. Com uma presença de palco bem mais magnética do que eu poderia imaginar, ela levou a tocha aos lábios, soprou a chama e desapareceu.

— Boa noite — disse ela lá do fundo do salão. A plateia se virou para olhar; nesse momento seu casaco estava queimando num tom de azul. — E bem-vindos a... *Imagine.* — Ela esticou os braços para os lados e de repente as duas fileiras dos fundos também pegavam fogo. Ouvi alguém gritar e depois cair na risada.

Tory foi lentamente abrindo um sorriso sexy. As chamas aumentaram, depois desapareceram e, por fim, ela veio andando pela fumaça.

— Vamos começar — disse ela. — Que tal?

TUDO OU NADA **171**

A maioria das pessoas quando assiste a um show de ilusionismo tenta entender como o mágico faz os truques. Mas eu não estava interessada na magia. Estava interessada na pessoa fazendo a magia. Aquela ali não era Tory, não a Tory que eu tinha visto antes. A persona que ela encarnou assim que subiu no palco tinha mente, vontade e personalidade próprias.

— Agora, senhoras e senhores, estou procurando voluntários. Especificamente — a Tory do palco passou os olhos pela plateia, como se fosse capaz de identificar cada rosto e ler cada pensamento — indivíduos que gostariam de participar da parte do show de hoje dedicada à hipnose.

Mãos se levantaram em toda a plateia. Tory foi olhando e chamando um de cada vez: algumas mulheres, um senhor de 85 anos que deu um soquinho no ar assim que subiu no palco.

— E... — disse ela, arrastando a palavra depois de já ter escolhido uns doze voluntários — ... você.

Por um segundo achei que ela estivesse apontando para mim. Só então percebi que ela apontava para a minha frente, para a garota sentada ao lado de Aaron. O irmão de Sloane ficou imóvel feito uma vara. A garota ao lado dele se levantou e, alguns assentos ao meu lado, Michael também. Quando Tory percebeu Michael agindo como se tivesse sido selecionado, ela deixou rolar.

— Pelo visto, consegui dois pelo preço de um. Vocês dois, podem subir!

— Michael — falei, esticando a mão para ele quando passou por mim.

— Qual é, Colorado — disse ele. — Viva um pouco.

No palco, Michael fez uma reverência formal para a plateia e se sentou. Tory se virou para os voluntários e ficou um instante falando com eles. Não ouvimos o que ela disse. Dois ou três segundos depois, ela se virou para a plateia e o som de seu microfone voltou.

— Vou fazer uma contagem regressiva a partir de cem — disse ela, andando na frente dos voluntários. — Cem, noventa e nove, noventa e oito. Quero que se visualizem deitados em uma jangada, próximo a uma ilha. Noventa e sete, noventa e seis, noventa e cinco. Vocês estão à deriva. Noventa e quatro, noventa e três. Quanto mais eu conto, mais vocês se afastam. Noventa e dois, noventa e um...

Enquanto contava, Tory passava diante de cada voluntário, sacudia a cabeça deles e os balançava para a frente e para trás.

Quanto mais eu conto, mais vocês se afastam, ela ficou repetindo.

— Seu corpo está pesado. Sua cabeça, seu pescoço, suas pernas, seus braços... — ela disse, indo de um lado para o outro. Depois deu uma batidinha no ombro de alguns participantes, os mandou de volta para seus lugares e começou a descrever uma leve sensação de flutuar. — Seu corpo está pesado, mas seu braço direito está leve. Ele flutua para cima... para cima... sete, seis... Quanto mais eu conto, mais longe você vai. Cinco, quatro, três, dois...

Quando chegou ao um, os nove voluntários que restavam no palco estavam curvados na cadeira enquanto o braço direito subia. Me virei para Lia.

Michael está fingindo? Arqueei uma sobrancelha para Lia na esperança de conseguir uma resposta, mas ela estava completamente focada no palco.

— Vocês estão na praia — disse Tory para os hipnotizados. — Estão tomando sol. Sintam o sol na pele. Sintam o calor.

Os rostos relaxaram na mesma hora e sorrisos começaram a surgir nos lábios.

— Não se esqueçam de passar filtro solar. — Agora ela falava em um tom de voz suave, aveludado.

Não consegui evitar uma risada quando Michael começou a passar, com movimentos ritmados, filtro solar de mentira pelo bíceps. Ele flexionou o braço para a plateia.

— Agora — disse Tory, andando pela extensão do palco —, sempre que você me ouvir dizer a palavra *manga*, você vai acreditar que soltou gases. Alto. Em uma sala lotada.

Levou cinco minutos para Tory dizer *manga*. Imediatamente todos os hipnotizados começaram a parecer pouco à vontade, menos Michael, que deu de ombros de um jeito meio teatral, e a garota que estava sentada ao lado de Aaron, que deu um passo à frente. Depois outro. E outro.

Ela foi direto para a beira do palco, a cabeça abaixada. Quando achei que fosse cair, ela de repente parou.

— Senhorita, preciso que dê um passo para trás — disse Tory.

A garota ergueu a cabeça. O cabelo castanho claro caiu longe do rosto. Ela encarou a plateia, o olhar penetrante.

— *Tertium* — disse ela.

Uma das luzes do palco estourou e se estilhaçou.

— *Tertium* — repetiu a garota, dessa vez com a voz mais alta, mais estridente.

Tory estava tentando fazer com que ela recuasse, com que despertasse, mas não conseguia.

— *Tertium.* — A garota gritava agora. Atrás dela, o resto dos hipnotizados estava imóvel. Michael se separou dos outros, o olhar límpido e expressivo.

A garota ergueu as mãos nas laterais do corpo, as palmas para o lado de fora. Então falou em um sussurro rouco e poderoso que me atingiu como se aranhas estivessem percorrendo minha coluna:

— Eu preciso de nove.

Capítulo 33

Os olhos da garota rolaram para trás. Ela desmoronou. Tory avançou até a garota e, enquanto isso, na fileira à nossa frente Aaron começou a abrir caminho até chegar ao corredor.

A cortina desceu e um cochicho inquieto se espalhou pela plateia. As pessoas ao nosso redor não faziam a menor ideia do que tinha acabado de acontecer. Não faziam ideia do que aquilo significava.

Você.

Precisa.

De nove.

Minha ficha foi caindo aos poucos. Forcei o ar de volta aos pulmões.

— Nove. — Consegui ouvir a voz de Sloane mesmo em meio à barulheira da plateia. — *Tertium. Tertium. Tertium.* Três vezes três...

— Por favor, permaneçam em seus lugares — ordenou uma voz grave pelo alto-falante. — O show vai voltar a qualquer momento.

Judd percebeu o caos que aquilo ali poderia se transformar e apontou com a cabeça para a saída mais próxima.

— E o Townsend? — disse Dean quando começamos a abrir caminho pela plateia. — Ele ainda está no palco.

Judd nos deixou em segurança no corredor.

TUDO OU NADA 175

— Vou buscar Michael — disse ele para Dean. — Fique aqui e cuide das meninas.

O que fez com que Lia arqueasse a sobrancelha de um jeito bem expressivo.

— Espero que meu dote seja grande o suficiente pra atrair um homem viril — disse para mim, debochada. — Sou tão indefesa sozinha.

Dean teve a sabedoria de não responder.

Quando Judd já havia se afastado, Lia baixou o tom de voz:

— Então, o que estamos pensando? Que a namoradinha de Aaron é nossa assassina e teve agorinha mesmo um ataque psicótico ou que o assassino a hipnotizou pra passar aquele recado?

Fiz que sim. Dois segundos depois, Dean concordou.

— Sim.

— Tertium mais uma vez — comentou Lia. — Vocês acham que nosso cara considera isso o nome dele?

Tertium, pensei. *Significa terceira vez.*

A terceira vez. A terceira vez. A terceira vez.

Eu preciso de nove.

— Não é um nome — falei para Lia. — É uma promessa.

Me virei para olhar para Sloane, para saber qual era sua interpretação dos números… mas ela não estava do meu lado. Me virei e olhei ao redor.

Nem sinal de Sloane.

Lia falou um palavrão e voltou correndo para o teatro. Um instante depois, Dean e eu fomos atrás. Sloane tinha a peculiaridade de ser fácil de encontrar, mas entre tanta gente, o melhor que eu podia fazer era seguir Lia e pensar: *Sloane veio aqui pra ver Aaron. E na última vez em que a vi, ela estava falando sobre os números.*

Isso significava que ou ela estava atrás de Aaron ou tinha ido direto até a fonte dos números. *A garota.* De um jeito ou de outro, ela provavelmente estava…

— Nos bastidores — gritei para Lia, com dificuldade de acompanhá-la abrindo caminho até a frente do auditório. Dois seguranças estavam posicionados dos dois lados do palco. Lia se inclinou para a frente e sussurrou alguma coisa no ouvido de um deles. O cara ficou pálido e chegou para o lado, liberando nossa passagem.

Eu realmente não queria saber o que Lia tinha dito para ele, mas precisava admitir que suas habilidades *definitivamente* tinham utilidade.

Nos bastidores, vi Michael agachado perto da garota, que, naquele momento, estava sentada. Judd estava atrás de Michael. Sloane não estava com ele. Só restava uma alternativa possível.

— Encontrem Aaron — falei — e vamos encontrar Sloane.

— *Seu filho da puta.*

Me virei a tempo de ver Beau Donovan pressionando Aaron Shaw contra a parede. Aaron era uns oito ou dez centímetros mais alto e cerca de quinze quilos mais pesado do que Beau, mas o homem foi para cima dele como se não tivesse a menor noção disso.

— Encontrei Aaron — disse Lia.

Aaron empurrou Beau, que escorregou para trás e voltou para cima de Aaron. Mas, desta vez, uma loira pequena se colocou na frente do herdeiro.

Sloane.

Dean deu um pulo. Ele odiava violência e evitava-a a todo custo, porque nunca podia ter certeza de que não acordaria um dia gostando demais. Mas se alguém encostasse um dedinho que fosse em Sloane...

Aaron entrou na frente de Sloane um segundo antes de Beau acabar se chocando contra ela. Dean passou o braço na cintura de Sloane e a puxou para trás, em um gesto protetor. Então Beau voltou a empurrar Aaron, que perdeu a cabeça e se lançou com tudo para frente. Os dois caíram. Em questão de segundos, Aaron estava por cima, inquestionavelmente no controle. Beau encarou o herdeiro com uma expressão que era puro ódio.

— Qual o seu problema? — perguntou o irmão de Sloane.

Em resposta, Beau retomou a disputa pelo domínio da situação, e Aaron o segurou como um lobo seguraria um filhotinho.

— Meu problema? — disse Beau. — Meu problema é *você*. O que você tem na cabeça para trazer *aqui* a riquinha da sua namorada, que nunca trabalhou um dia na vida? Aqui para o show da minha irmã? — Beau não deu nem tempo de Aaron responder. —Acha que pode tratar as pessoas como se não fossem nada…

Beau investiu novamente, mas, desta vez, conseguiu ficar por cima por tempo suficiente para dar um soco pesado na mandíbula de Aaron antes de a segurança os separar. Os guardas tiraram Beau de cima de Aaron (com um pouco mais de força do que o necessário) e desviaram o olhar para Aaron, como se estivessem pedindo instruções.

— Allison não é minha namorada — disse Aaron, o tom de voz calmo. — É só uma amiga da família, e fiquei tão surpreso de vê-la aqui quanto você.

— Corta essa.

Aaron e Beau se viraram ao mesmo tempo para olhar para Tory. Continuava com o figurino do show, mas já tinha voltado a ser ela mesma. *Sem dor de cabeça. Sem estresse.*

Nada pode te machucar se você não deixar.

— Foi você quem a chamou para o palco — disse Aaron para Tory. — Que merda você estava pensando, Tory? — Ele fez uma pausa. — O que você fez com ela?

— Ela não fez *nada*! — Beau disse, se debatendo nas mãos do segurança. — Você deve ter armado tudo, seu doente, filho da mãe…

— Chega! — gritou Tory, e Beau se calou. Tory desviou o olhar dele para Aaron, sua expressão ficando mais rígida. — Quero vocês dois fora daqui. Agora.

O *agora* pareceu ser dirigido aos seguranças.

— Senhor — um deles disse para Aaron, visivelmente incomodado com o que estava dizendo. — Vou ter que pedir que saia.

Aaron não tirou os olhos de Tory.

— Tory, me deixa explicar.

— Você não precisa me explicar nada. — A voz de Tory estava desprovida de emoção, mas lá embaixo dava para perceber a firmeza. — Nosso relacionamento é estritamente profissional. — Ela olhou para a plateia reunida ali, incluindo Sloane, Lia, Dean e eu, e seu tom de voz ficou ainda mais áspero. — Sempre foi.

— Você a ouviu — disse Beau para Aaron, a expressão determinada.

— Não faça isso. — Tory se virou para Beau, a voz estalando como um chicote. — Não te pedi pra fazer isso, Beau, e já estou de saco cheio de ficar consertando as merdas que você faz. — Ela engoliu em seco, e tive a sensação de que mandar Beau embora era mais difícil do que terminar as coisas com Aaron.

— Saia — disse ela, a voz mais baixa. — Agora.

Sem esperar resposta, Tory se virou para o palco e começou a gritar instruções para seus assistentes:

— Chamem um médico pra srta. Lawrence. Depois chamem o chefe de segurança pra informá-lo que temos um problema. Quero esse show recomeçando em cinco minutos.

— Isso não vai ser possível. — O agente Briggs sabia como fazer uma entrada triunfal; nesse caso, com o distintivo erguido alto para que todo mundo visse. — Agente especial Briggs, FBI — disse ele, a voz ecoando. — Vou precisar fazer algumas perguntas a todos aqui.

Você

Teria como explicar com mais clareza? *Os números. A espiral. As datas. É um ato de contrição. Um ato de devoção.*

Um ato de vingança.

Você passou tanto tempo esperando. Esperou, planejou e, agora que está perto, você sente. Sente aquela raiva antiga voltando para as suas veias. Sente o poder.

O medo.

Você vai concluir. Três vezes três vezes três. Você vai levar o mérito por isso.

Desta vez não vai fracassar.

Capítulo 34

O sonho começou do jeito como sempre começava. Eu estava andando por um corredor estreito. O piso era de azulejo. As paredes eram brancas. Luzes fluorescentes piscavam no teto. No chão, minha sombra também piscou.

No fim do corredor havia uma porta de metal. Comecei a andar na direção dela. *Não. Não abre a porta. Não entra ali.* O aviso veio da parte consciente da minha mente, que sabia muito bem o que havia ali atrás.

Mas não consegui parar. Abri a porta. Entrei na escuridão. Estiquei a mão até o interruptor na parede. Senti uma coisa quente e grudenta nas mãos.

Sangue.

Virei o interruptor. Tudo ficou branco. Eu só consegui piscar até a cena se solidificar diante de mim.

Um holofote.

Uma plateia.

Eu estava em um palco usando aquele vestido azul-royal que tinha experimentado na loja. Meu olhar percorreu a plateia e encontrou as pessoas que eu tinha marcado em leituras prévias. A mulher de colete branco segurando a bolsa como se pudesse criar pernas e sair correndo. A adolescente cujos olhos já lacrimejavam. O senhor mais velho de terno azul-claro sentado no meio da primeira fila.

Tem alguma coisa errada, pensei freneticamente. *Não quero fazer isso*. Me virei e me vi nos bastidores. Mais nova. Observando. Esperando.

Acordei com um sobressalto, minhas mãos apertando o lençol. Meu peito subia e descia; estava sozinha no quarto. *Sem Sloane*. No momento em que digeri essa informação, virei para olhar o relógio e fiquei em choque.

As paredes estavam completamente cobertas. Uma série de folhas de papel marcadas de vermelho. *Sloane deve ter levado a noite toda*, pensei. Ela não disse nada quando voltamos para o quarto: nem sobre o recado do assassino nem sobre Aaron e as acusações que Beau tinha feito a ele.

Rolei para fora da cama e comecei a examinar o trabalho de Sloane com mais atenção. Doze folhas de papel estavam coladas na parede, em quatro fileiras de três.

Janeiro, fevereiro, março...

Eu estava diante de um calendário escrito à mão. Datas em intervalos aparentemente aleatórios tinham sido circuladas: *seis em janeiro, três em fevereiro, quatro em março*. Olhei a fileira seguinte: *algumas em abril, só duas em maio*.

— Nada em junho e julho — murmurei em voz alta. Levei a mão até a parte de cima, pressionando os dedos no dia que sempre chamaria minha atenção em qualquer calendário. *Vinte e um de junho*. Era o dia em que a minha mãe tinha desaparecido. Assim como os outros dias de junho, não estava marcado no calendário de Sloane.

Passei os olhos pelos meses restantes e segui para as outras paredes do quarto. Mais calendários. Mais datas. Quando dei um passo para trás, pude observar amplamente tudo que Sloane tinha feito. As paredes estavam cheias do que seria o equivalente a anos de calendários, com as mesmas datas marcadas em todos.

— Sloane? — falei, indo em direção ao banheiro. A porta estava fechada, mas, um momento depois, tive uma resposta.

— Não estou pelada!

No jargão de Sloane, isso era como se fosse um convite para entrar.

— Você dormiu esta noite? — perguntei quando abri a porta.

— Negativo — respondeu Sloane. Estava enrolada em uma toalha, encarando o espelho. O cabelo estava molhado. Na superfície do espelho havia desenhado uma espiral de Fibonacci que cobria seu rosto no reflexo.

Sloane se olhou pela espiral.

— Minha mãe era dançarina — disse ela de repente. — Showgirl. Era muito bonita.

Aquela era a primeira vez que eu ouvia Sloane falar da mãe. Percebi na mesma hora que ela tinha ficado acordada a noite toda por um motivo que não era só os papéis nas paredes.

— Meu pai biológico gosta de coisas bonitas. — Sloane se virou para mim. — Tory é esteticamente atraente, não acha? E aquela outra garota com Aaron era bem simétrica.

Você está se perguntando se Aaron puxou o pai. Está se perguntando se Tory é o segredo dele, como a sua mãe foi do seu pai.

— Sloane… — comecei a dizer, mas ela me interrompeu.

— Não importa — disse Sloane num tom que deixava claro que aquilo importava muito. — Doze de janeiro — prosseguiu, determinada. — É isso que importa. Hoje é dia nove. Nós temos três dias.

— Três dias? — repeti.

Sloane assentiu.

— Até ele matar novamente.

— *Tertium. Tertium. Tertium.* — Sloane estava de pé no meio da suíte, apontando para as paredes cobertas de papel. — Três vezes três é nove.

Eu preciso de nove.

— E três vezes três vezes três — continuou Sloane — é vinte e sete.

Tertium. Tertium. Tertium. Três vezes três vezes três.

— Lembra o que eu disse ontem sobre as datas e que eu acho que elas derivam da sequência de Fibonacci? — disse Sloane. — Eu passei a noite toda repassando os possíveis métodos de derivação. Mas essa — ela apontou para a primeira parede que eu tinha examinado — é a única versão em que, se você terminasse a sequência 27 datas depois, você também termina com exatamente três repetições dentro da sequência.

Três. Três vezes três vezes três.

— Era só uma teoria — disse Sloane. — Mas aí eu hackeei o servidor do FBI.

— Você fez *o quê?*

— Fiz uma busca nos últimos quinze anos — esclareceu Sloane, cheia de boa vontade. — Procurando assassinatos cometidos no dia 1° de janeiro.

— Você hackeou o FBI? — perguntei, incrédula.

— E a Interpol — respondeu Sloane, animada. — E você nunca vai adivinhar o que eu descobri.

Falhas de segurança que as agências de solução de crimes de elite precisam dar um jeito?

— Onze anos atrás houve um assassino em série no norte de Nova York.

Sloane foi até a outra parede, com anos de calendários que a cobriam de cima a baixo. Então se ajoelhou e pressionou os dedos em uma das páginas do calendário.

— A primeira vítima, uma prostituta, apareceu morta no dia primeiro de agosto daquele ano. — Ela levou a mão à página. — A segunda vítima, no dia nove de agosto e a terceira, treze de agosto. — Ela foi para a página seguinte. — Primeiro de setembro, 14 de setembro. — Ela pulou outubro. — Dois de novembro, 23 de novembro. — Ela foi mais devagar quando levou a mão até a data marcada em dezembro. — Três de dezembro.

Então olhou para mim e contei mentalmente. *Oito*, pensei. *São oito.*

Olhei a data seguinte. *Primeiro de janeiro.*

— É o mesmo padrão — disse Sloane. — Só com uma data de início diferente. — Ela se virou para a última parede, onde havia colado um único pedaço de papel. Os primeiros treze números da sequência de Fibonacci.

1, 1, 2, 3, 5, 8, 13, 21, 34, 55, 89, 144, 233

— 1/1 — disse Sloane. — Primeiro de janeiro. Na primeira repetição que eu tentei, a segunda data gerada foi 1/2, usando a estrutura americana do mês primeiro e depois o dia. Mas esse método acaba se limitando a datas no primeiro terço do mês. Não é eficiente. Então... — Ela desenhou um quadrado em volta do segundo *1* e do *2* que vinha em seguida. — *Voilà.* 1/12. Se separarmos num ponto diferente, dá 11/2, e juntamos essas duas datas à lista. Se juntarmos o dígito seguinte da sequência, temos 11/23. Quando tivermos feito todas as datas possíveis incluindo o primeiro número inteiro da sequência, vamos para o segundo. Isso nos dá 1/2 e 1/23. E se você dividir 1/23 depois do dois em vez de do 1, temos 12/3. Depois, vamos para o terceiro número inteiro, 2/3. Fevereiro só tem 28 dias, então 2/35 é figurativo. Vamos para 3/5, depois 5/8, 8/1, 8/13, 1/3, 3/2, 3/21, 2/1, 2/13, 1/3... Percebeu que o dia três de janeiro acabou de se repetir?

Minha mente disparou enquanto eu tentava acompanhar o raciocínio.

— Se você terminar a sequência depois de ela ter produzido 27 datas, *três vezes três vezes três*, você acaba gerando exatamente três datas repetidas: 3 de janeiro, 3 de fevereiro e 8 de maio.

Me esforcei para analisar o que Sloane estava dizendo. Se você gerasse um total de 27 datas com base na sequência de Fibonacci, teria como resultado um padrão consistente não só com o padrão do nosso assassino, mas também com uma série de nove assassinatos cometidos mais de uma década antes.

Eu preciso de nove.

— Aquele caso de onze anos atrás — falei, chamando a atenção de Sloane. — Pegaram o assassino?

Sloane inclinou a cabeça para o lado.

— Não sei. Só dei uma olhada nas datas. Me dá um segundo. — A memória fotográfica de Sloane significava que ela automaticamente memorizava tudo que lia. Depois de repassar os arquivos na mente, ela respondeu: — O caso ainda está em aberto. Não pegaram o assassino.

A maioria dos assassinos em série não simplesmente para, me lembrei das palavras da agente Sterling, que naquele momento ecoavam na minha cabeça. *A menos que alguém ou alguma coisa os impeça.*

— Sloane — falei, tentando impedir que meus pensamentos corressem soltos demais. — O assassino que botou um ponto final em sua série de assassinatos no dia primeiro de janeiro... como ele matava as vítimas?

Desta vez, demorou uma fração de segundo até Sloane resgatar a informação.

— Ele cortava as gargantas — disse ela. — Com uma faca.

Capítulo 35

Liguei para Sterling, depois para Briggs. Nenhum dos dois atendeu. *Devem ter passado a noite em claro, pensei, falando com testemunhas, tentando descobrir se alguém — se é que alguém realmente fez isso — hipnotizou a "amiga" de Aaron para dar aquele recado.*

— Vou falar com Dean — disse para Sloane. — Contar a ele o que você acabou de me contar. — Observei os círculos escuros sob os olhos dela. — Tenta dormir um pouco.

Sloane franziu a testa.

— Girafas só dormem quatro horas e meia por dia.

Como eu sabia bem identificar uma batalha perdida, deixei para lá. Andei pela suíte na ponta dos pés até estar diante do quarto de Dean. A porta estava entreaberta, então toquei na madeira.

— Dean? — chamei. Como ele não respondeu, dei uma batidinha. A porta foi se abrindo, e vi Dean dormindo. Ele tinha empurrado a cama para o outro lado do quarto e estava dormindo com as costas para a parede. O cabelo loiro caía delicadamente nos olhos. O rosto estava sereno.

Parecia em paz.

Comecei a recuar, mas o chão rangeu e Dean se sentou abruptamente na cama, sem enxergar nada e esticando a mão. Curvava os dedos como se estivesse segurando um fantasma pelo pescoço.

— Sou eu — falei rapidamente. Como ele não podia me ver, acendi a luz. — Sou eu, Dean. — Dei um passo na direção da cama. *Sou só eu.*

Dean virou a cabeça e começou a olhar para além de mim. Um instante depois, estava de volta, focando os olhos no meus.

— Cassie. — Ele pronunciou meu nome como alguém fazendo uma oração.

— Desculpa — falei, me aproximando. — Por te acordar.

— Não precisa pedir desculpa — disse Dean, a voz rouca.

Me sentei ao lado dele na cama. Suas mãos foram delicadamente até as pontas do meu cabelo; então, por um momento, ele fechou os olhos e ficou só sentindo o calor do meu corpo. Quando os abriu, sua expressão estava mais calma, mais tranquila.

— Tem alguma coisa errada — disse Dean, daquele jeito observador de sempre. Fiquei me perguntando se ele conseguia reparar na tensão nos meus ombros. Me perguntei se ele era capaz de sentir isso com seu toque suave como uma pena.

— Sloane descobriu uma coisa — respondi, deixando o toque dele me tranquilizar ao mesmo tempo que o tranquilizava.

— Ela derivou uma série de 27 datas a partir da sequência de Fibonacci. Depois fez uma busca na base de dados do FBI atrás de assassinatos em série em que um ou mais homicídios aconteceram no dia do Ano-Novo.

— Briggs e Sterling deram esse acesso a ela?

A expressão do meu rosto deve ter respondido a pergunta.

— Ela hackeou o FBI. — Dean fez uma pausa. — Claro. Ela é a Sloane.

— Ela encontrou um caso de uma década atrás que encaixa no padrão — falei. — Nove vítimas mortas em datas Fibonacci.

— MO? — perguntou Dean.

— O assassino usou uma faca. Atacou as vítimas por trás e cortou a garganta delas. A primeira vítima era uma prostituta. Não tenho informação sobre as outras.

— Nove corpos — repetiu Dean. — Em datas derivadas da sequência Fibonacci.

Mudei de posição, ficando mais perto dele.

— Ontem à noite, o recado foi "Eu preciso de nove". *Preciso, Dean, não "quero", não "vou matar nove". Preciso.*

O número de vítimas importava, da mesma forma que os números nos punhos importavam. Assim como as datas.

— O caso que Sloane encontrou ainda está em aberto — falei para ele. — Nunca foi fechado. Sterling disse que assassinos em série não param de matar do nada.

Dean ouviu a pergunta que eu ainda não tinha colocado em palavras. *Será que era o mesmo assassino?*

— Onze anos é tempo demais pra um assassino ficar negando seus instintos — disse Dean. Percebi a mudança em sua expressão antes que a frase seguinte a confirmasse. — Cada vez que eu mato, preciso de mais. Passar tanto tempo sem…

— É possível? — perguntei a Dean. — Um UNSUB pode matar nove pessoas e depois só… esperar?

— Nosso UNSUB acabou de matar quatro pessoas em quatro dias — respondeu Dean. — E agora está esperando. Numa escala menor, sim, mas o conceito é o mesmo.

Os números importam. Os números informavam ao UNSUB onde matar, quando matar, quanto tempo esperar. Mas fazer com que uma parte da sequência ficasse à mostra no pulso de cada vítima?

Desde o começo interpretamos isso como um recado. E se o recado fosse *Eu já fiz isso antes?*

De repente senti um nó na garganta. *Tertium*, me lembrei.

— Dean — eu disse, sentindo os lábios dormentes. — E se a palavra na flecha não fosse só uma referência a Eugene Lockhart ser a terceira vítima do UNSUB desta vez?

Tertium. Tertium. Tertium. Não conseguia parar de ouvir a garota dizendo isso. Visualizava o jeito como ela olhava para a plateia.

— Terceira vez. — Dean deslizou para a beira da cama e ficou sentado lá em silêncio por um instante, e percebi que ele estava se colocando no lugar do assassino, percorrendo o raciocínio dele sem dizer em voz alta. Até que finalmente se levantou.

— Temos que ligar para Briggs.

Capítulo 36

Dean fez a ligação.

Atende, pensei. *Atende, Briggs.*

Se *fosse mesmo* a terceira vez do assassino executando esse padrão, com nove vítimas assassinadas em datas de Fibonacci, não estaríamos lidando com nenhum novato. Estaríamos lidando com um especialista. *O nível de planejamento. A falta de provas deixadas para trás.*

Tudo encaixava.

Assim que me dei conta dessa primeira informação, logo percebi outra. *Se mais de uma década atrás nosso assassino já estava cortando gargantas por aí, então estamos atrás de alguém com no mínimo vinte e muitos anos.* E se os assassinatos de Nova York tivessem sido o segundo grupo e não o primeiro...

— Briggs. — A voz de Dean soou séria, mas calma. Me virei para ele quando ele começou a contar tudo para Briggs. — Temos motivos pra acreditar que talvez esse não seja o primeiro showzinho do nosso UNSUB.

Dean ficou em silêncio enquanto o agente respondia. Cheguei mais perto e toquei a mão no braço dele.

— Diz a ele que Sloane decifrou o código — falei. — O UNSUB vai matar de novo, no Grande Salão de Festas, no dia 12 de janeiro.

Dean desligou sem dizer mais nada.

— O que foi? — perguntei. — Por que você desligou?

Dean apertou o celular com mais força.

— Dean?

— Briggs e Sterling receberam uma ligação às três da manhã. Só havia um motivo para ligarem para o FBI às três da manhã. *É cedo demais*, pensei. *Sloane disse que o próximo assassinato seria dia doze. O padrão...*

— O chefe de segurança do Majesty foi atacado — continuou Dean. — Trauma contuso.

Me lembrei do homem que nos levou para a sala de segurança. O mesmo que buscou o pai de Sloane na noite em que Camille foi assassinada.

— Encaixa com o MO — continuou Dean. — Método novo. Números no punho.

— Arma? — perguntei.

— Um tijolo.

Você bateu na cabeça dele com um tijolo. Pegou um tijolo, fechou os dedos em volta e a fúria explodiu dentro de você, então você...

— Cassie. — Dean interrompeu meu pensamento. — Tem outra coisa que você precisa saber.

Você se cansou de esperar?, perguntei silenciosamente ao UNSUB. *Alguma coisa te tirou do sério? Achou empolgante ver esse homem sendo derrubado? Ficou saboreando o som do crânio dele sendo espatifado?* Eu não conseguia parar. *A cada vez você se sente mais invencível, menos falível, menos humano.*

— Cassie — repetiu Dean. — A vítima ainda estava viva quando o encontraram. Ele está em coma induzido, mas não morreu.

As palavras de Dean me tiraram do transe.

Você cometeu um erro, pensei. Aquele era um assassino que não *cometia* erros. Ter deixado uma vítima viva o faria se corroer por dentro.

— Precisamos de mais informações — falei. — Fotos da cena do crime, lesões defensivas na vítima, qualquer coisa que nos ajude a examinar o que aconteceu.

— Eles não precisam que a gente examine nada — disse Dean.

— Explica pra mim como essa frase pode ser verdade.

Me virei na direção da voz que tinha dito isso, até dar de cara com Lia. Fiquei me perguntando há quanto tempo ela estava ali, observando minha interação com Dean.

— Não precisam que a gente perfile nada porque houve testemunha. — Dean olhou de Lia para mim. — Já prenderam o suspeito.

Na tela, Beau Donovan estava na sala de interrogatório, com as mãos algemadas nas costas. Olhava para a frente; não *para* Sterling e Briggs, mas *para além* deles.

— Tem alguma coisa errada — disse Sloane, se sentando no chão ao lado da mesa de centro. Um instante depois ela se levantou e começou a andar pela suíte. — Era pra ser no dia doze. A conta não fecha.

Ela não disse que *precisava* que a conta fechasse. Não disse que precisava que pelo menos aquilo fizesse sentido.

— Sr. Donovan, uma testemunha o viu agachado sobre a vítima na cena do crime, escrevendo no punho dele. — Briggs bancava o policial malvado. Não pelo que estava dizendo, mas pelo jeito de falar, como se cada parte da frase fosse mais um prego no caixão de Beau Donovan.

Um músculo na bochecha de Beau tremeu.

— Medo — disse Michael. — Raiva também, e por baixo disso tudo... — Michael prestou atenção às linhas no rosto de Beau. — Brincando no canto dos lábios... *satisfação*.

Satisfação. Isso condenava mais do que a raiva e o medo. Inocentes não ficavam *satisfeitos* quando eram presos por tentativa de assassinato.

— Beau. — A agente Sterling não encaixava naturalmente no papel de policial boazinha, mas, pelo que sabíamos de Beau, ela deve ter desconfiado que seria mais provável, ainda que *não* tanto, ele confiar em uma mulher. — Se não falar conosco, não temos como te ajudar.

Beau se encolheu na cadeira o máximo que conseguiu com as mãos algemadas nas costas.

— Você foi encontrado com *isto* no bolso do moletom. — Briggs jogou na mesa um saco cheio de provas. Nele havia uma caneta permanente. Preta. Prestei atenção na cor, mas não me prendi muito a isso. — Quais você acha que são as chances de a perícia nos mostrar que sua caneta bate com *isso aqui*? — Briggs colocou uma foto ao lado do saco de provas. *O punho do chefe de segurança.*

Mostrando um número de quatro dígitos.

— Nove zero nove cinco — leu Sloane, que se adiantou até quase bloquear toda a tela. — É o número errado. *Sete sete seis um.* — Ela enfatizou cada número batendo o dedo médio da mão direita no polegar. — Esse é o próximo. Aquele número — ela gesticulou em direção à tela — não consta entre os cem primeiros dígitos da sequência de Fibonacci.

Na tela, o agente Briggs usava o silêncio como se fosse uma arma. Estava só esperando Beau perder o controle.

— Eu não tenho que dizer nada pra vocês.

Michael arqueou uma sobrancelha diante do tom de Beau, mas, desta vez, nem precisei de tradução. *Bravata.* Aquela típica de quem já foi chutado demais com força demais por tempo demais.

A agente Sterling foi até o lado de Beau da mesa. Por um momento achei que ele fosse para cima dela, mas Beau só ficou tenso no instante em que ela abriu a algema.

— Você não precisa dizer nada — concordou ela. — Mas acho que você quer. Acho que tem alguma coisa que você deseja nos contar.

Michael ficou de olho na resposta não verbal de Beau, depois fez um gesto de arma para a tela.

— Ponto pra moça — disse ele.

— Você disse que Camille Holt foi legal com você. — A agente Sterling recuou para o lado dela da mesa, sem nunca romper contato visual com Beau. — Agora está parecendo à beça que você a matou.

— Mesmo que eu dissesse que não matei — resmungou Beau —, vocês não acreditariam em mim.

— Experimenta.

Por um momento, achei que ele fosse mesmo fazer isso. Mas Beau só se acomodou novamente na cadeira.

— Não estou a fim de conversar — disse ele.

— Na nossa última entrevista, você nos disse que estava com Tory Howard quando Camille foi assassinada. — O agente Briggs se inclinou para a frente. — Mas ultimamente passamos a achar que naquela noite Tory estava, na verdade, com Aaron Shaw.

— Talvez eu estivesse tentando protegê-la — disse Beau, a voz cheia de desprezo. — De vocês, seus babacas.

— Ou talvez — sugeriu Briggs — você estivesse tentando se proteger. Tory e Aaron andam sendo bem discretos. Ela não queria dar o nome dele como álibi. Deve ter pensado que tinha muita sorte quando você se voluntariou pra esse papel. — Ele se inclinou para a frente. — Ela só não percebeu que, permitindo que você fizesse isso, ela também acabou se tornando o *seu* álibi para aquela noite.

Inteligente, pensei. À primeira vista, Beau era um cara fácil de ser subestimado. Abandonou o ensino médio. Tinha um emprego ruim. Não fazia nenhum esforço para passar a impressão de que tinha algo a mais, mas o sucesso dele no torneio de pôquer contava uma história completamente diferente.

Está acostumado a ser descartado e ignorado, mas tem um QI elevadíssimo, pensei.

— Tory mentiu pra gente — Briggs disse, baixando o tom de voz. — Talvez devêssemos pensar em acusá-la como cúmplice.

TUDO OU NADA 195

— Briggs — disse Sterling, determinada, vestindo a máscara de policial boazinha até o fim.

O agente Briggs se inclinou por cima da mesa, ficou cara a cara com Beau e deu o golpe final.

— Me conta, Beau, Tory te ensinou a hipnotizar pessoas?

Capítulo 37

Briggs e Sterling pressionaram, mas Beau não disse mais nada. Eles acabaram o deixando lá e ligaram para nós.

— Opiniões? — perguntou Briggs no viva-voz.

— Não é ele. — A voz de Sloane estava praticamente vibrando de intensidade. — Vocês têm que ver isso. Os números? *Errados.* A localização? *Errada.* O momento? — Sloane virou de costas para o telefone. — *Tudo errado.*

O silêncio tomou conta. Dean preencheu o vazio.

— Ele tem potencial pra ser violento. — O jeito como Dean elaborou essa frase me fez questionar se ele se via em Beau. — Está na parte mais baixa de uma hierarquia que favorece aqueles que têm dinheiro e poder, e ele não tem nenhuma das duas coisas. Se surgisse a oportunidade, ele adoraria fazer um jogo em que pudesse sair por cima. — Dean se apoiou na bancada, a cabeça abaixada. — Ele está com raiva, e imagino que tenha passado muito tempo na vida sendo jogado de lado, tratado como se fosse lixo. Se o chefe de segurança do Majesty morrer, Beau não vai se sentir mal por isso. Considerando a alternativa, é mais provável que ele acabasse pegando o tijolo de novo.

— Mas… — Sloane começou.

— Mas — disse Dean — Sloane tem razão. Os números nos punhos das vítimas não fazem parte só do MO desse UNSUB. Fazem parte da assinatura. Ele *precisa* marcar as vítimas. E não engoli a ideia de estarmos lidando com um UNSUB que, depois de quatro mortes meticulosamente planejadas, é pego *escrevendo* números no pulso da quinta vítima antes mesmo de o homem estar morto.

— Os números *errados* — enfatizou Sloane.

Sterling pigarreou.

— Estou inclinada a concordar com Sloane e Dean. O MO do nosso UNSUB mudou a cada morte. Assim como o método com que as vítimas foram marcadas. Até agora.

Eugene Lockhart também estava com os números escritos no pulso com caneta permanente, percebi.

— Digamos que você tivesse matado alguém. — Na mesma hora Lia atraiu a atenção de todos. — Ou, no caso de Beau, digamos que você achasse que a pessoa em quem você tinha batido com um tijolo estava prestes a morrer. — Ela se apoiou na base das mãos e me lembrei do Duas Verdades e uma Mentira.

Quando eu tinha nove anos, matei um homem.

— Talvez você tivesse uma escolha. Talvez não. E depois — continuou Lia, a voz tranquila e suave —, digamos que você não queria ser capturado. O que você faz?

Segundos se passaram em silêncio. Foi Dean quem respondeu. Ele conhecia Lia melhor do que todos nós.

— Você mente.

— Você mente — repetiu Lia. — Encobre. E se por acaso ficasse sabendo que tem um assassino em série por aí... — Lia deu de ombros.

— Talvez Beau tenha ouvido falar dos números — falei, continuando de onde Lia tinha parado. — Não que tenha escutado exatamente qual era o padrão, só que *havia* números nos pulsos de todas as vítimas.

Sterling continuou.

— Ele pega o tijolo. Bate na vítima. Entra em pânico e, para encobrir, tenta fazer parecer que é trabalho do nosso UNSUB.

Raiva. Medo. Satisfação. Tudo que Michael tinha dito que Beau estava sentindo encaixava naquela interpretação de como as coisas aconteceram.

Beau não era nosso UNSUB. Ele só o estava imitando.

— Isso significa que o padrão não foi rompido — sussurrou Sloane. — O padrão não está errado.

Você não está quebrada, traduzi. *Não está errada.*

— O Grande Salão. Dia 12 de janeiro. — Sloane esticou primeiro um dedo, depois outro, como se estivesse contando.

— O padrão informa que o próximo assassinato vai acontecer no Grande Salão de Festas no dia 12 de janeiro.

Três dias. Se Sloane estivesse certa sobre as datas de Fibonacci, esse não era nosso único problema.

— Falando em padrão — falei para Sterling e Briggs, o medo voltando a tomar conta de mim —, tem outra coisa que vocês precisam saber.

Capítulo 38

— **Sloane hackeou os arquivos** do FBI. Com base no que ela descobriu, você acha que nosso UNSUB pode ter feito isso antes. — A agente Sterling deixou o resumo do que eu tinha acabado de dizer pairando no ar por vários segundos antes de acrescentar: — Duas vezes.

— É só uma teoria — respondi antes que algum dos agentes entendesse que aquela era uma boa hora para dar uma bronca em Sloane sobre os benefícios de *não* hackear o FBI. — Mas o caso que Sloane descobriu não foi descoberto e encaixa no padrão.

— Com respeito ao local também? — perguntou Briggs. Eu praticamente o *ouvia* massageando as têmporas. — O assassino trabalhou em espiral?

— Espiral de Fibonacci — corrigiu Sloane. — E não, ele não trabalhou assim.

— Números nos punhos? — perguntou Sterling.

— Não — disse Sloane novamente.

Sem número nos punhos. Sem espiral. Se estávamos lidando com o mesmo assassino, então esse assassino tinha mudado. Não era nada inédito, mas normalmente víamos mudanças no *modus operandi* de um UNSUB, nos elementos necessários de um crime. Escrever números nos punhos das vítimas não era *necessário*. Matá-las em espiral era uma questão de *escolha*. O MO de um assassino podia até mudar, mas normalmente a assinatura se mantinha a mesma.

— Os números sempre estiveram lá — disse Sloane, o tom de voz insistente. — Mesmo que ele não escrevesse no pulso de ninguém nem matasse nos locais certos, eles estavam lá.

Nas datas, concluí em silêncio. Talvez a assinatura, a *necessidade* psicológica profundamente arraigada manifestada no comportamento do UNSUB, era que as mortes *precisavam* ser motivadas pelos números. Vendo por esse lado, os elementos adicionais dos crimes de Las Vegas não configuravam nenhum afastamento da assinatura.

Configuravam, na verdade, uma intensificação. *Mais números, mais regras.*

— Estou mais velho agora — disse Dean, testando essa possibilidade. — Mais sábio, melhor. Eu esperei tanto tempo, planejei tanto... — A voz dele ficava mais grave quando ele perfilava. — No passado, fui amador. Agora sou um artista. Invencível. Implacável.

— E desta vez — falei lentamente — você quer levar crédito.

Foi por isso que você escreveu os números no pulso das vítimas, pensei. *Você queria que decifrássemos o código. Queria que víssemos a extensão do que você tinha feito.*

— Nós já tivemos dificuldade pra convencer a polícia local de que Beau Donovan não é nosso assassino em série, isso *sem* mencionar um caso de uma década atrás que, à primeira vista, parece não ter nenhuma relação. — A voz de Briggs interrompeu meu raciocínio. — As autoridades desta cidade querem que esse caso seja resolvido. Agora. Se forçarmos a teoria de que esse último ataque não foi feito pelo nosso UNSUB, podemos ver a cooperação que tivemos até esse momento sumir num piscar de olhos.

— O que significa — disse Lia — que vocês podem perder a suíte de cortesia no Desert Rose. Fiquei sabendo que tem uns estabelecimentos ótimos fora da Strip.

— O que significa — rebateu o agente Briggs — que, se quisermos uma lista de hóspedes do hotel para comparar as testemunhas e os suspeitos no caso de Nova York, essas mesmas autoridades provavelmente se recusarão a entregar qualquer coisa sem mandado.

— Além do mais — acrescentou a agente Sterling, a voz séria —, é quase certo que Grayson Shaw vai insistir em abrir o Grande Salão de Festas do Majesty.

Meus dedos se curvaram, as unhas arranhando de leve a superfície das palmas. *Três dias.* Era o tempo que tínhamos até o próximo assassinato. Era o tempo que tínhamos para convencer o pai de Sloane que reabrir o salão era um erro.

— O que vocês querem que a gente faça? — Dean perguntou, completamente determinado.

— Por enquanto — disse o agente Briggs — só precisamos que fiquem alertas. Fiquem no quarto e longe de confusão. Nós vamos resolver.

Independente de Sterling e Briggs estarem ou não "resolvendo" as coisas, nenhum de nós tinha a intenção de ficar enrolando até eles nos procurarem para passar novas tarefas.

Peguei uma caneta e o bloco do Majesty ao lado do telefone e escrevi os nomes de todo mundo com quem tínhamos conversado até o momento naquele caso, depois risquei dois: o do chefe de segurança e o de Camille Holt. Ele estava em coma. Ela estava morta. Nenhum dos dois era suspeito.

— Os assassinatos de Nova York foram cometidos onze anos atrás — falei. — Por uma questão de idade, isso descarta não só Beau Donovan, mas também Aaron Shaw e Tory Howard.

Crianças podiam ser obrigadas a fazer coisas horríveis, Dean era prova viva disso. Mas cortar a garganta de alguém por trás? Isso não era o *modus operandi* de uma criança com alcance limitado.

Dei uma olhada nos outros nomes da lista. Thomas Wesley tinha 39 anos, ou seja, à época dos assassinatos de Nova York ele estava com 27 e era CEO de sua primeira empresa. O professor tinha 32, e uma busca rápida na internet me informou que ele havia estudado na NYU. Por um instante, vacilei, mas mesmo assim acrescentei um último nome à lista.

Grayson Shaw.

O pai de Sloane tinha cinquenta e poucos anos, era um homem que adorava poder e a sensação de estar no controle. O jeito como havia tratado Sloane me deu a entender que tinha a tendência de ver as pessoas como bens e de ter com elas atitudes insensíveis e completamente frias.

Eu poderia apostar o carro de Michael que, como dono da corporação Majesty, Grayson Shaw estava sempre viajando para Nova York.

— Longe de mim sugerir que Sloane hackeie o FBI de novo — disse Michael, impedindo que Sloane ficasse pensando no nome do pai —, mas acho que ela devia hackear o FBI de novo.

Um instante depois, Judd apareceu na porta. Olhou para Michael, para o resto de nós e foi preparar café.

— Você perdeu a confusão que foi hoje de manhã — disse Lia para ele.

Ele nem se virou.

— Eu não perco muita coisa.

Em outras palavras: Judd sabia muito bem o que tínhamos passado a manhã inteira fazendo. Só não tinha interferido, e também não ia interferir naquele momento. A prioridade de Judd não era resolver casos nem garantir que o FBI *não* fosse hackeado. O trabalho dele era nos manter seguros e alimentados.

A qualquer custo.

Para ele, no final tudo se resolvia.

— Se *tertium* não significa só que nosso assassino tem fixação pelo número três, se *realmente* significa que é a terceira vez que nosso assassino repete essa sequência — disse Lia ao meu lado, seguindo a sugestão de Michael —, faz todo sentido ver se conseguimos desvendar os casos que faltam.

Só Lia para fazer hackear o FBI parecer algo *razoável*.

— Eu posso criar um programa — ofereceu Sloane. — Não só para o FBI, mas para a Interpol, bases de dados de polícia local, qualquer coisa pra qual eu já tenha um *backdoor*. Vou fazer com que busque qualquer registro disponível que encaixe nos nossos parâmetros. Na última vez, fiz uma busca manual por cada data de Fibonacci. Vai levar um pouquinho mais de tempo, mas os resultados vão ser mais abrangentes.

— Enquanto isso... — Judd disse, lá no canto da cozinha. — O resto de vocês, seus delinquentes, pode comer.

Michael abriu a boca para reclamar, mas Judd o impediu só com um olhar.

— Serviço de quarto? — sugeriu Michael, a voz tranquila.

— Só se você estiver a fim de pagar uma conta de duzentos dólares — respondeu Judd.

Michael foi até o telefone mais próximo. Ele estava sendo incrivelmente discreto desde a briga na piscina, mas percebi antes mesmo de ele começar a fazer o pedido que Michael faria o possível para chegar a uma conta de café da manhã de *trezentos* dólares.

A única coisa que Judd vetou foi champanhe.

Enquanto esperávamos a comida, fui tomar um banho. Eu estava a mil por hora desde aquela hora de manhã em que Sloane me explicara sobre as datas. Um banho me faria bem. Melhor ainda, talvez me acalmasse o suficiente para eu poder raciocinar.

Quando entrei para o programa, nossa ocupação era restrita a casos arquivados e só de vez em quando recebíamos uma migalha aqui, outra ali, sobre o caso em que os agentes trabalhavam no momento. Nos três meses desde que as regras mudaram, trabalhamos em uns seis casos ativos. O primeiro resolvemos em menos de três dias. O segundo, mais rápido ainda. O terceiro levou quase uma semana, mas aquele...

Eram tantos detalhes. Quanto mais o caso se arrastava, mais informações meu cérebro precisava processar. A cada morte, o perfil do UNSUB se desenvolvia, e agora que pelo visto estávamos lidando com um reincidente criminal, minha mente estava a toda. Os arquivos que eu li. As entrevistas que vi. Minhas primeiras impressões. Eu estava aprendendo que a coisa mais difícil de ser perfiladora era identificar quais informações descartar. Importava que Beau e Tory tivessem passado um tempo em lares de acolhimento? E aquele jeito ao mesmo tempo ressentido e respeitoso de Aaron com o pai? A energia de apego que senti no assistente de Thomas Wesley? A bebida que o professor pediu, mas só fingiu beber?

Mesmo agora que nossas desconfianças estavam voltadas para suspeitos com mais de trinta anos, eu não conseguia desligar a parte do meu cérebro que estava sempre organizando e desorganizando as informações que eu tinha sobre os envolvidos, sem parar de procurar significado.

Eu não conseguia deixar de sentir que estava deixando alguma coisa passar. Por outro lado, ser perfiladora significava que eu vivia sentindo que estava deixando algo passar até o caso ser encerrado. Até as mortes *pararem*... e não só por um ou dois ou três dias.

Pararem de vez.

A água do chuveiro caindo na banheira fazia um som rítmico e relaxante. Ao entrar sob o fluxo, deixei que levasse todos aqueles pensamentos embora. *Inspira. Expira.* Me virei, curvei o pescoço para trás e deixei a água encharcar meu cabelo e escorrer pelo rosto.

Por alguns minutos de êxtase, minha mente ficou quieta, mas nunca permanecia quieta por muito tempo.

Vinte e um de junho. Era para onde meus pensamentos iam quando eu não estava tentando me forçar a pensar numa coisa ou outra. *O camarim da minha mãe. Sangue nas minhas mãos. Sangue nas paredes.*

Dança que passa, Cassie.

Eu conseguia separar as coisas. Conseguia me distrair. Conseguia me concentrar no caso atual a ponto de excluir todo o resto... mas ainda assim as lembranças e medos e a certeza sobre o esqueleto naquele túmulo da estrada de terra estavam lá, me esperando logo abaixo da superfície.

Meus sonhos eram prova disso.

Vinte e um de julho, pensei novamente. Me lembrei do momento em que eu estava diante dos calendários que Sloane tinha desenhado, do momento em que encostar o dedo na data. *Não tem datas Fibonacci em junho.*

Mesmo assim minha mente insistia em retornar ao mesmo ponto. *Vinte e um de junho.*

Por que eu estava pensando nisso? Não na minha mãe, não precisava do meu conhecimento sobre psiquê humana para entender isso, mas na data. Me visualizei parada diante do calendário, olhando mês a mês. *Vários em abril, só dois em maio. Nenhum em junho.*

O ar entalou na garganta. Minha mão se moveu por vontade própria e desligou o chuveiro. Então saí, quase me esquecendo de me enrolar numa toalha para ir até o quarto.

Fui até a parede com os objetos coloridos organizados do maior para o menor na prateleira de vidro. Dei uma olhada nas folhas que Sloane tinha colocado para janeiro, fevereiro, março, abril.

Duas datas em maio.

— Cinco de maio — falei em voz alta, sentindo todo o corpo ficando tenso. — E oito de maio.

Seis anos em maio agora, dissera Judd. Mas não foi só isso que ele me contou. Ele havia me contado a data em que Scarlett foi assassinada. *Oito de maio.*

Não me lembrava de ter andado até a cozinha, mas quando me dei conta estava lá, de toalha, a água pingando no chão.

O olhar de Michael foi até o meu rosto. Dean ficou imóvel. Até Lia pareceu sentir que agora não era o momento para fazer um comentário sobre meu estado de quase nudez.

— Judd — chamei.

— Tudo bem aí, Cassie? — Ele estava encostado na bancada fazendo palavras cruzadas.

Eu só conseguia pensar que a resposta precisava ser *não*. Quando fiz a pergunta, Judd precisava dizer *não*.

— O UNSUB que matou Scarlett — falei. — Nightshade. Quantas pessoas ele matou? — Só então percebi vagamente que a pergunta que eu fiz não podia ser respondida com *sim* ou *não*.

Só por um segundo Judd pareceu meio desconfortável. Achei que se recusaria a responder, mas não foi o que aconteceu.

— Até onde sabemos — disse ele, a voz rouca —, ele matou nove.

Você

Tudo pode ser contado. Tudo, menos o verdadeiro infinito, chega ao fim.

Sem a faca na mão, tudo que você pode fazer é desenhar de leve o padrão na superfície da sua camisa. Pode sentir os cortes embaixo, sentir a promessa marcada na própria pele.

Ao redor. Para cima e para baixo. Para a esquerda e para a direita.

Sete mais dois dá nove.

Nove é o número. E Nove é o que você sempre se destinou a ser.

Capítulo 39

Assassinos em série *não simplesmente param.*
Foi a agente Sterling quem me disse isso. Na época, percebi que ela estava pensando no UNSUB que matou Scarlett Hawkins. Eu só não tinha me dado conta de que Scarlett havia sido a nona vítima do Nightshade.

Com Judd parado ali, olhando para mim e para além de mim, imediatamente me lembrei de tudo que eu já tinha ouvido sobre a morte da filha dele. Briggs e Sterling foram designados para o caso de Nightshade logo após prenderem o pai de Dean. Tinham ido com tudo atrás do assassino. E, como revanche, o assassino foi atrás deles.

Ele assassinou a amiga deles, uma pessoa que fazia parte da equipe — que nunca devia ter estado na linha de frente — no seu próprio laboratório.

Ele nunca foi pego. Não consegui evitar que as palavras circulassem sem parar pela minha cabeça. *E assassinos em série não simplesmente param.*

Nova York, onze anos atrás.

Washington, cinco anos e meio.

E agora, Las Vegas.

Dean foi para o lado de Judd. Nenhum dos dois era de muitas palavras. Percebi ali na postura deles ecos do homem que tinha perdido a filha e do garoto de doze anos por quem ele tinha colocado a dor de lado para salvá-lo.

— Temos que pesquisar as datas do resto dos assassinatos de Nightshade. — Quando Dean falou, não foi para oferecer consolo. Judd não era do tipo que era consolado.

Você não quer consolo. Nunca quis. O que você quer é pegar o homem que matou a sua filha, e o quer morto.

Eu entendia isso melhor do que a maioria.

— Não temos que pesquisar nada — respondeu Judd, a voz ríspida. — Eu sei as datas. — O queixo dele tremeu um pouco e os lábios se curvaram para dentro, em direção aos dentes. — Quatro de março. Cinco de março. Vinte e um de março. — Eu conseguia ouvir o fuzileiro no tom dele enquanto ele falava, como se estivesse lendo uma lista de companheiros abatidos. — Dois de abril. Quatro de abril.

— Para. — Sloane se aproximou e segurou sua mão. — Judd — disse ela, com uma expressão carinhosa no olhar —, pode parar agora.

Mas ele não conseguia.

— Cinco de abril. Vinte e três de abril. Cinco de maio. — Ele engoliu em seco e, ao mesmo tempo que o rosto assumia uma expressão dura, notei as lágrimas nos olhos. — Oito de maio.

Os músculos nos braços de Judd se contraíram. Por um momento achei que ele fosse empurrar Sloane para longe, mas seus dedos se fecharam ao redor dos dela.

— As datas batem? — perguntou a ela.

Sloane assentiu e, depois disso, não conseguiu mais parar de assentir.

— Queria que não batessem — disse ela, firme. — Queria não ter percebido isso. Queria…

— Não — disse Judd rispidamente. — Nunca se desculpe por ser o que você é.

Então colocou delicadamente a mão dela de volta ao lado do corpo. E olhou um a um para cada um de nós.

— Tenho que contar para Ronnie e Briggs — disse ele. — E tenho que fazer isso pessoalmente.

— Pode ir — Lia respondeu antes de mim. — Vamos ficar bem.

Lia raramente dizia frases tão curtas. A expressão em seu rosto fez com que eu me lembrasse que Judd cuidava de Lia desde os treze anos.

— Não quero vocês xeretando o arquivo do Nightshade. — Quando deu a ordem, Judd olhou para Lia, mas era óbvio que estava falando com todos nós. — Sei bem como vocês trabalham. Sei que assim que eu sair por aquela porta vão querer que Sloane consiga os detalhes pra vocês mergulharem de cabeça, mas estou dando ordens aqui. — Judd lançou um olhar duro para cada um. — Se chegarem perto daquele arquivo sem a minha autorização, vou botar vocês no próximo avião pra Quantico e que se dane esse caso.

Ninguém ali achava que Judd era o tipo de homem que fazia ameaças vazias.

O serviço de quarto chegou quinze minutos depois que Judd saiu. Ninguém nem tocou na comida.

— Judd tinha razão — disse Michael, quebrando o gelo que tinha se formado desde a saída de Judd. — Está cedo demais pra champanhe. — Ele foi até o bar e pegou uma garrafa de uísque. E cinco copos.

— Sério mesmo que você acha que é uma boa hora pra beber? — perguntou Dean.

Michael o encarou.

— Redding, acho que essa é a própria definição de "boa hora pra beber" — respondeu, virando-se para o resto de nós. Eu fiz que não. Lia ergueu dois dedos.

— Sloane? — perguntou Michael. Era característico da personalidade dele controlar a ingestão de cafeína de Sloane, mas nem piscou com a ideia de oferecer álcool.

— No Alasca, você pode sofrer processo criminal por dar álcool a um alce.

— Vou interpretar como um não — disse Michael.

— Nos Estados Unidos — observou Dean —, você pode sofrer processo criminal por beber sendo menor de idade. — Lia e Michael o ignoraram. Eu conhecia Dean o suficiente para saber que ele não estava pensando na garrafa de uísque. Estava pensando em Judd.

E eu também.

Sem maiores detalhes, tudo que deu para fazer foi um rascunho superficial do perfil do UNSUB que matara a filha de Judd. *O FBI foi com tudo atrás de você. Então você foi pessoalmente atrás deles.* Isso me dava a entender que estávamos lidando com alguém destemido, o tipo de pessoa que vivia para botar medo nos outros. Alguém que enxergava a morte como um jogo. Alguém que gostava de vencer. Mais provavelmente homem do que mulher, embora o nome *Nightshade* desse fortes indícios de que a arma escolhida pelo assassino tenha sido veneno, algo geralmente mais associado a mulheres.

Sem conseguir me aprofundar mais do que isso, dei um passo atrás e olhei a situação por outra perspectiva. Eu sabia muito pouco sobre Nightshade, mas tinha algumas informações sobre a filha de Judd. Meses antes, a agente Sterling tinha me contado uma história. Na ocasião, nós duas estávamos sendo feitas de reféns e ela me contou que, quando criança, sua melhor amiga, Scarlett, vivia imaginando cenários horríveis, ridículos e pensando em como se safar. *Você foi enterrada viva em um caixão de vidro com uma cobra dormindo no seu peito,* ela dizia. *O que você faz?*

Em outra ocasião, Judd deu a entender que uma vez Scarlett, ainda na época da escola, convenceu uma jovem Veronica Sterling a acompanhá-la em uma "expedição científica" envolvendo uma leve (ou talvez não tão leve assim) escalada de penhasco.

Você era destemida, engraçada e teimosa demais para ser convencida de desistir de qualquer coisa que botasse na cabeça, pensei, lendo nas entrelinhas. Quando cresceu, Scarlett foi trabalhar nos laboratórios do FBI. *Você estava trabalhando no caso de Nightshade?*, perguntei silenciosamente. *Era por isso que estava no laboratório naquela noite?* Pensei em Sloane enfiando um enigma na cabeça e se recusando a desistir até os números fazerem sentido. *Você também era assim?*

Sem ler o arquivo, não tinha como saber. *Você viu seu assassino, Scarlett? Ele te viu morrendo?* As perguntas vinham uma atrás da outra. *Foi rápido ou devagar? Você pediu ajuda? Pensou em cobras e caixões de vidro? Em Sterling, Briggs e Judd?*

Uma batida na porta me arrancou dos meus pensamentos. Senti um arrepio. Como uma criança dizendo Maria Sangrenta diante de um espelho, lá dentro eu tinha a sensação de ter trazido a escuridão até mim só de pensar no nome dela.

Dean se levantou e foi até a porta, com Michael e Lia logo atrás. Então olhou pelo olho mágico.

— O que você quer? — Seja lá quem estivesse do outro lado, Dean não estava nada simpático.

— Tenho uma coisa pra vocês.

A voz soou meio abafada, mas a reconheci mesmo assim.

— Aaron? — Sloane parou ao lado de Dean. Por uma fração de segundo o rosto dela se iluminou, e reparei no exato momento em que ela se deu conta de que o meio-irmão talvez não fosse tão diferente do pai que eles tinham.

— Sloane — Aaron falou com ela agora, não com Dean. — Eu sei o que vocês fazem para o FBI. Meu pai me contou.

Eu não confiava no pai de Sloane... e isso tornava bem difícil confiar em Aaron.

— Não gostei nada disso — continuou Aaron. — Não é o tipo de vida que eu quero pra você. Essa não é a conversa que eu quero que a gente tenha. Mas preciso entregar uma coisa ao FBI.

Dean desviou o olhar para Lia, que assentiu. Aaron estava falando a verdade.

— Então entrega pra polícia — gritou Dean, ainda nada inclinado a abrir a porta.

— Meu pai manda na polícia — Aaron disse, mais baixo dessa vez. Tive dificuldade para conseguir escutar. — E ele quer Beau Donovan atrás das grades.

Ao ouvir o nome de Beau, dei um passo à frente. O que Aaron estava dizendo encaixava com o que o agente Briggs tinha dito sobre as autoridades quererem uma resolução simples para o probleminha do assassino em série.

— Por favor — disse Aaron. — Quanto mais tempo eu ficar no corredor, mais chance eu tenho de alguém acabar me pegando numa filmagem de segurança, e aí vou ter problemas bem maiores do que vocês não confiarem em mim.

Dean foi até a cozinha, abriu uma gaveta, então mais uma. Um momento depois, voltou à porta.

Com uma faca enorme na mão.

Capítulo 40

Dean abriu a porta. Aaron entrou, olhou para a faca e deixou a porta se fechar sozinha.

— Fico feliz em saber que tem alguém cuidando de Sloane — disse Aaron para Dean. — Mas também me sinto na obrigação de dizer que uma faca dessas não adiantaria muito se a pessoa do outro lado da porta tivesse uma arma.

Nem tudo que reluz é ouro, pensei, entendendo o aviso nas palavras de Aaron. *Você está acostumado com as pessoas ao seu redor estarem armadas. O mundo em que você cresceu é um lugar perigoso e cintilante.*

Dean encarou o irmão de Sloane.

— Talvez você se surpreendesse.

Aaron deve ter percebido alguma coisa que o deixou todo arrepiado.

— Não estou armado — garantiu para Dean — e não vim machucar ninguém. Pode confiar em mim.

— Dean não é bem um cara que costuma confiar — disse Michael com leveza. — Deve ser porque foi criado por um assassino em série psicopata que adorava facas. — Ele abriu um sorriso gelado para Aaron. — Entra.

Aaron desviou o olhar para Lia.

— É você que consegue detectar mentiras? — perguntou.

— Quem? — disse Lia. — Eu?

TUDO OU NADA 215

— Não estou armado — repetiu Aaron, dessa vez olhando nos olhos dela. — E não vim machucar ninguém.

Sem mais nenhuma palavra, ele se sentou. Dean se sentou à sua frente. Eu fiquei de pé.

— Como vocês já devem estar sabendo — declarou Aaron —, Beau Donovan e eu tivemos um desentendimento ontem à noite.

A confusão nos bastidores do show de Tory parecia ter acontecido uma vida antes... e considerando o que descobrimos depois, havia se tornado quase dolorosamente insignificante.

— Você levou outra garota para o show de Tory — Sloane disse, sem olhar para Aaron. Em vez disso, ficou observando a janela atrás dele, o mapa, seus cálculos e a espiral de Fibonacci.

— Beau vê Tory como uma irmã. Desconfio que uma porcentagem nada trivial de pessoas como ele reagiria de forma similar se estivesse sob as mesmas circunstâncias. — Depois, como se ainda não tivesse ficado claro, Sloane explicou melhor: — Segundo meus cálculos, havia uma chance de 97,6 por cento de você ter merecido um soco no nariz.

Aaron deu um sorrisinho.

— Ouvi dizer que você leva jeito com números.

Não detectei nenhum toque de crítica no tom de Aaron. Pela expressão de Michael, percebi que ele também não tinha detectado. Logo me lembrei de Sloane dizendo que queria que Aaron gostasse dela.

Fiquei observando Aaron. *Você gosta dela. Quer conhecê-la.*

— Que tal focarmos nessa *coisa* misteriosa que você precisa que a gente entregue ao FBI? — Lia se sentou no braço da poltrona de Dean. Ela não gostava de estranhos e não confiava em estranhos... principalmente se estivessem com Sloane.

Aaron enfiou a mão no bolso da jaqueta e pegou uma caixa transparente. Dentro dela havia um DVD.

— Imagens de câmera de segurança — disse ele. — De uma casa de penhores do outro lado da rua de onde Victor McKinney foi atacado.

O silêncio de Lia pareceu confirmar que o DVD realmente era o que Aaron dizia ser.

— Victor era nosso chefe de segurança — prosseguiu Aaron.

— Da perspectiva dele e do meu pai, Beau Donovan oferecia um risco à segurança.

Beau tinha atacado Aaron. Não chegou a machucá-lo de verdade, mas para um homem como Grayson Shaw, eu duvidava que isso importasse. Se para o pai de Sloane sua filha não passava de um bem inconveniente, seu filho legítimo seria visto não só como uma propriedade, mas como uma extensão de si mesmo.

Eu já tinha visto essa dinâmica antes... com o pai de Dean.

— Se derem uma olhada nas filmagens, vão reparar que foi Victor quem seguiu Beau, e não o contrário. Foi Victor quem jogou Beau contra a parede. E foi Victor — Aaron se obrigou a concluir — quem sacou uma arma e apontou para a lateral da cabeça de Beau.

Dean entendeu tudo num piscar de olhos.

— Seu chefe de segurança não tinha intenção de puxar o gatilho.

Aaron se inclinou para a frente.

— Mas Beau não sabia disso.

O pai de Sloane adorava dar ordens e ultimatos. Bastava pouco para ele partir para ameaças. Beau não era o tipo de pessoa que aceitaria tranquilamente ser ameaçado. Tinha cabeça quente. Assim que viu a arma, deve ter reagido.

— Ele pegou um tijolo jogado no chão — disse Aaron.

Trauma contuso.

— Legítima defesa — falei em voz alta.

Se Victor McKinney tinha sacado uma arma contra Beau, era um caso claro de legítima defesa. E se Aaron reparou na conexão entre a prisão de Beau e o que o chefe de segurança do Majesty fora enviado para fazer, Grayson Shaw também deve ter reparado.

— Como seu pai deixou Beau levar a culpa pelos primeiros quatro homicídios? — perguntei. — Ele não liga de haver um assassino em série ainda à solta por aí?

— Meu palpite? — respondeu Aaron. — Meu pai acha que ele e o FBI espantaram o assassino original. Ele não é de ficar reparando em dentes de cavalo dado. Do jeito que as coisas estão, Beau Donovan nunca mais vai tocar um dedo em mim, e ninguém está questionando por que o chefe de segurança do Majesty foi atrás de Beau.

— Por que trazer isso pra nós? — perguntou Lia. — O papaizinho querido não vai ficar muito feliz com você.

— Ele raramente fica. — Aaron se levantou e fez um gesto como se aquilo não importasse... o que, claro, me deu a entender que importava mais do que ele conseguiria admitir.

Você é o menino de ouro. O primogênito. O herdeiro.

Fiquei um momento olhando para ele enquanto montava as peças daquele quebra-cabeça. *Você não vai contra seu pai se não tiver um motivo.*

— Tory — falei. — Você fez isso por Tory.

Aaron não respondeu, mas Michael traduziu sua expressão.

— É — disse ele, parecendo abalado pela intensidade da emoção que viu no rosto de Aaron. — Foi por isso.

Enquanto estava com os olhos fixos em Aaron, li nas entrelinhas das palavras de Michael. *Você a ama.* Quando minha ficha caiu, senti o estômago embrulhar.

O celular de Aaron tocou. Ele baixou o olhar, salvo de precisar confirmar que correra o risco de sofrer as consequências da ira do pai para salvar Beau porque Beau era irmão de Tory.

— Queremos saber o que a mensagem diz? — perguntou Sloane.

Aaron ergueu o olhar e encarou a irmã.

— Depende de como vocês se sentem sabendo que o homem que Beau deixou em coma acabou de acordar.

Capítulo 41

Aaron foi embora. Não demorou muito para confirmarmos o que ele havia nos contado. Victor McKinney, o chefe de segurança do Majesty e nossa vítima mais recente, estava acordado. Briggs e Sterling estavam a caminho do hospital para falar com ele, munidos das acusações de Aaron. Nós vimos o vídeo, que era exatamente o que Aaron tinha dito, e encaminhamos as imagens para Sterling e Briggs. Quando conversassem com o chefe de segurança do Majesty, teriam perguntas bem objetivas para fazer.

Meia hora depois, meu celular tocou. Quase atendi sem nem pensar, achando que fosse Sterling ou Briggs, mas no último segundo vi a identificação da chamada.

Meu pai.

Do nada, eu tinha doze anos novamente e estava andando pelo corredor na direção do camarim da minha mãe. *Não abre. Não entra lá.*

Eu sabia o motivo da ligação.

Eu sabia que uma vez que a porta estivesse aberta, nada poderia voltar a ser como antes.

Recusei a ligação.

— Essa não é a carinha que Cassie faz quando está feliz — disse Michael, me cutucando.

— Bebe seu uísque — falei.

Sloane levantou a mão, como uma aluna esperando para ser chamada na aula.

— Acho que eu gostaria de uísque agora — disse ela.

— Primeiro — disse Michael, o tom de voz sério — eu tenho que verificar se você não está planejando dar o uísque para um alce.

— Ele está brincando — disse Dean antes que Sloane nos dissesse a exata probabilidade de encontrar um alce em um cassino de Las Vegas. — E ninguém vai beber mais uísque nenhum.

Dean foi até o balcão e pegou o bloco onde eu tinha feito as anotações mais cedo. Deu uma olhada nos três nomes restantes.

O professor. Thomas Wesley. O pai de Sloane.

Me aproximei de Dean e olhei para a lista por cima do ombro dele. *Foca nisso, Cassie. Nesses nomes, nesse caso.*

Não na ligação. Não na resposta que eu já sabia.

— Onze anos atrás — falei, me dirigindo em voz alta ao UNSUB e tirando todo o resto da cabeça —, você cortou a garganta de nove pessoas em um período de quatro meses, de agosto a janeiro.

— Cinco anos atrás — respondeu Dean — eu fiz tudo de novo. Mas dessa vez com veneno.

A mudança de método sempre foi um dos aspectos mais intrigantes dos assassinatos de Las Vegas. A maioria dos assassinos tinha um único método favorito para matar... ou, se não um método ou uma arma preferida, pelo menos um tipo *emocional* de morte. Veneno significava matar sem contato físico, o que não era lá tão diferente de planejar um acidente em que uma jovem acaba se afogando. Já cortar a garganta de alguém chegava mais perto de cravar uma flecha no peito de um idoso. Nenhum dos dois métodos era tão doloroso quanto, digamos, queimar alguém vivo.

— Na última vez em que tivemos um UNSUB mudando tanto de um assassinato pra outro — falei lentamente, me lembrando do caso envolvendo o pai de Dean —, estávamos lidando com múltiplos UNSUBS.

Dean contraiu a mandíbula, mas quando toquei em seu ombro, ele relaxou.

— "Eu preciso de nove" — disse Dean logo depois. — Eu, não *nós*.

Por mais diferentes que fossem os quatro assassinatos com que estávamos lidando em Las Vegas, *alguma coisa* neles parecia igual. Não só os números nos punhos, não só os locais ou as datas, mas a meticulosidade do método, o desejo compulsivo de a cada morte passar um recado.

Isso não me parecia trabalho de múltiplos unsubs... a menos que um deles estivesse arquitetando tudo.

Você quer ser reconhecido. Quer ser ouvido.

Esse desejo estava em todos os punhos, na mensagem que o unsub havia entalhado na flecha, no recado que uma pessoa de fora tinha sido hipnotizada para passar. *Você não quer ser parado. Mas quer, e muito, ser visto. Quer ser o centro das atenções*, pensei. *Quer que o mundo saiba o que você fez. Quer ser um deus entre os homens.*

E para isso, pensei, *você precisa de nove.*

— Por que nove? — perguntei. — O que acontece depois do nono?

Dean botou em palavras a parte mais importante dessa pergunta.

— Por que parar?

Por que parar onze anos antes? Por que parar depois de matar Scarlett Hawkins?

— Preciso ver o arquivo — falei para Dean.

— Você sabe que a gente não pode.

— Não o arquivo da Scarlett. Daquele outro caso que Sloane encontrou. O de Nova York.

Sloane estava sentada diante da mesa de centro, segurando o DVD que Aaron tinha nos dado. Ela o guardara na caixa e observava-o. Na mesma hora entendi que pensava em Tory e no que Aaron tinha feito por ela.

Estava pensando, de um jeito dolorosamente *esperançoso*, que talvez, no fim das contas, Aaron não fosse igual ao pai deles.

— Sloane — falei —, você consegue hackear a base de dados do FBI e puxar o arquivo de Nova York?

Por ter uma memória impecável, Sloane não entendia a utilidade de hackear novamente um arquivo que ela já tinha lido, mas ela fez o que eu pedi e deixou o DVD de lado. Seus dedos voaram pelo teclado. Alguns segundos depois ela parou, pressionou algumas teclas e parou de novo.

— O que houve? — perguntei.

— O programa que eu desenvolvi mais cedo — disse Sloane — terminou a busca.

— Deixa eu adivinhar — disse Lia. — Deu como resultado o caso de Nightshade, que nós, sob ameaça de exílio, não podemos nem chegar perto.

— Sim — disse Sloane. — Deu.

Lia inclinou a cabeça para o lado.

— Por que parece que você não está falando totalmente a verdade?

— Porque — disse Sloane, virando o computador para o resto de nós — não foi o único caso que deu como resultado.

Capítulo 42

A busca de Sloane não tinha encontrado um caso. Nem dois. Nem três.

— Quantos? — perguntei, a garganta seca.

— Até os anos 1950 — respondeu Sloane —, quase doze. Todos homicídios em série, nenhum solucionado.

Me encostei na bancada, agarrando a beira.

— Nove mortes a cada vez?

— Programei a busca pra pegar qualquer coisa acima de seis — disse Sloane. — Pensando que algumas vítimas podem não ter sido descobertas ou conectadas ao mesmo UNSUB.

— Mas todas as vítimas em cada caso foram mortas em uma das 27 datas de Fibonacci que você identificou — disse Dean.

Sloane assentiu e, antes que surgisse outra pergunta, começou a passar os olhos pelos arquivos.

— Em todo o país — informou ela. — Três na Europa. Facadas, espancamentos, veneno, incêndio... está no mapa inteiro.

— Preciso de fotos — falei. — Qualquer coisa que você consiga, de qualquer arquivo que não seja do Nightshade. — Judd tinha nos proibido de chegar perto do caso de Nightshade. Mas dos outros...

Todas aquelas vítimas. Todas aquelas famílias...

Eu precisava fazer alguma coisa. Nada que eu fizesse seria suficiente.

— Tantos casos desde tanto tempo... — falei para Dean.

— Eu sei. — Ele me encarou. O pai de Dean era um dos assassinos em série mais prolíficos do nosso tempo. Mas aquilo ia muito além até mesmo dele.

No mundo todo, uns sessenta anos atrás… a cada segundo as chances de estarmos lidando com um único UNSUB diminuíam.

— Qual é a eficiência desse programa? — perguntou Lia a Sloane.

— Só está listando arquivos que encaixam nos parâmetros. — Sloane pareceu meio insultada.

— Não — disse Lia. — Qual é a taxa de resultados? — ela perguntou, o rosto todo tensionado. — Quantos o programa está deixando passar?

Os números mentem, percebi, seguindo o raciocínio de Lia. *Ah, meu Deus.*

Sloane fechou os olhos, os lábios se movendo rapidamente conforme ela repassava os números.

— Quando você leva em consideração a quantidade de bancos de dados aos quais eu não tenho acesso, a probabilidade de registros antigos estarem digitalizados, o papel do FBI na investigação de assassinatos em série ao longo dos anos… — Ela se mexeu na cadeira. — Metade — disse ela. — Na melhor das hipóteses, talvez eu tenha encontrado cerca de metade dos casos de 1950 até agora.

Quase doze era inimaginável. O dobro? *Não era possível.*

— Quantas? — falei. — O total de vítimas, de quantas estamos falando?

— No mínimo? — sussurrou Sloane. — Cento e oitenta e nove.

Cento e oitenta e nove cadáveres. Cento e oitenta e nove vidas apagadas. Cento e oitenta e nove famílias que tinham perdido o mesmo que eu. Perdido do mesmo *jeito* que eu.

Cento e oitenta e nove famílias que nunca receberam uma resposta.

Dean ligou para a agente Sterling e, enquanto isso, eu não conseguia parar de pensar na expressão no rosto de Judd quando ele falou sobre o assassinato de Scarlett. Não conseguia parar de pensar na minha mãe e no sangue nas paredes do camarim e nas noites que passei em claro esperando uma ligação da polícia. Nunca ligaram. Fiquei esperando e nunca entraram em contato... quando finalmente ligaram, não melhorou em nada a situação. Aqueles dias desde que tinham encontrado o corpo... não foram nem um pouco melhores.

Cento e oitenta e nove.

Era demais.

Não consigo fazer isso.

Mas fiz mesmo assim, porque era nisso que eu tinha me envolvido. Era o que perfiladores faziam. Vivíamos pelo horror. Mergulhávamos várias e várias vezes nele. A mesma parte de mim que me permitia compartimentalizar o caso da minha mãe me permitiria fazer aquilo, e a mesma parte de mim que nem sempre conseguia lutar contra as lembranças significava que eu pagaria por isso.

Perfilar tinha um preço.

Mas eu o pagaria repetidamente, até fazer com que nenhuma criança nunca precisasse chegar em casa e dar de cara com as paredes cheias de sangue.

A impressora da suíte acabou ficando sem tinta depois de imprimir fotos dos corpos, e isso só dos arquivos a que Sloane tinha acesso integral.

Ao analisar a progressão daquilo ao longo do tempo, várias coisas ficaram claras. *Velho e jovem, homem e mulher.* As vítimas eram de todos os tipos. O único grupo não representado eram crianças.

Nada de crianças. Queria me agarrar a isso, mas não podia.

A próxima coisa que meus olhos de perfiladora captaram foi que alguns grupos de vítimas eram mais homogêneos do que outros. Um caso podia envolver apenas mulheres de cabelo loiro comprido como vítimas; outro podia dar sinais claros de que os assassinatos ocorreram com base em oportunidades, sem nenhum padrão na escolha das vítimas.

— Múltiplos assassinos. — Dean não tinha observado as imagens nem por trinta segundos quando disse isso. — E não se trata só de uma mudança com o tempo. Mesmo casos seguidos têm assinaturas totalmente diferentes.

Para alguns de vocês, escolher as vítimas é fundamental. Para outros, o alvo não é o mais importante.

Onze casos. Onze assassinos diferentes. *Nightshade não matou aquelas pessoas de Nova York.* Se eu visse pela perspectiva do padrão maior, era até fácil enxergar. *Nove vítimas mortas em datas de Fibonacci.* Todo o resto, tudo que nos informava a identidade do assassino, era diferente. Era como olhar para onze pessoas escrevendo a mesma frase repetidamente. *Caligrafias diferentes, mas as mesmas palavras.*

Onde isso situava nosso assassino de Las Vegas?

— Sete métodos de assassinato diferentes. — A voz de Sloane interrompeu meus pensamentos. Assim como ela, comecei a contar. Um grupo de vítimas tinha sido estrangulado. O assassino de Nova York havia cortado a garganta das vítimas. Com outro grupo também havia sido utilizada uma faca, mas o UNSUB tinha preferência por esfaquear. Dois grupos de vítimas tiveram o coração perfurado, um com vergalhões e outro com o que estivesse por perto. Dois grupos foram espancados até a morte. Um caso em Paris tinha vítimas que foram queimadas vivas.

O caso mais recente, datando de apenas dois anos e meio antes, era trabalho de um UNSUB que invadia casas e afogava os moradores nas próprias banheiras.

E havia aqueles que tinham sido envenenados.

Sloane se levantou e ficou observando as fotos.

— Os casos mais próximos têm três anos de intervalo entre si. — Sloane se agachou e começou a puxar fotos, uma de cada caso que havíamos tido acesso a fotografias. Com a mesma eficiência com que tinha organizado os objetos de vidro na estante do nosso quarto, ela começou a organizá-las, colocando algumas mais próximas do que outras. Então balançou a mão pedindo papel, e Michael entregou um bloco para ela.

O que Michael vê quando olha para essas fotos?, pensei de forma súbita e violenta. *Será que tem alguma emoção no rosto de uma pessoa morta?*

Ao meu lado, Sloane começou a rabiscar em folhas de papel, fazendo anotações sobre os casos sem foto. Ela juntou isso às imagens.

Tem um padrão. Eu não precisava que ela me dissesse isso. Para aqueles assassinos, seja lá quantos fossem, o que quer que estivessem fazendo, o padrão era tudo.

Sloane continuou arrancando páginas do bloco. O único som no aposento era o dela arrancando uma folha atrás da outra. Ela colocou as páginas em branco nas lacunas.

— Vamos supor um intervalo de três anos entre cada caso — murmurou Sloane —, assim conseguimos preencher onde nos faltam dados.

Três anos, pensei. *Três é o número.*

— Se repete. — Sloane deu um passo atrás, como se tivesse medo de que os papéis pudessem infectá-la, como se tivesse medo de já terem infectado. — A cada 21 anos o padrão se repete. Perfurado, estrangulado, esfaqueado, espancado, envenenado, afogado, queimado vivo. — Ela seguiu pela fileira, preenchendo os métodos nas páginas vazias. Quando recomeçou, aumentou um pouco o tom de voz. — Perfurado, estrangulado, esfaqueado, espancado, envenenado, afogado, queimado vivo. Perfurado...

Sua voz vacilou. Michael a segurou e lhe deu um abraço, envolvendo-a e puxando-a mais para perto.

— Estou aqui — disse ele.

TUDO OU NADA 227

Ele não disse que estava tudo bem. Nós sabíamos que não estava nada bem.

Dean se agachou diante do padrão que Sloane havia criado.

— Cassie — ele me chamou.

Me ajoelhei. Dean deu uma batidinha em uma das fotos. *Afogado.* Tendo aquela foto como ponto de partida, percebi por que Dean tinha me chamado e não a Sloane. *Afogado, queimado vivo, perfurado no coração...*

Alexandra Ruiz.

Sylvester Wilde.

Eugene Lockhart.

Nosso UNSUB estava seguindo a ordem.

Capítulo 43

Você precisa de nove porque *é assim que se faz. São as regras do jogo.* A compreensão que eu tinha sobre o UNSUB de Las Vegas mudou completamente. *Tem uma ordem. Você a está seguindo. Mas ser um seguidor não é suficiente.*

Os números nos punhos, a espiral de Fibonacci... nada disso estava presente em nenhum dos outros casos que Sloane tinha encontrado. Cada um dos casos à nossa frente havia empregado um dos sete métodos.

Você vai usar todos.

— Onde estamos no ciclo? — perguntei. — Nosso UNSUB atual é parte dele ou ele é quem o rompe?

— O último caso aconteceu há dois anos e meio — disse Sloane. — Três anos antes, temos o caso Nightshade.

Completa seis anos em maio, pensei.

— Então o UNSUB está adiantado — falei. — A menos que você se baseie no ano do calendário, só aí, tecnicamente, encaixa no padrão.

Alexandra Ruiz morreu depois da meia-noite na véspera de Ano-Novo. *Primeiro de janeiro. Uma data para começos. Uma data para resoluções.*

— Supondo que o UNSUB tenha dado início aos assassinatos no início do ciclo estabelecido — disse Dean —, quer dizer que esse ciclo começa com afogamento.

O grupo mais recente de nove vítimas havia sido afogado.

— Esse não é o ponto alto da situação — traduzi. — Não é um grande final. Se fosse, teria acontecido antes de eles recomeçarem o ciclo.

Eles. A palavra tomou conta de mim e se recusou a ir embora.

— Quem está fazendo isso? — perguntei, olhando para as fotos. — Por quê?

Centenas de vítimas mortas ao longo de décadas. Assassinos diferentes. Métodos diferentes.

— Estão fazendo porque alguém mandou. — Lia conseguiu falar como se estivesse totalmente entediada, mas não conseguia afastar os olhos das fotos espalhadas no chão. — Estão fazendo porque acreditam que é assim que deve ser feito.

Quando eu tinha nove anos, eu matei um homem.

Eu cresci numa seita.

Aquelas frases de Lia do jogo de Duas Verdades e Uma Mentira voltaram com tudo, e de repente passou pela minha cabeça que, pelas regras do jogo, as duas declarações podiam ser verdade, desde que o que ela tivesse dito sobre querer raspar a cabeça de Michael não fosse.

Seria a cara de Lia contar verdades absurdas e uma mentira engraçada e trivial.

Teve uma época em que seu nome era Sadie. Aquele não era o melhor momento para perfilar Lia, mas não consegui parar, assim como Sloane não conseguiria parar de identificar datas Fibonacci. *Alguém te dava presentes por você ser uma boa menina. Antes dos treze anos você já estava morando na rua. Em algum momento antes disso, você aprendeu a não confiar em ninguém. Aprendeu a mentir.*

Os olhos castanhos de Dean se fixaram em Lia. De repente dava para sentir a história deles no ar. Por um momento, a impressão era de que não havia mais ninguém ali.

— Você acha que estamos lidando com algum tipo de seita — disse Dean.

— Você que é o perfilador, Dean — respondeu Lia, sem afastar o olhar do rosto dele. — Me diz você. *A cada três anos uma série de vítimas mortas com métodos prescritos em datas ditadas pela sequência de Fibonacci.* Havia inquestionavelmente um elemento de ritual aí.

— Supondo que estamos lidando com uma seita — disse Michael, mantendo a voz casual, mas sem olhar para Lia. — Isso torna o cara de quem estamos atrás um membro?

Fiquei refletindo sobre essa pergunta, até que Lia respondeu.

— É o básico de uma seita — disse ela. — Não falar com gente de fora. — A voz dela soou estranhamente apática. — Não contar aquilo que eles não são abençoados o bastante para saber. *Os números nos punhos. A espiral de Fibonacci.* Se havia algum tipo de grupo em atividade nos bastidores, eles conseguiram evitar serem descobertos por mais de seis décadas… até Sloane se envolver na situação.

Lia não precisava de experiência com *aquela* seita para entender o significado por trás disso.

— Vou jogar pôquer. — Ela se levantou e se desfez da emoção que logo antes havia demonstrado com a mesma facilidade com que se tira um vestido. — Se tentarem me impedir — disse com um sorriso tão real que quase acreditei —, se tentarem ir comigo, vou fazer com que se arrependam. — Ela foi até a porta, então Dean começou a se levantar e ela o encarou. Os dois tiveram uma conversa em silêncio.

Ela o amava, mas, naquele momento, não o queria por perto. Não queria ninguém por perto.

Lia raramente mostrava seu lado verdadeiro. Mas o que tínhamos acabado de ver era mais do que isso. A voz apática, as palavras que ela tinha dito… aquela não era só a verdadeira Lia. Era a garota de quem ela tinha passado anos fugindo.

Era *Sadie*.

— Presente de despedida — disse Lia ao sair, enrolando o dedo no cabelo preto, sem o menor resquício daquela garota —

pra quem for meio lento pra entender. Seja lá quem for nosso assassino, eu apostaria uma grana alta que ele não faz parte desse grupo. Se fizesse, a seita estaria na cola dele. E se estivessem na cola dele e descoberto que o cara contou mesmo que fosse apenas um dos segredos deles? — Lia deu de ombros, seu semblante exalando indiferença. — Aí ele não seria problema nosso. Já estaria morto.

Você

Você sai para tomar ar fresco. Por dentro, está sorrindo. Por fora, mostra ao mundo um rosto diferente. As pessoas têm suas expectativas, afinal de contas, e você odiaria decepcionar.

Afogamento, incêndio, o homem perfurado pela flecha, o estrangulamento de Camille.

A faca é a próxima.

Depois, espancar um homem até a morte com suas próprias mãos.

Veneno vai ser moleza. Convincente.

E aí as duas últimas, escolha do freguês. Deveriam ser nove maneiras diferentes. Se você estivesse no comando, seriam.

Três vezes três vezes três.

Nove é o número de vítimas. Três são os anos de intervalo.

Nove lugares na mesa.

Você para na porta do Desert Rose. Não é seu lugar de caça favorito, claro. Mas é um bom lugar para fazer uma visita. Um bom lugar para dar uma olhada no que você fez.

Um bom lugar para consagrar o número cinco.

Tudo está indo conforme o plano. A notícia dos seus homicídios está se espalhando. Você sabe que monitoram outras pessoas com tendências similares. Procurando talento. Ameaças.

Finalmente os Mestres vão ver o que você realmente é.

No que se transformou.

Capítulo 44

Não deu nem um minuto depois da saída de Lia quando Michael anunciou que ia atrás dela.

— Ela não quer você lá, Townsend — disse Dean, direto ao ponto. Lia também não queria *Dean* lá. Ele estava se roendo por não poder ir atrás dela, mas, mesmo protetor do jeito que era, não forçaria a barra.

— Pra nossa sorte — respondeu Michael alegremente —, nunca esbarrei com uma ideia ruim que eu não abraçasse como se fosse minha melhor amiga. — Ele foi para o seu quarto e, quando saiu, estava vestindo um blazer casual, com toda a pinta de garoto rico filhinho de papai. — Eu acreditei em Lia quando ela disse que vai fazer eu me arrepender de ir atrás dela — disse para Dean. — Acontece que arrependimento é a minha especialidade.

Depois abotoou o botão de cima do blazer e saiu.

— Michael e Lia se envolveram fisicamente pelo menos sete vezes. — Pelo visto Sloane achou que essa informação pudesse ser útil.

Dean contraiu de leve a mandíbula.

— Não — falei para ele. — Ela está mais segura com ele do que sozinha.

O que quer que Lia estivesse sentindo quando saiu por aquela porta, Michael deve ter reparado. E minha intuição me dizia que ele também tinha sentido o mesmo. De todos nós,

Michael e Lia eram os que mais se pareciam entre si. Por isso se atraíram um pelo outro quando ele entrou no programa e por isso que, como casal, nunca tinham dado certo por muito tempo.

— Você se sentiria melhor se soubesse aonde eles estão indo? — perguntou Sloane. Dean não respondeu, mas mesmo assim Sloane mandou uma mensagem para Lia. Não fiquei surpresa quando ela recebeu a resposta. Foi Lia quem me disse que estávamos por aqui de problemas. Ela não ignoraria Sloane, não em uma cidade onde Sloane tinha passado a maior parte da vida sendo ignorada por gente de sua própria família.

— E aí? — perguntou Dean. — Aonde eles estão indo?

Sloane foi até a janela e olhou para fora através da espiral.

— Para o Desert Rose.

Foram quarenta minutos entre o momento que Michael saiu e o que Judd entrou. A agente Sterling veio logo em seguida. Briggs por último. Ele parou no meio da suíte e ficou olhando para os papéis cobrindo o chão.

— Expliquem. — Nunca era um bom sinal quando Briggs recorria a ordens de uma única palavra.

— Com base nas projeções de Sloane, temos nove vítimas a cada três anos por um período de pelo menos sessenta anos, com uma assinatura diferente em cada conjunto — Dean resumiu, a voz incrivelmente serena considerando o que ele estava dizendo. — Os casos estão espalhados geograficamente, as jurisdições não se repetem. Os métodos de assassinato seguem uma ordem previsível, e a ordem espelha os quatro primeiros homicídios do nosso unsub. Acreditamos estar lidando com um grupo grande, muito provavelmente com mentalidade de seita.

— Nosso unsub não faz parte da seita — continuei. — Esse não é o tipo de grupo que fica promovendo sua existência, e é exatamente isso que fazem os elementos adicionais da assinatura do nosso unsub: os números nos punhos, o fato de que a

TUDO OU NADA 235

sequência de Fibonacci determina não só as datas nas quais ele mata, mas também o local exato.

— Ele é melhor do que eles. — Sloane não estava perfilando; estava afirmando o que, na mente dela, era um fato. — Qualquer um pode matar em datas específicas. Isso aqui... — Ela indicou os papéis organizados com cuidado no chão. — É simplista. Mas aquilo? — Ela se virou para o mapa na janela, a espiral. — Os cálculos, os planos, cuidar para que a coisa certa aconteça no lugar certo na hora certa. — Sloane pareceu quase pedir desculpas ao continuar. — Aquilo ali é a perfeição.

Você é melhor do que eles. Esse é o ponto.

— Nós sabíamos que os números escritos nos punhos das vítimas eram um recado — digo. — Sabíamos que tinham importância. Sabíamos que o que ele queria não era só nossa atenção.

Mas a atenção deles.

— Já chega. — A voz de Judd estava rouca. — Acabou pra vocês. — Ele não podia mandar a agente Sterling sair do caso. Isso estava fora do escopo dele. Mas nós, não. A palavra final sobre nosso envolvimento em qualquer investigação era dele.

— Todos vocês. — Ele dirigiu as palavras a Dean, Sloane e a mim. — A decisão é minha. Eu que mando. E estou dizendo que acabou por aqui.

— Judd... — A voz de Sterling estava calma, mas achei ter percebido também um tom de desespero.

— Não, Ronnie. — Judd virou de costas para ela e olhou pela janela de Sloane, o corpo todo tenso. — Eu quero Nightshade. Sempre quis. E se tem um grupo maior envolvido no que aconteceu com Scarlett, também quero pegar todos eles. Mas não vou botar nenhum desses adolescentes em risco. — A ideia de ir embora estava acabando com Judd, mas ele se recusou a mudar de ideia. — Vocês já têm tudo o que precisam deles — disse para Sterling e Briggs. — Sabem onde o UNSUB vai atacar. Sabem quando. Sabem como. Ora, vocês sabem até o porquê.

Eu conseguia ver um pouco do reflexo de Judd na janela. O suficiente para ver o pomo de adão subir e descer quando ele engoliu em seco.

— A decisão é minha — repetiu Judd. — E eu digo que, se vocês tiverem qualquer outra coisa que precise da opinião deles, podem enviar pra Quantico. Nós vamos embora. Hoje.

Antes que alguém pudesse responder, a porta da suíte se abriu e Lia apareceu com uma expressão extremamente satisfeita. Michael estava logo atrás, encharcado de lama da cabeça aos pés.

— O que... — Briggs começou a dizer, mas logo se corrigiu: — Eu não quero saber.

Lia entrou no saguão.

— Nem saímos da suíte — declarou ela, mentindo na cara deles com uma convicção perturbadora. — E eu não dei um banho em um bando de profissionais jogando pôquer recreativo no Desert Rose. A propósito, eu não faço a menor ideia de por que Michael está coberto de lama.

Um montinho de lama caiu do cabelo de Michael no chão.

— Vai se limpar — disse Judd para Michael. — E todos vocês, arrumem as malas. — Judd não esperou resposta antes de seguir para o quarto dele. — Vamos zarpar em uma hora.

Capítulo 45

— **Espero que a estada** tenha sido do seu agrado. — O concierge nos encontrou no saguão. — A saída de vocês é meio abrupta.

O tom dele soou como se aquilo fosse uma pergunta. Parecia algo próximo de uma reclamação.

— É a minha perna — disse Michael, na maior cara de pau. — Eu manco. Com certeza você entende.

No que dizia respeito a explicações, aquela não tinha nenhum poder explicativo, mas o concierge ficou nervoso e acabou nem questionando nada.

— Sim, sim, claro — disse apressadamente. — Temos só algumas coisas para o senhor assinar, sr. Townsend.

Enquanto Michael lidava com os papéis, me virei para dar uma olhada no saguão. Na recepção, dezenas de pessoas esperavam em fila para fazer o check-in. Tentei não pensar no fato de que em três dias qualquer um dali (o idoso, o cara com o moletom da Universidade de Duke, a mãe com três filhos pequenos) poderia estar morto.

Agora é a faca. Eu sabia de uma forma pessoal, entranhada, quanto dano podia ser feito com uma faca. *Nós não terminamos*, pensei com firmeza. *Isso não acabou.*

Ir embora dava uma sensação de fuga. Parecia admitir um fracasso. Me fazia sentir como se eu tivesse doze anos, cada vez que a polícia me fazia uma pergunta que eu não conseguia responder.

— Com licença — disse alguém. — Sloane?

Me virei e dei de cara com Tory Howard usando seu uniforme padrão: calça jeans escura e regata. Parecia hesitante, algo que nunca a considerei antes.

— Não tivemos a oportunidade de nos conhecer naquela noite — disse para Sloane. — Sou Tory.

A hesitação, a suavidade na voz, o fato de que ela sabia o nome de Sloane, o fato de que tinha mentido para o FBI para manter o relacionamento com Aaron em segredo... *Você também o ama*, percebi. *Não consegue deixar de amá-lo, o que quer que faça.*

— Você vai embora? — perguntou Tory a Sloane.

— Tem uma chance de 98,7 por cento de essa declaração estar certa.

— Que pena que você não pode ficar. — Tory hesitou de novo e então falou baixinho: — Aaron queria mesmo te conhecer melhor.

— Aaron falou de mim pra você? — A voz de Sloane oscilou um pouco.

— Eu sabia que ele tinha uma meia-irmã que não tinha conhecido — respondeu Tory. — Ele queria saber de você, entende? Quando você entrou na frente dele naquela noite no show e reparei nos seus olhos... — Ela fez uma pausa. — Juntei dois mais dois.

— Rigorosamente falando, não era nenhum cálculo matemático.

— Ele se importa com você — disse Tory. Lá no fundo, eu sabia que tinha sido difícil para ela dizer aquelas palavras, porque uma parte dela não tinha certeza se *ela* era importante para Aaron. — Ele se importava com você mesmo antes de ele saber quem você era.

Sloane processou essa declaração, então pressionou os lábios e disse, do nada:

— Percebi que existe uma chance incrivelmente grande de seu relacionamento com Aaron ser de natureza íntima e/ou sexual.

Tory nem piscou. Ela não era do tipo que permitia que vissem quando ela estava sofrendo.

— Quando eu tinha três anos... — Sloane se interrompeu e desviou o olhar, para evitar olhar diretamente para Tory. — Grayson Shaw foi até o apartamento da minha mãe pra me conhecer. — Era difícil para Sloane dizer aquilo, mas conseguia ser ainda mais difícil para Tory ouvir. — Minha mãe me arrumou com um vestido branco, me deixou no quarto e me disse que, se eu me comportasse, meu papai ia querer a gente.

O vestido branco, pensei, meu estômago embrulhando enquanto sentia meu coração partido com o que Sloane estava contando. Eu sabia como aquela história terminava.

— Ele não me quis. — Sloane não entrou em detalhes sobre o que aconteceu naquela tarde. — E, depois disso, também não quis minha mãe.

— Pode acreditar, garota — respondeu Tory, a voz dura como aço. — Já aprendi minha lição sobre ir pra cama com Shaw.

— Não — disse Sloane, firme. — Não foi o que eu quis dizer. Eu não sou boa nisso. Não sou boa falando com as pessoas, mas... — Ela inspirou. — Aaron levou para o FBI provas de que Beau agiu em legítima defesa, provas que eles não veriam de outra forma. Me disseram que tem uma grande probabilidade de ele ter feito isso por você. Eu achei que Aaron fosse como o pai dele. Achei...

Ela achou que Tory fosse como sua mãe. Como ela.

— Aaron luta por você — disse Sloane, a voz cheia de intensidade. — Você diz que ele se importa comigo, mas ele também se importa com você.

— As acusações contra Beau foram retiradas hoje cedo — disse Tory, a voz rouca. — Foi Aaron?

Sloane assentiu.

Antes que Tory pudesse responder, meu celular tocou dentro da bolsa. Pensei em ignorar ou recusar a chamada novamente, mas para quê? Agora que tínhamos sido tirados do caso, não havia mais nada para me distrair. Não tinha para onde correr.

— Alô. — Me afastei um pouco do grupo quando atendi.

— Cassie.

Meu pai pronunciava meu nome de um jeito que parecia uma palavra em uma língua estrangeira, uma língua na qual ele até conseguia se virar, mas nunca seria fluente.

— Receberam o resultado dos testes — falei para ele não precisar falar. — Do sangue que encontraram. É dela, não é? — Ele não respondeu. — O corpo que encontraram — insisti. — É dela.

Do outro lado da linha, ouvi uma inspiração forte. Depois o ouvi soltando o ar de um jeito meio irregular.

Enquanto eu esperava meu pai encontrar as palavras e me contar o que eu já sabia, fui em direção à saída. Fiquei debaixo do sol, sentindo aquele leve frio de janeiro. Tinha um chafariz na frente, enorme e da cor de ônix. Parei na beira e olhei para baixo. Meu reflexo, escuro e sombreado, ondulou na superfície.

— É ela.

Quando meu pai falou, percebi que estava chorando. *Por uma mulher que você mal conhecia?*, me perguntei. *Ou pela filha que você também não conhece?*

— Nonna quer que você volte pra casa — disse meu pai. — Eu posso conseguir uma licença prolongada. Vamos cuidar do funeral, vamos enterrá-la aqui…

— Não — falei. Ouvi perto de mim o som de pezinhos de uma criança correndo até o chafariz. Uma garotinha, a mesma que eu tinha visto na loja de doces. Naquele dia, ela estava usando um vestido roxo com uma flor branca de origami presa atrás da orelha.

— Não — repeti, a palavra tomando força, rasgando minha garganta. — Eu cuido de tudo. Ela é *minha* mãe.

Minha. O colar, o xale em que ela tinha sido enrolada, as paredes sujas de sangue, as lembranças boas e ruins… aquela tragédia era *minha*, a grande pergunta sem resposta da *minha* vida.

Minha mãe e eu nunca tivemos um lar, nunca ficamos em nenhum lugar por muito tempo. Mas eu achava que ela gostaria que seu descanso final fosse perto de mim.

Meu pai não discutiu. Ele nunca discutia. Encerrei a chamada. Ao meu lado, a garotinha olhou seriamente para a moeda na mão. O cabelo reluzia no sol.

— Você está fazendo um pedido? — perguntei.

Ela ficou um tempinho me olhando.

— Eu não acredito em pedidos.

— Laurel! — Uma mulher de vinte e poucos anos apareceu ao lado da garotinha. Tinha o cabelo loiro-avermelhado preso num rabo de cavalo frouxo. Olhou para mim desconfiada e puxou a filha para perto. — Já fez seu pedido?

Não ouvi a resposta da garota. Parei de ouvir tudo, parei de reparar em qualquer coisa além do som que a água fazia no chafariz.

Minha mãe estava morta. Havia cinco anos ela *estava* morta. Eu tinha que sentir alguma coisa. Precisava ficar triste, enfrentar o luto e seguir em frente.

— Ei. — Dean apareceu ao meu lado e entrelaçou a mão na minha. Michael deu uma olhada no meu rosto e tocou no meu ombro.

Ele ainda não tinha encostado em mim nenhuma vez desde que eu havia escolhido Dean.

— Você está chorando. — Sloane parou bem na nossa frente.

— Não chora, Cassie.

Eu não estou chorando. Meu rosto estava molhado, mas eu não sentia que estava chorando. Eu não sentia nada.

— Você chora feio — disse Lia, tirando meu cabelo do rosto com delicadeza. — Horrível.

Deixei escapar uma gargalhada engasgada.

Minha mãe está morta. Agora não passa de pó e um monte de ossos, e a pessoa que a tirou de mim a enterrou. A enterrou com a cor que combinava mais com ela.

Ele também havia tirado isso de mim.

Me permiti ser acolhida. Me permiti ser envolvida por Dean e Michael, Lia e Sloane. Mas quando os manobristas chegaram com nossos carros, não consegui deixar de olhar para trás.

Para a garotinha ruiva e a mãe. Para o homem que se aproximou delas e jogou uma moeda no chafariz antes de botar novamente a menina nos ombros.

Capítulo 46

A pista particular estava vazia, exceto pelo jatinho que nos esperava para nos levar de volta à segurança. *Isso não acabou. Não está encerrado.* Daquela vez o protesto não passava de um sussurro na minha cabeça, abafado por um rugido alto nos meus ouvidos e pelo torpor que tinha me envolvido completamente.

A agonia de não saber o que havia acontecido com a minha mãe, de nunca poder silenciar esse último resquício de *talvez*, tinha passado tanto tempo comigo que já parecia uma parte do meu corpo. Mas, naquele momento, essa parte de mim havia sumido. Naquele momento, eu sabia. Não só instintivamente. Não só como resultado de pura dedução.

Eu *sabia*.

Me sentia oca, vazia por dentro, bem naquele lugar onde morava a incerteza. *Ela me amava mais do que tudo.* Tentei me lembrar dos braços dela ao meu redor, do cheiro dela. Mas tudo em que eu conseguia pensar era que em um dia Lorelai Hobbes tinha sido minha mãe e médium e a mulher mais bonita que eu já tinha visto e, no outro, ela não passava de um cadáver.

E, naquele momento, nada além de ossos.

— Vamos — disse Michael. — O último a subir no avião vai ter que raspar as iniciais na cabeça de Dean.

Cada vez que eu me sentia afundando, eles me puxavam novamente para a superfície.

Quem subiu por último foi Dean. Fui na frente dele, tentando a cada passo enfrentar aquela névoa de lembranças. Eu era capaz de superar aquilo, capaz de superar o torpor e o vazio, porque eu tinha descoberto algo que já sabia.

Eu sabia. Me obriguei a focar nisso. *Eu sempre soube. Se tivesse sobrevivido, ela voltaria para me buscar. De alguma forma, de algum jeito. Se tivesse sobrevivido, ela não me deixaria sozinha.*

Quando percorri o corredor, Lia, Michael e Sloane já estavam sentados perto dos fundos do avião. No primeiro assento à minha esquerda havia um envelope com o nome de Judd, escrito com uma caligrafia cuidadosa. Por um momento, parei.

Em algum lugar embaixo de todo aquele torpor e de toda aquela névoa eu tive um pressentimento.

Isso não acabou, pensei. *Não está encerrado.*

Peguei o envelope.

— Cadê o Judd? — falei. Minha voz soou rouca.

Dean olhou para o envelope na minha mão.

— Está falando com o piloto.

Meu coração deu apenas uma batida no tempo que levou para Dean virar e ir até a cabine.

Aquela não era a caligrafia da agente Sterling. Nem do agente Briggs. Meses antes eu tinha aprendido a parar de dizer para mim mesma que *não é nada, não deve ser nada* mesmo quando sentia os cabelinhos da nuca arrepiando.

— Judd. — Escutei a voz de Dean segundos antes de eu chegar à cabine.

— Só um probleminha elétrico — garantiu Judd a Dean. — Estamos resolvendo.

Isso não acabou. Não está encerrado.

Estendi o envelope para Judd sem dizer nada. Minha mão não tremeu. Eu fiquei em silêncio. Judd olhou por um instante para o envelope e depois para mim.

— Estava no assento. — Dean explicou por mim, já que a minha voz havia desaparecido.

TUDO OU NADA 245

Judd pegou o envelope e virou de costas para nós para abri--lo. Quinze segundos depois, se virou para nós de novo.

— Saiam do avião — ordenou Judd, numa voz seca, direta e calma.

Michael reagiu como se Judd tivesse dado um grito. Pegou a mala dele e a de Sloane, depois deu um empurrãozinho nela e se virou para Lia. Não disse nada. O que ela viu na expressão dele já foi suficiente.

Saiam do avião. Para o carro alugado de Judd. Michael nem comentou nada sobre deixar seu próprio carro para trás.

— O envelope — disse Dean quando nos afastamos da pista. — De quem era?

Judd trincou os dentes.

— Ele assinou como "um velho amigo".

Fiquei paralisada, sem conseguir respirar, sentindo meu fôlego preso nos pulmões.

— O homem que matou sua filha. — Lia foi a única que teve coragem de falar em voz alta. — Nightshade. O que ele queria?

Me obriguei a voltar a respirar.

— Nos dar um recado — respondi, sem querer. — Nos ameaçar. Aqueles problemas elétricos do avião. Não foram acidente, foram?

Quando disse isso, Judd já estava falando no celular com Sterling e Briggs.

Nightshade está aqui em Las Vegas, pensei. *E não quer que a gente vá embora.*

Eu havia temido que pensar no assassino de Scarlett pudesse conjurá-lo, como um fantasma no espelho. Eu sabia que nosso UNSUB estava tentando atrair a atenção de Nightshade e de outros como ele. Mas não cheguei a pensar no que significaria se o UNSUB tivesse conseguido. *A organização... grupo... seita...*

Eles estão aqui.

Em cinco minutos, Judd estava no balcão de embarque do aeroporto, tentando arranjar um lugar no próximo voo comercial para *qualquer lugar*. Mas assim que a mulher atrás do balcão digitou o nome dele no computador, franziu a testa.

— Eu já tenho passagens reservadas no seu nome — disse ela. — Seis.

Antes mesmo de ter entendido completamente o que ela estava dizendo, percebi que aquilo também era coisa de Nightshade. *Você escolheu Scarlett como nona vítima*, pensei, sem conseguir me controlar. *Você a escolheu porque ela era importante para Sterling e Briggs, e eles ousaram achar que poderiam te deter. Você a escolheu porque ela era um desafio.*

De todas as vítimas de Nightshade, Scarlett era seu maior feito. Era a ela que ele voltaria. A que ele reviveria. *Você estava de olho em Judd, não é? De vez em quando, você gosta de se lembrar o que tirou dele... de todos eles.*

Queria que esse meu palpite estivesse equivocado. Queria estar errada. Mas o fato de que Nightshade queria que continuássemos em Las Vegas, o fato de que Nightshade sabia que nós *existíamos*...

Seis passagens. A mulher atrás do balcão as imprimiu e entregou para Judd. Antes de olhar já sabia que nossos nomes estariam impressos.

Nomes. Sobrenomes.

Era um voo para Washington.

Você sabe quem somos. Sabe onde moramos. As consequências daquilo eram arrepiantes. Nightshade estava de olho, provavelmente desde que matou Scarlett Hawkins e que Judd foi morar com Dean.

Assassinos não simplesmente param, pensei, mas, naquele grupo, paravam. *Nove e pronto.* Essas eram as regras. *Alguns assassinos levam troféus*, pensei. *Para reviver o que tinham feito, para sentir de novo uma parte da emoção.*

Se Nightshade estava de olho de vez em quando, sempre que precisava sentir novamente, se estava em Las Vegas, ele sabia bem o que estava acontecendo ali.

Você não matou Judd, não nos matou, porque as regras dizem que você para no número nove. Mas uma organização como a sua, uma seita como a sua, teria um jeito de lidar com ameaças.

Lia mesma tinha dito: se o UNSUB de Las Vegas fizesse parte do grupo, ele já estaria morto. E se a seita percebesse que tínhamos feito a conexão, se *nos* visse como ameaça...

Nightshade adoraria que os adolescentes de quem Judd cuidava fossem exceção à regra.

Judd tacou as passagens no balcão, depois se virou e em um piscar de olhos estava novamente falando no celular.

— Vou precisar de transporte, de segurança e de uma casa segura.

Capítulo 47

A casa ficava 105 quilômetros a nordeste de Las Vegas. Eu sabia disso porque Sloane se sentiu compelida a compartilhar o cálculo, assim como pelo menos uns seis outros.

Estávamos todos no limite.

Naquela noite, em uma cama estranha com agentes federais armados na sala ao lado, fiquei olhando o teto sem nem tentar dormir. Briggs e Sterling ainda estavam em Las Vegas, lutando contra o tempo para deter o UNSUB antes que ele matasse novamente. Outra equipe tinha sido designada para anotar o depoimento de Judd sobre a comunicação dele com Nightshade. Esse depoimento não incluiu nenhuma informação sobre uma seita de assassinos em série que passou mais de sessenta anos despercebida.

Foi declarado que essa informação só seria repassada em caso de extrema necessidade.

Fora da nossa equipe, apenas duas pessoas tinham sido informadas: o pai da agente Sterling, diretor Sterling, do FBI, e o diretor da Inteligência Nacional.

Dois dias, pensei quando o relógio passou da meia-noite. Dois dias até nosso UNSUB matar novamente... a menos que Nightshade o matasse antes.

Você veio limpar a sujeira. Eu sentia meu coração disparado na garganta, mas me obriguei a ir mais fundo na mente de Nightshade. *Seu trabalho é organizado. Limpo. Veneno é um meio bem eficiente de remover pragas.*

Tentei não me perguntar se Nightshade era o único cuja atenção o UNSUB tinha capturado.

Tentei não me perguntar se os outros membros da seita também sabiam sobre nós.

Você podia ter matado esse UNSUB, pensei, me concentrando em Nightshade, o mal que eu podia chamar pelo nome. *Assim que chegou aqui, você podia ter matado esse impostor que debocha de algo que não entende. Que joga na cara de vocês. Que tenta se fazer passar como superior.*

Então por que ele ficou esperando? Será que Nightshade não tinha feito mais nenhum progresso além de identificar o UNSUB? Ou só estava esperando a hora certa?

Essa foi a pergunta que me assombrou na primeira noite na casa segura. Na segunda noite, meus pensamentos se desviaram para a maneira como Nightshade tinha assinado a mensagem para Judd.

Um velho amigo.

Pra você, isso não deixa de ser verdade, não é?, pensei. *Que matar Scarlett conectou você a Judd. Você a escolheu pelo que ela era: um desafio, um tapa na cara de Sterling e Briggs. Mas depois...*

Quando ele parou, quando completou o nono homicídio e desapareceu do radar do FBI, ele precisaria de alguma coisa para preencher a lacuna.

Tinha dias em que eu não conseguia identificar o limite entre perfilar e supor. Quando estava quase pegando no sono, me perguntava o quanto meu entendimento de Nightshade era intuição e o quanto não passava de imaginação, o quanto era tempestade em copo d'água, porque o copo d'água era tudo que eu tinha.

Mesmo naquele momento, mesmo depois de tudo que já havia acontecido, Judd continuava não nos deixando tocar no arquivo de Nightshade.

A exaustão cobrou seu preço, como elementos consumindo um corpo em decomposição. Eu não dormia havia quase 48 horas. Nesse meio-tempo, tive a confirmação da morte da minha mãe e havia sido informada do fato de que o homem que matara a filha de Judd estava de olho em nós.

Peguei no sono como um homem que se afoga tomando uma decisão consciente de parar de tentar subir à superfície para respirar.

Dessa vez, o sonho começou no palco. Eu estava usando o vestido azul-royal. O colar da minha mãe mais parecia uma algema no meu pescoço. O auditório estava vazio, mas eu os sentia lá fora: olhos, milhares de olhos me observando.

Fiquei arrepiada.

Me virei ao ouvir o som de passos. Estava baixo, mas eu os ouvia cada vez mais altos. *Mais próximos.* Comecei a me afastar, a princípio lentamente, depois com mais pressa.

Os passos também começaram a se aproximar cada vez mais rápido.

Me virei para correr. Em um segundo, eu estava no palco; no seguinte, estava correndo pela floresta, meus pés descalços e sangrando.

Webber. Aprendiz de Daniel Redding. Me caçando como se eu fosse um cervo.

Até que um graveto estalou atrás de mim e me virei. Senti um calafrio na nuca, algo como um sussurro, além de uma mão descendo levemente pelo meu braço.

Cambaleei para trás e caí com tudo no chão. Depois continuei caindo, caindo, caindo num buraco. Então vi Webber lá em cima, na beira do buraco, empunhando o rifle de caça. Outra pessoa apareceu ao seu lado. *A agente Locke.*

Lacey Locke, nascida Hobbes, olhou para mim, o cabelo ruivo puxado no alto da cabeça, um sorriso agradável no rosto.

Ela segurava uma faca.

— Tenho um presente pra você — disse ela.

Não. Não, não, não...

— Você foi enterrada viva num caixão de vidro. — Essas palavras vieram da minha direita. Me virei. Estava tudo escuro no buraco, mas consegui enxergar as feições da garota ao meu lado.

Se parecia com Sloane... mas lá no fundo eu sabia que não era.

— Tem uma cobra dormindo no seu peito — disse a garota usando o corpo de Sloane. — O que você faz?

Scarlett. Scarlett Hawkins.

— O que você faz? — ela repetiu.

Terra começou a cair no meu rosto. Olhei para cima, mas agora só via o lampejo de uma pá.

— Você foi enterrada viva — sussurrou Scarlett. — O que você faz?

A terra estava caindo mais rápido agora. Eu não conseguia enxergar. Não conseguia respirar.

— O que você faz?

— Acordo — sussurrei. — Eu acordo.

Capítulo 48

Acordei nas margens do rio Potomac. Levei um instante até me dar conta de que estava de volta em Quantico e mais outro até perceber que não estava sozinha.

Havia um fichário preto grosso aberto no meu colo.

— Curtindo uma leitura leve?

Olhei para a pessoa que tinha feito a pergunta e não consegui ver seu rosto.

— É, mais ou menos. — falei, percebendo que já tinha dito isso antes. *O rio. O homem.*

O mundo ao meu redor deu um salto, como um corte de filme malfeito.

— Você mora na casa do Judd, né? — disse o homem sem rosto. — Somos velhos amigos.

Velhos amigos.

Abri os olhos e me sentei, mas agora na cama. Agarrei o lençol. Estava toda enrolada nele, tremendo.

Acordada.

Comecei a passar as mãos nas pernas, no peito, nos braços, como se estivesse atrás de provas de que eu não tinha deixado nenhuma parte de mim no Potomac, no sonho.

A lembrança.

O palco, eu correndo, sendo enterrada viva... isso tudo tinha sido obra do meu subconsciente distorcido. Mas aquela conversa na margem do rio? Aquilo foi real. E aconteceu logo depois que eu entrei no programa.

Eu nunca mais tinha visto aquele homem.

Engoli em seco, pensando no bilhete que Nightshade tinha deixado para Judd no avião. Pensei na assinatura dele, "um velho amigo". Nightshade sabia o nome de todos nós. Tinha providenciado as passagens porque queria provar a Judd: *você poderia ter alcançado qualquer um de nós, a qualquer momento.*

Se eu estivesse certa sobre isso, sobre o motivo de Nightshade ter deixado aquele bilhete, sobre a fixação dele em Scarlett como sua maior realização e, por meio dela, em Judd... era fácil demais pensar que Nightshade poderia ter passado para dar um oi assim que uma pessoa nova entrou na vida de Judd.

As regras são específicas. Nove vítimas mortas em datas Fibonacci. Assassinos normais continuavam matando até serem pegos, mas aquele grupo era diferente. Aquele grupo não era pego.

Porque eles paravam.

Judd estava na cozinha. Assim como os dois agentes do nosso grupo de proteção.

— Podem nos dar um minuto? — pedi a eles e esperei até terem saído para voltar a falar. — Preciso te fazer uma pergunta — falei para Judd. — E você não vai querer me dizer a resposta, mas preciso que você diga mesmo assim.

Judd estava diante de uma revistinha de palavras-cruzadas. Ele colocou o lápis na mesa. Isso era o mais próximo de um convite para ir em frente que eu receberia.

— Considerando o que você sabe sobre o caso de Nightshade, considerando o que sabe sobre o próprio Nightshade, considerando o que estava escrito naquele bilhete no avião... você acha que ele veio aqui atrás do nosso assassino e por acaso acabou te vendo quando estava aqui ou acha que... — Minha boca ficou seca. Tentei engolir. — Você acha que ele passou esse tempo todo nos observando?

Teorias eram só teorias. Minha intuição era boa, mas não impecável, e eu tinha recebido tão poucos detalhes que não havia como saber o quanto eu podia estar enganada.

— Eu não quero que você trabalhe no caso Nightshade — disse Judd.

— Eu sei — falei. — Mas preciso que você responda à pergunta.

Judd ficou imóvel, e, por mais de um minuto, só ficou me encarando.

— Nightshade mandava uma coisa para as pessoas que matava — disse Judd. — Antes de matá-las, ele enviava uma flor. Uma flor tirada de uma planta chamada beladona branca, *white nightshade* em inglês.

— Foi daí que ele tirou o nome — falei. — Nós supomos que ele tinha usado veneno...

— Ah, ele usou — disse Judd. — Mas foi outro. O veneno que ele usou era indetectável, incurável. — Um brilho sombrio passou pelos olhos de Judd. — Doloroso.

Você mandou algo para eles para avisar que estava chegando. Você os vigiou. Você os escolheu. Você os marcou.

— Nunca passou pela minha cabeça que ele ainda pudesse estar de olho — Judd admitiu, a voz ainda mais severa. — Na melhor das hipóteses, pensamos que a pessoa que matou Scarlett estivesse presa ou morta. Mas sabendo tudo que eu sei? — Judd se encostou na cadeira, sem tirar os olhos dos meus. — Eu acho que o filho da puta estava de olho. Acho que, se deixassem, teria matado mais uns doze. Mas se precisou se contentar com nove...

Ele deve ter aproveitado ao máximo.

Fechei os olhos.

— Eu acho que o conheci — falei. — No verão.

Capítulo 49

Não consegui oferecer uma descrição do homem. Michael, que estava comigo naquele dia, no rio, também não se saiu nada melhor.

Três minutos, seis meses atrás. Meu cérebro guardava todo tipo de informação sobre as pessoas. Mas mesmo no sonho eu não tinha conseguido identificar o rosto do fantasma.

A voz de Michael interrompeu meus pensamentos:

— Agora me parece um bom momento para uma distração.

Eu estava sentada no sofá, olhando para o nada. Michael se sentou na outra ponta, deixando espaço para Dean entre nós dois.

Apesar das complicações que pudessem existir entre nós, aquela situação ultrapassava qualquer coisa.

— Agora — disse Michael, determinado a incluir uma pontinha de leveza num momento extremamente tenso —, depois de ter sido involuntariamente convocado para uma competição um tanto *violenta* de luta livre na lama — ele olhou de cara feia para Lia —, acho que talvez possamos…

— Não. — Dean se sentou entre mim e Michael.

— Excelente — respondeu Michael com um sorriso no rosto. — Sobramos Lia, Cassie, Sloane e eu pra luta livre. Você pode ser o juiz.

— Amanhã é dia doze. — Sloane se sentou no chão à nossa frente, puxou as pernas para perto do peito e passou os braços ao redor. — A gente fica aqui falando de luta na lama e… e de

Nightshade e do fato de que ele sabia que estávamos aqui e do que ele está fazendo agora... mas amanhã é dia doze. *Amanhã*, completei para ela, *alguém morre*.

Judd ainda não nos tinha deixado dar uma olhada no arquivo de Nightshade, como se ficar sem acesso às informações pudesse nos proteger, embora ele soubesse tão bem quanto nós que era tarde demais para isso. Mas Sloane tinha razão: mesmo abrigados em uma casa segura, com guardas armados policiando cada movimento nosso, não precisávamos ficar de braços cruzados.

— Nós sabemos onde o UNSUB de Las Vegas vai atacar — falei, olhando de Sloane para os outros. — Sabemos que ele vai usar uma faca. — A palavra *faca* sempre viria acompanhada, para mim, de imagens inevitáveis. Deixei aquelas lembranças perturbadores tomarem conta de mim e segui em frente. — Nós precisamos de mais.

— Engraçado você dizer isso — disse Lia, que pegou o controle remoto da televisão e colocou na ESPN. — Pessoalmente, eu não considero pôquer um esporte.

Na tela, cinco indivíduos ocupavam uma mesa de pôquer. Só reconheci dois: o professor e Thomas Wesley.

— Beau Donovan está na outra chave — disse Lia. — Imagino que tenham deixado que ele voltasse depois do estresse recente com a justiça. Os dois melhores jogadores de cada chave e um azarão vão se enfrentar amanhã ao meio-dia.

— Onde? — Sloane fez a pergunta antes de mim.

— O torneio vai pulando de um cassino pra outro — disse Lia. — Mas a final é no Majesty.

— Onde no Majesty? — perguntei.

Lia me encarou.

— Tenta adivinhar.

Doze de janeiro. O Grande Salão de Festa.

— Aberto ao público? — perguntou Dean.

Lia assentiu.

— De primeira.

TUDO OU NADA 257

Grayson Shaw deve ter ido contra a vontade do FBI e voltado a agir como sempre fazia.

— Meu pai devia ter me escutado. — Dessa vez, Sloane não pareceu pequena nem triste. Pareceu ter *raiva*. — Eu não sou normal. Não sou a filha que ele queria, mas estou certa, e *ele devia ter me escutado*.

Como não tinha escutado, alguém morreria.

Não. Eu estava cansada de perder. Um assassino havia tirado minha mãe de mim. Agora, o homem que matou a filha de Judd tirou nossa casa. Ele nos observou, nos ameaçou e não havia nada que pudéssemos fazer sobre isso.

Eu que não ia ficar parada.

— Ninguém morre amanhã — falei para os outros. — Ninguém.

Olhei para a tela atrás de uma resposta, ordenando que minha mente fizesse o que minhas predisposições genéticas e o treinamento precoce da minha mãe tinham me preparado para fazer.

— Quem está mais feliz com as cartas que recebeu? — Lia perguntou a Michael. — O Debochado ou o Intenso?

Nem prestei atenção direito à resposta de Michael. Wesley tinha se vestido de acordo com sua imagem pessoal. *Milionário. Excêntrico. Galanteador.* Por outro lado, o professor estava contido, vestido para se misturar aos homens de negócios, não para se destacar à mesa.

Preciso. Obstinado. Contido.

Estávamos atrás de alguém que vivia planejando dez passos à frente. *Você precisa de nove e precisa saber que, a cada um, a pressão vai aumentar.* Alguém que planejava de forma tão meticulosa quanto aquele assassino, que era tão imponente quanto aquele assassino, que se orgulhava de ser melhor, de ser *superior*, daria um jeito de contornar a suspeita.

Você tem álibis, pensei, olhando para Thomas Wesley. *Foi você quem deu ao FBI a dica sobre os poderes de hipnose de Tory.*

Na tela, o professor ganhou a rodada. Ele deu um sorrisinho. *Você ganha porque merece*, pensei, saindo da perspectiva de Wesley e entrando na do professor. *Você ganha porque dominou suas emoções e decifrou quais são suas chances.* Eu via fragmentos do perfil do nosso UNSUB nos dois, mas não conseguia afastar aquela sensação de que tinha alguma coisa faltando, alguma peça do quebra-cabeça que me permitiria afirmar definitivamente que *sim* ou que *não*.

Fechei os olhos, tentando me concentrar e entender que informação poderia ser essa.

— Sloane descobriu as datas Fibonacci porque sabia que nosso UNSUB era obcecado pela sequência de Fibonacci — falei, finalmente. — E como nosso UNSUB as descobriu?

Se o padrão era tão discreto que as autoridades nunca o descobriram, nunca conectaram os casos que agora atribuíamos a esse grupo, como nosso UNSUB conseguiu fazer isso?

Tentei chegar à resposta na marra. *Você sabe o que eles fazem. Quer a atenção deles.* Mas ia além. *Você quer o que é seu por direito.* Aqueles assassinatos não eram só para chamar atenção. Vistos da perspectiva de um grupo que valorizava sua invisibilidade, eram ataques.

— Diz pra Briggs e Sterling procurarem alguém que tenha um histórico de trauma — falei. — Pra ver se conseguimos conectar alguém desse caso a uma vítima de um dos casos anteriores.

Para encontrar o padrão, você teria que ser obcecado. Eu conhecia bem esse tipo de obsessão. *Talvez tenham te tirado alguma coisa. Talvez agora você esteja tirando de volta.*

— Eles também precisam ir atrás de pessoas das famílias dos suspeitos. — Dean conhecia obsessão tão bem quanto eu, por motivos diferentes. — Podemos estar atrás do parente de algum membro, uma criança ou irmão que teve a participação negada.

Para fazer *aquilo*, dedicar tanto tempo, esforço e cálculo só para atrair a atenção daquele grupo... *É pessoal*, pensei. *Só pode ser.*

Você quer ser eles e quer destruí-los. Quer ter poder porque nunca teve nenhum.

Você quer tudo.

— Sempre é pessoal — disse Dean, o raciocínio sincronizado com o meu. — Mesmo quando não é.

— Tem outros casos — disse Sloane baixinho, as mãos unidas na frente do corpo. — Outras vítimas.

— Os casos que seu programa não encontrou — falei. Houve uma longa pausa.

— Talvez — murmurou Sloane — eu tenha ficado entediada ontem e feito outro programa.

Um arrepio percorreu minha pele e me atingiu com tudo. Perfilar o UNSUB de Las Vegas era uma coisa, mas perfilar a seita era outra coisa bem diferente. O bilhete de Nightshade para Judd, seja lá qual tenha sido, havia claramente passado um recado só pela sua mera existência.

Não importa quem você for ou onde estiver, não importa quão protegido esteja, nós vamos te encontrar.

Judd tinha razão ao tentar nos tirar do caso. Tinha razão ao tentar nos deter antes de estarmos envolvidos demais.

Mas agora já era, pensei. *Não podemos desver o que vimos. Não podemos fingir. Não podemos parar de procurar, e mesmo que pudéssemos...*

— O que seu programa encontrou? — Lia perguntou a Sloane.

— Em vez de procurar em bases de dados de órgãos de segurança, eu programei pra que examinasse jornais. — Sloane cruzou as pernas. — Vários dos maiores jornais estão trabalhando na digitalização de arquivos. Se acrescentarmos às bases de dados sociedades históricas, documentos de bibliotecas e depositórios virtuais de textos de não ficção, temos uma riqueza de informações para procurar. — Ela entrelaçou as mãos. — Não pude usar os mesmos parâmetros, então só procurei assassinatos nas datas de Fibonacci. Estou olhando um de cada vez.

— E? — perguntou Dean.

— Encontrei alguns dos nossos casos que estavam faltando — disse Sloane. — A maioria não foi identificada como assassinato em série, mas a data, o ano e o método de assassinato encaixam no padrão.

Alguns UNSUBS eram melhores em esconder seu trabalho do que outros.

— Vamos ter que contar a Sterling e Briggs sobre esses casos — falei. — Se achamos que o UNSUB de Las Vegas pode estar relacionado a algum deles...

— Tem outra coisa — disse Sloane, me interrompendo. — O padrão começa bem antes dos anos 1950. Encontrei pelo menos um caso que data do fim do século XIX.

Mais de um século.

Seja lá o que tudo aquilo significasse, quem aquelas pessoas eram... elas já estavam fazendo aquilo havia muito tempo. *Foi passado adiante*, pensei. *Por décadas e gerações.*

Do nada, Lia jogou Michael contra a parede e prendeu as mãos dele sobre a cabeça.

— Agora não é hora nem lugar — disse Michael para ela.

— Qual o seu problema? — perguntou Lia, a voz furiosa e baixa.

— Lia? — chamei. Ela me ignorou, e quando Dean falou o nome dela, ela também o ignorou.

— Quem você pensa que é? — Lia perguntou a Michael, mantendo o braço direito dele preso com seu esquerdo. Depois levou a mão direita à manga da camiseta de Michael. Os olhos dele faiscaram, mas antes que ele pudesse reagir ela arregaçou a manga.

— Você tinha que vir atrás de mim, né? — disse Lia. — Não ia me deixar sair sozinha daquele quarto de hotel. Eu não precisava de você lá. Não *queria* você lá.

Meu olhar pousou no braço que Lia tinha exposto. Fiquei completamente sem ar, como se tivesse sido atingida por um tijolo.

TUDO OU NADA 261

Em alto-relevo na pele de Michael, como arranhões, havia quatro números.

7761.

Você

Você se planeja para cada imprevisto. Enxerga dez passos à frente. Isso não deveria estar acontecendo. Seu alvo estava com um quarto reservado até o final da semana. Ele não deveria ter ido embora. Nove. Nove. Nove. Só de pensar nisso sua têmpora começa a latejar. Seu coração dispara. Você sente seu plano indo por água abaixo, sente-o desmoronando. É isso que dá seguir o caminho seguro. É isso que dá você se segurar. Será que você é ou não o que alega ser?

— Sou — você diz. Precisa fazer um esforço enorme para não gritar. — Sou!

Uma complicação é só uma complicação. Uma oportunidade. De pegar o que você quiser. De fazer o que você quiser. De ser o que você nasceu para ser.

Você encosta a ponta da faca na barriga. O sangue forma gotas na superfície.

Só uma pequena complicação.

Só um pouco de sangue.

Círculo. Círculo. Círculo. Em volta. Para cima e para baixo. Para a direita e para a esquerda.

Faz logo, sussurra uma voz do passado. Por favor, Deus, só faz, de uma vez por todas.

Tudo, menos o verdadeiro infinito, chega ao fim. Todo homem mortal precisa morrer. Mas você não foi feito para ser mortal. Você nasceu para esse tipo de coisa.

Amanhã é o dia, e o dia vai ser perfeito.

— Assim foi decidido — você murmura — e assim será.

Capítulo 50

— **Há quanto tempo?** — perguntei a Michael, meus olhos fixos no punho dele.

Ele sabia exatamente o que eu queria dizer.

— Apareceu hoje de manhã, coçando à beça.

Mais de 36 horas depois da nossa saída de Las Vegas.

— *Toxicodendron*. — Sloane puxou as pernas para perto do peito e começou a cutucar a abertura nos joelhos da calça jeans.

— Plantas do gênero *toxicodendron* produzem urushiol. É um óleo grudento, um alérgeno poderoso. Se Michael já tiver sido exposto antes a essa substância, o surgimento da irritação pela segunda vez pode demorar de 24 a 48 horas.

— Tenho certeza de que saberia se tivesse sido exposto antes — observou Michael.

— Hera venenosa e carvalho venenoso são *toxicodendron*.

Michael mudou a postura, depois assentiu sabiamente.

— Eu já fui exposto antes.

Lia apertou o braço dele com mais força, machucando-o.

— Você acha isso engraçado? — Ela o soltou e se afastou dele. — Você está marcado pra morrer amanhã. Engraçadíssimo.

— Lia… — Michael começou a dizer.

— Eu não ligo — disse Lia. — Não ligo de você provavelmente ter conseguido isso por ter vindo atrás de mim. Não ligo de você usar manga comprida pra esconder da gente. Não ligo se você tem um desejo doentio de morrer…

— Eu não pedi nada disso — disse Michael, interrompendo-a.

— Então quer dizer que você não está planejando ir pra Las Vegas escondido amanhã, sozinho, pra tentar atrair esse UNSUB? — Lia cruzou os braços e inclinou a cabeça para o lado, esperando.

Michael não respondeu.

Amanhã. Doze de janeiro. O Grande Salão de Festa.

A faca.

— Foi o que eu pensei — disse Lia, e, sem dizer mais nada, ela se virou e saiu da sala.

— É — comentou Michael —, conversa agradável.

— Você não vai voltar pra lá pra ficar bancando a isca. — Dean se levantou e ficou cara a cara com Michael. — Você não vai sair desta casa.

— Fiquei comovido, Redding — disse Michael, com a mão no coração. — Você se importa.

— Você não vai sair desta casa — repetiu Dean, com uma intensidade silenciosa na voz.

Michael se inclinou para a frente, encostando o rosto no de Dean.

— Eu não recebo ordens de você.

Então, por um segundo, nenhum dos dois recuou.

— Eu entendo. Você não gosta de fugir — Dean falou baixo, sem tirar os olhos de Michael. — Você não foge. Não se esconde. Não se acovarda. Não suplica.

Porque nenhuma dessas coisas nunca dá certo. Mas Dean não falou isso. Não precisava.

— Sai fora da minha cabeça. — A expressão de Michael era parecida com a que ele tinha feito antes de dar um soco na cara daquele pai na piscina.

— Dean — falei. — Só um minutinho.

Após uma última olhada severa para Michael, Dean fez o que pedi e foi na direção que Lia tinha ido minutos antes, levando Sloane junto.

O silêncio pesou entre mim e Michael.

— Você devia ter nos contado — falei baixinho.

Michael ficou observando minha expressão, e nem tentei esconder o que sentia. *Estou com raiva e apavorada. Eu não consigo fazer isso. Não consigo ficar de braços cruzados esperando que identifiquem seu corpo também.*

— Você me conhece, Colorado — disse ele, a voz suave. — Eu nunca fui muito bom no que *devia* fazer.

— Se esforça mais — falei com firmeza.

— Olha só o que acontece quando a gente se esforça. — Talvez Michael não tivesse intenção de dizer isso, mas era o que ele pensava. Estava falando de mim. E Dean. Ele tinha passado os últimos meses fingindo nunca ter tido o menor interesse em mim. Tinha desligado seus sentimentos como se nunca tivessem sido importantes para ele.

Olha só o que acontece quando a gente se esforça.

— Você não pode fazer isso — falei, sentindo como se ele tivesse me dado um chute nos dentes. — Não pode me tornar o motivo pra você fazer ou deixar de fazer alguma coisa. Eu não sou um motivo, Michael. Não sou algo pelo que você *se esforça.*

— Dei um passo para a frente. — Eu sou sua amiga.

— Você costumava me olhar e sentir alguma coisa — disse Michael. — Eu sei que sim.

Michael estava marcado para a morte. Um assassino em série do passado de Judd estava nos stalkeando. Mas ali, naquele momento, essa era a nossa conversa.

— Eu nunca tive amigos — falei. — Quando era pequena, éramos só eu e a minha mãe. Nunca houve mais ninguém. Ela nunca deu espaço para mais ninguém.

Foi então que, pela primeira vez desde a ligação do meu pai, eu *senti* alguma coisa em relação à morte da minha mãe. *Raiva*, e não só da pessoa que a matou. Ela tinha ido embora, e mesmo que não tivesse sido sua escolha, foi por causa *dela* que nunca houve mais ninguém por perto: nem amigos, nem família, nem *nada* até o serviço social encontrar meu pai.

— Quando entrei no programa — falei para Michael —, eu não sabia direito como me comportar com as pessoas. Não conseguia... — As palavras não vinham. — Eu mantinha todo mundo afastado, e você estava bem ali, quebrando todos os muros. Eu senti alguma coisa — falei para Michael. — Você me fez sentir alguma coisa, e sou grata por isso. Porque você foi o primeiro, Michael.

Ficamos um longo momento em silêncio.

— O primeiro amigo que você já teve — disse Michael, por fim.

— Talvez isso não signifique muito pra você. — Me doeu admitir isso. — Pra você, talvez eu não tenha nenhum valor se estiver com Dean. Mas significa pra mim.

O silêncio que veio em seguida durou duas vezes mais do que o primeiro.

— Eu não gosto de fugir. — Michael ergueu o olhar para mim. — Eu não fujo, eu não me escondo, eu não me acovardo, eu não suplico, Cassie, porque fugir, me esconder e suplicar... não funciona. Nunca funcionou.

Michael estava repetindo as palavras que Dean tinha dito para ele. Estava admitindo em voz alta. Para mim.

Olhei para aqueles números vermelhos agressivos no braço dele. *7761.*

Doze de janeiro. O Grande Salão de Festa. A faca.

— Não é fugir — falei para Michael — se a gente pegar ele primeiro.

Capítulo 51

Nós tínhamos onze horas e 27 minutos até a meia-noite. A primeira tarefa do dia era ligar para Sterling e Briggs. Os dois levaram duas horas para se livrarem do caso e virem até nós. Quando chegaram, interrogaram Michael e Lia sobre a ida ao Desert Rose. O que tinham feito lá? O que tinham visto?

— Você não se lembra de nada fora do comum? — perguntou Briggs a Michael. — De esbarrar em alguém? Conversar com alguém?

— Deixar alguém escrever um número no meu braço com tinta invisível de hera venenosa? — sugeriu Michael, com um ar de esperteza. — Pode parecer chocante, mas não. Lembro que deixei uma coisa cair. Lembro que me abaixei pra pegar.

— Ele fechou os olhos. — Eu deixei uma coisa cair — repetiu ele. — Me abaixei pra pegar. E aí...

Nada.

— Interrupção de padrão — disse Sloane. — É o segundo método mais rápido de induzir alguém a hipnose.

Para ser hipnotizado, você precisa querer ser hipnotizado. As palavras de Tory ecoaram no meu ouvido. Das duas, uma: ou ela estava mentindo ou Michael não estava alerta perto do UNSUB.

Ou ambas as coisas.

— Você não se lembra de mais nada? — perguntou Dean.

TUDO OU NADA 269

— Bom, com você falando assim, me lembro exatamente do que aconteceu. Você desmascarou o assassino, Redding. Como você consegue fazer isso, seu demônio perfilador?

— Você sabe quem é o assassino? — Os olhos de Sloane se arregalaram de um jeito cômico.

— Isso foi sarcasmo — disse Dean, lançando um olhar irritado para Michael.

— E os momentos antes da lacuna na sua memória? — perguntou a agente Sterling, redirecionando a conversa. — Você disse que estava jogando pôquer, Lia?

— Com um grupo que incluía Thomas Wesley — disse Lia. — Massacrei todo mundo, Michael estava ali só de decoração. Depois nos separamos. Ele foi trocar as fichas por dinheiro e eu fui inscrevê-lo na luta na lama contra a vontade dele.

Tentei imaginar a cena: *Lia sentada diante de uma mesa de pôquer, Michael ao lado. Lia está ganhando. Ela mexe nas pontas do cabelo escuro. Ao lado, Michael fica abrindo e fechando o botão de cima do blazer.*

O que fez nosso UNSUB parar e reparar? *Por que Michael?*

— O que acontece se a vítima escolhida não estiver no Grande Salão de Festa no dia doze de janeiro? — Briggs dirigiu a pergunta a todos ali.

— Quatro variáveis. — Sloane bateu com o polegar da mão direita em cada dedo conforme citava cada uma. — Data, local, método e vítima.

— Se a equação muda, o UNSUB precisa se adaptar. — Sterling seguiu o raciocínio em voz alta. — A data e o método são necessários pra alcançar o objetivo primário do UNSUB. O local e garantir que o número esteja no pulso da vítima, isso tem um significado psicológico, são símbolos de domínio. Para se adaptar, o UNSUB teria que abrir mão de uma parte do poder e controle que esse domínio representa.

— Eu vou querer isso de volta — disse Dean. — O poder. O controle.

Doze de janeiro. A faca. Essas eram as constantes na equação dele. Se a questão fosse local e vítima...

A espiral é seu maior trabalho. É um sinal de rebelião. Sinal de devoção. É algo perfeito.

— Você preferiria mudar a vítima, não o local — falei, segura disso.

— Eu me adapto — refletiu Dean. — Escolho uma pessoa nova... e quem eu escolher vai pagar por eu ter precisado fazer isso.

Eu não queria pensar no que um assassino poderia fazer com uma faca para recuperar o poder e o controle.

— Meu pai não vai cancelar amanhã? — perguntou Sloane, a voz tensa. — Não vai nem considerar mudar pra uma área diferente do cassino?

Briggs balançou negativamente a cabeça.

Poder. Controle. O pai de Sloane não abriria mão de nada disso, assim como o UNSUB.

— Se eu fosse ao torneio amanhã — disse Michael —, nós não só saberíamos onde o cara vai estar e o que está planejando fazer. Nós saberíamos quem é o alvo. — Ele se virou para Briggs.

— Você usou Cassie de isca no caso da Locke. Ficou desfilando com ela só para o UNSUB ver, porque havia uma vida em jogo, e achou que pudesse protegê-la. Por que é diferente agora?

Meu estômago embrulhou, porque não era nada diferente.

— Se eu não estiver lá — continuou Michael, sem pensar duas vezes —, o cara vai escolher outra pessoa. Talvez vocês o peguem, talvez não. — Ele fez uma pausa. — Tem uma boa chance de alguém acabar morrendo feio.

Eu não queria que Michael tivesse razão. Mas ele tinha.

Alguém morre amanhã. Na hora marcada. No lugar marcado. Por meio da sua faca.

— Esse UNSUB não é o único que vai estar lá amanhã. — Judd apareceu na porta. — Se você for, Michael, vai estar com mais de um alvo nas costas.

TUDO OU NADA 271

Não ouvi o menor sinal de dúvida no que Judd disse. *Ele acha que Nightshade vai estar lá.*

A agente Sterling encarou Judd.

— Gostaria de ver o bilhete que ele mandou pra você.

Judd assentiu para um dos agentes montando guarda, e o homem sumiu, retornando um momento depois com um saco de provas. Dentro estava o envelope do avião.

A agente Sterling pegou um par de luvas do bolso. Enfiou a mão no envelope. Tirou uma foto de dentro. Após um instante, virou-a para ler o verso.

Ela olhou para Briggs.

— Flor — informou ela, a voz rouca. — Branca.

Me lembrei de Judd me dizendo que Nightshade tinha enviado uma flor para cada vítima, uma beladona branca, antes de elas morrerem. Agora ele tinha enviado para Judd uma fotografia da mesma flor.

— Ele te mandou uma flor? — perguntei a Judd, o pânico me envolvendo completamente, meu coração na garganta. *Não Judd. Não aqui, não agora, não de novo.*

— Mandou — admitiu Judd. Me lembrei do que ele tinha dito sobre o veneno escolhido por Nightshade. *Indetectável. Incurável. Doloroso.* — Talvez seja tarde demais pra mim — continuou Judd, a voz dura —, talvez não, mas escutem o que eu digo, ele vai estar lá amanhã.

Nightshade não queria que saíssemos de Las Vegas. Ele tinha interferido nas coisas no avião. Garantiu que Judd soubesse que não tinha para onde fugir.

Ele sabia que o UNSUB havia marcado Michael? Nightshade estava de olho? Ainda estava de olho?

Não faz isso, falei para mim mesma. *Não dê a ele todo esse poder. Não deixe que sua mente o transforme em outra coisa além de um homem.*

— Nightshade escolhia todas as vítimas de antemão — falei, tratando-o com o mesmo grau de importância do que qualquer outro UNSUB. — Ele enviava flores.

Um aviso. Um presente.

— Comportamento de stalker — disse Dean, direto ao ponto. — Não é indicativo de um assassino de oportunidade. Se eu fosse Nightshade, se estivesse focado em Judd? Se tivesse recebido permissão da seita pra eliminar todo e qualquer problema ou finalmente tivesse chegado a um ponto em que a permissão não importa? Eu preferiria tirar algo de Judd *aqui* do que fazer isso no Majesty amanhã.

Nightshade tinha chegado a Scarlett no laboratório do FBI. Ele já devia saber que tínhamos sido levados para uma casa segura. E para um homem como ele, o fato de estarmos sob proteção talvez representasse um desafio.

— Está decidido, então — disse Michael, apesar de não ter nada definido. — Nenhum lugar é seguro, e eu vou.

Capítulo 52

A ida de Michael foi considerada a última alternativa.

Mas, às duas da madrugada, mais parecia nossa única opção. Por mais que eu voltasse a examinar o perfil, nada mudava. Os elementos ritualizados dos crimes tornavam difícil identificar até os aspectos mais básicos da demografia do UNSUB. *Afogamento. Fogo. Perfuração. Estrangulamento.* Esses métodos não nos diziam nada sobre o assassino além do fato de que ele estava seguindo uma ordem fixa.

Jovem ou velho? Inteligente, com certeza, mas estudado? Era difícil afirmar. Se estivéssemos lidando com um UNSUB com idade entre 21 e 30 anos, eu diria que a pessoa estava preenchendo um papel parecido com o de Webber para o pai de Dean. Aprendiz. Um UNSUB mais jovem cometendo aqueles assassinatos estaria querendo provar seu valor. Estaria se exibindo, procurando aprovação... desejando-a desesperadamente. Se fosse bem mais velho que isso, o UNSUB não se veria como aprendiz. Por essa perspectiva, a questão passava a ser menos de aprovação e mais de se mostrar dominante. Um UNSUB mais velho, executando o plano à perfeição, se colocaria como superior à seita, provavelmente em uma posição de poder.

Você quer poder, talvez porque já provou um gostinho e quer mais ou porque já passou tempo demais se sentindo impotente.

Forcei minha mente a focar novamente nas vítimas. Nos casos Fibonacci anteriores, a vitimologia foi uma das características específicas que nos permitiu diferenciar os assassinos. *Deve ter mais alguma coisa*, pensei. *Eu devo estar deixando passar alguma coisa.*

Afogamento. Estrangulamento. Aquelas vítimas eram mulheres jovens. As mortes mais sangrentas foram reservadas para os homens.

Você não gosta de ferir mulheres. Fiquei pensando nisso. *Claro que, para alcançar seu objetivo, você vai machucá-las. Mas, se tiver alternativa, você prefere que seja uma morte limpa.* O que me fez refletir sobre os outros relacionamentos do UNSUB. *Uma mãe? Filha? Um relacionamento amoroso?*

Minhas têmporas latejaram. *O que mais?* Eu não conseguia parar, não podia me dar ao luxo de parar. Nós tínhamos cinco horas até Michael ir para o Majesty. Por mais que ele estivesse protegido, por mais que soubéssemos disso, esse não era um risco que eu queria correr.

Doze de janeiro. O Grande Salão de Festa. A faca.

Eu precisava continuar. Precisava pensar. Precisava enxergar o que quer que estivéssemos deixando passar.

Pensa. Estávamos atrás de alguém muito inteligente, organizado, charmoso o suficiente para deixar as pessoas à vontade. *Alexandra Ruiz. A garota do show de Tory. Michael.* O UNSUB hipnotizou pelo menos três pessoas.

— Cassie. — A voz de Michael interrompeu meu raciocínio. — Vai deitar.

— Eu estou bem — falei.

— Mentirosa — disse Lia, quase dormindo no sofá. Nem abriu os olhos para falar. Ela reassistiu a todas as entrevistas, procurando qualquer coisa que pudesse ter deixado passar na primeira vez.

Sloane estava havia horas encarando o padrão.

— Briggs e Sterling estão chamando a cavalaria — disse Michael. — Vai ter pelo menos doze policiais armados até os dentes de olho em cada gesto meu. Assim que virem uma faca, o UNSUB já era.

Esse era o plano, mas havia um motivo para aquele plano ser a última alternativa.

Vitimologia, pensei. *Quatro vítimas*. Eu não conseguia parar. E não parei. Não até os agentes chegarem pela manhã e levarem Michael embora.

Capítulo 53

Vestiram Michael com um colete à prova de balas. Depois colocaram um grampo. Vídeo, áudio: o que quer que ele visse, que ele escutasse, Sterling e Briggs também veriam e escutariam. Os outros agentes também estavam com grampo, só de vídeo, e essas filmagens estariam disponíveis não só para Briggs, que era o coordenador da missão, mas para o resto de nós na casa segura.

Basta um detalhe, pensei. *Um momento, uma percepção para tudo encaixar.*

Eu não conseguia afastar a parte de mim que pensava que bastava também apenas um momento, um erro, para tudo dar errado.

Dean, Lia, Sloane e eu nos sentamos no sofá e esperamos. Lia se recusou a demonstrar sinais de nervosismo. Já Sloane, por outro lado, se balançava para a frente e para trás.

Ao meu lado, Dean balançou a cabeça.

— Não estou gostando dessa história — disse ele. — Townsend é imprevisível. Ele não liga pra própria segurança. É incapaz de recusar uma briga.

— Olha só, Dean — respondeu Lia. — Quando Michael voltar, pode deixar que a gente vai arranjar um quarto pra vocês. Obviamente tem uns *sentimentos* envolvidos.

— Nós todos estamos preocupados — falei para Dean, ignorando Lia. — Eu também não estou gostando nada disso.

TUDO OU NADA 277

Sloane sussurrou alguma coisa ao nosso lado. Não entendi o que ela disse.

— Sloane? — falei.

— Vinte e três de janeiro — sussurrou ela. — Primeiro de fevereiro, 3 de fevereiro, 13 de fevereiro.

Levei um segundo para entender que ela estava citando as próximas quatro datas de Fibonacci.

Eu preciso de nove.

Estávamos focados na próxima morte, doze de janeiro. Mas se não pegássemos o UNSUB, o que viria depois seria aquilo.

— A garagem — disse Sloane. — Depois o bufê, depois o spa. — O centro da espiral era no Majesty. Começava de fora e espiralava para dentro... e, ao chegar lá, continuava, se aproximando cada vez mais do núcleo da espiral.

— Onde isso termina? — perguntei a ela. Estávamos tão concentrados no que o UNSUB já tinha feito que não pensei muito no resto do padrão. Meu coração disparou.

Um detalhe. Basta um detalhe.

Michael ainda estava a caminho. Ainda não tinha chegado lá. Levaria ainda alguns minutos para o plano entrar em ação.

Por favor, pensei, sem saber para quem ou para o que eu estava implorando... nem o que exatamente pedia.

— Termina no teatro — disse Sloane, realmente surpresa com o fato de não sabermos. — No dia 13 de fevereiro.

— O torneio de pôquer termina hoje. — Lia disse o óbvio.

— A maioria dos jogadores teria dificuldade em explicar o motivo de uma permanência prolongada em Las Vegas.

Wesley. O professor.

— Eu tive um motivo pra escolher o Majesty — disse Dean. — Sempre acabaria aqui. Eu sabia, desde o início, como tudo isso acabaria.

Por que o Majesty? Meus olhos estavam tão secos que doíam, assim como minha garganta. Meu coração ameaçava estilhaçar minha caixa torácica.

Na mesa de centro, os tablets que Briggs tinha deixado para nós foram um a um ganhando vida, as telas passando de pretas a ativas.

Os vídeos ganharam vida. *O Grande Salão de Festas. Doze de janeiro.* Michael estava lá.

— O teatro — falei em voz alta, os olhos fixos nas telas, procurando qualquer coisa, qualquer sinal de alguém indo na direção de Michael. — Termina no teatro com a vítima número nove.

E foi então que eu reparei.

Alexandra Ruiz. Sylvester Wilde. Camille Holt.

O que eles tinham em comum?

— Vitimologia — falei para Dean. — Não temos quatro vítimas. Temos cinco.

Michael não é uma vítima. Não Michael. Não o nosso Michael.

Reagi ao coro de vozes na minha cabeça. O UNSUB já o tinha escolhido.

Por que Michael?

— Se acrescentarmos Michael ao perfil — falei —, então quatro das cinco vítimas têm menos de 25 anos.

A maioria dos assassinos tinha um tipo. Se considerássemos Eugene Lockhart como um ponto fora da curva, o tipo do nosso UNSUB era jovem. Bonito. E *privilegiado*, digamos assim.

— Uma universitária comemorando o Ano-Novo em Las Vegas. Um ilusionista profissional com show no Wonderland. Uma atriz que conseguiu destaque jogando pôquer profissional. — Doeu olhar para Michael na tela. — Um filhinho de papai.

— Idade média de 22 anos — comentou Sloane.

A espiral termina no teatro do Majesty, pensei.

— Alexandra tinha cabelo escuro comprido. — As palavras foram escapando uma a uma da minha boca. — Com quem ela se pareceria se você a olhasse por trás?

Dean respondeu primeiro:

— Tory. Ela se pareceria com Tory Howard. — Ele se virou para me encarar. — Sylvester Wilde era ilusionista de palco.

TUDO OU NADA 279

Como Tory.

Naquela noite, Camille morreu depois de sair para tomar uns drinks com Tory. E Michael?

Você o viu à mesa de pôquer, ao lado de Lia. Ela tem cabelo escuro comprido. Como Tory. E Michael? Ele abre e fecha o botão de cima do blazer, perfeitamente seguro do seu lugar no mundo.

As peças começaram a se encaixar na minha cabeça. Pensei várias vezes que estávamos atrás de alguém que sempre planejava dez passos à frente. *Alguém que planejava de forma tão meticulosa quanto aquele assassino,* meus pensamentos se repetiam sem parar, *que era tão imponente quanto aquele assassino, que se orgulhava de ser melhor, de ser superior, daria um jeito de contornar a suspeita.*

Cheguei a me perguntar sobre os relacionamentos do nosso UNSUB, sobre por que ele só escolhia matar mulheres quando podia matar de forma mais limpa.

O padrão termina no teatro Majesty. A morte final. O maior sacrifício.

A nona morte de Nightshade fora Scarlett.

— A sua — falei em voz alta — sempre seria Tory.

O Majesty. Tory. Planejando dez passos à frente…

Eu sabia quem era o assassino. Tive dificuldade para digitar no celular. Com as mãos trêmulas, liguei para a agente Sterling.

Você

Você abre caminho pela multidão na direção do palco. *Como se devesse estar aqui. Como se o lugar inteiro fosse seu. A faca está escondida na sua manga. Tem câmeras por toda parte. Agentes por toda parte. Eles acham que você não sabe. Acham que você não consegue vê-los com muito mais facilidade do que eles veem você. Seus olhos pousam no alvo. Ele está de blazer. Os dedos brincam com o botão de cima. Tudo pode ser contado. Os passos até você alcançá-lo. Quantos segundos sua lâmina vai levar para atravessar a garganta dele. E pensar que por pouco aquilo quase transcorreu diferente. E pensar que você quase aceitou uma imitação. Três. Três vezes três. Três vezes três vezes três. Essa é sua herança. É o que o destino sempre te reservou. Um homem esbarra em você. Pede desculpas. Você nem escuta direito. 1/1. 1/2. 1/3. 1/4. 1/12. Há nove assentos à mesa. Três segundos até começar.*

TUDO OU NADA 281

Três... dois... e... a luz se apaga. Exatamente como você planejou. Sem luz. Sem caos. Como você planejou.

Você anda com determinação. Se aproxima do número cinco por trás. Agarra-o pelo pescoço e encosta a faca na garganta.

E começa a cortar.

Capítulo 54

As telas ficaram pretas. Eu estava com o celular encostado no ouvido. *Não atendem. Não atendem. Não...*

— Cassie. — A agente Sterling atendeu. — Está tudo bem. O UNSUB cortou a energia, mas Michael está seguro.

Senti um peso saindo das costas, mas não tinha tempo para sentir alívio. O nome do UNSUB estava na ponta da língua. Em vez disso, o que acabei dizendo foi:

— E se ele não estiver atrás do Michael?

Estávamos trabalhando com a suposição de que, se tivesse escolha, o UNSUB voltaria ao plano original e miraria em Michael. Mas se ele tivesse descoberto que sua vítima escolhida tinha saído de Las Vegas, se tivesse mudado de plano, se já tivesse dado um jeito de recuperar poder e controle e...

— Aaron — falei para a agente Sterling.

Ela ficou em silêncio.

— O UNSUB é Beau Donovan e ele está mirando em Aaron Shaw — continuei. — Michael foi só um substituto. Beau o viu com Lia e foi como se estivesse olhando para Aaron e Tory. Se Beau tiver achado, mesmo que por um segundo, que Michael não tem como ser uma opção, ele compensaria indo atrás da pessoa original.

— Briggs. — Ouvi Sterling chamando, apesar da voz baixa. — Estamos procurando Beau Donovan mirando em Aaron Shaw.

TUDO OU NADA 283

Na tela, as luzes se acenderam. No celular, ouvi um grito agudo. Meus olhos foram de uma imagem para outra. Ao meu lado, Sloane escorregou do sofá e caiu de joelhos diante da mesa de centro, segurando um tablet com as duas mãos. O agente com a câmera correu. A imagem estremeceu. Uma multidão começou a se formar. A câmera foi sacudida e o agente se ajoelhou.

Ao lado do corpo de Aaron Shaw.

Um chiado agudo surgiu no ar. Lia foi para o chão e passou os braços em volta de Sloane.

— Eu falei pra ele — sussurrou Sloane. — Falei para o meu pai. Doze de janeiro. O Grande Salão de Festas. Eu falei. *Eu falei. Eu falei.*

Ele devia ter escutado. Mas não escutou, e agora Aaron estava pálido, imóvel e coberto de sangue. *Morto.*

— Cassie? — A voz da agente Sterling retornou. Até me esqueci de que estava segurando o celular. — Quanta certeza você tem da identidade do UNSUB?

Em outra tela, vi Beau Donovan perto do palco. Não parecia ter acabado de matar alguém. Sem Michael interpretando sua expressão facial, eu não conseguia afirmar se o que havia no rosto dele era satisfação.

Você não precisa dizer nada, dissera a agente Sterling para Beau durante o interrogatório dele. *Mas acho que você quer. Acho que tem alguma coisa que você quer nos contar.*

Michael tinha indicado que a agente Sterling estava certa. *Havia mesmo* alguma coisa que Beau queria que eles soubessem, uma coisa que ele não tinha dito. *Você queria que eles soubessem como você é superior, superior ao FBI, superior ao grupo que você está imitando.*

Ele tem potencial pra ser violento, dissera Dean. O restante da avaliação de Dean ficou ecoando na minha cabeça. *Imagino que tenha passado muito tempo na vida sendo jogado de lado, tratado como se fosse lixo. Se surgisse a oportunidade, ele adoraria fazer um jogo em que pudesse sair por cima.*

Nós sabíamos que o UNSUB de Las Vegas era capaz de arquitetar mortes que pareciam acidentes. Não era um salto muito grande achar que Beau seria capaz de planejar um ataque que parecesse legítima defesa. *Você arrumou briga com Aaron. O chefe de segurança do Majesty foi atrás de você. Você sabia que iria. Você arrumou briga com Aaron pra que ele fosse mesmo.* Beau deve ter hipnotizado aquela garota para se juntar a Aaron no show de Tory, para dar a ele uma desculpa para arrumar briga. *Você não matou Victor McKinney. Nunca teve intenção de matá-lo... porque ele não era a vítima número cinco.*

Ele foi sua defesa.

Tem jeito melhor de evitar suspeitas do que ser preso pelos crimes que cometeu depois ter uma desculpa e ser libertado?

Você escreveu o número errado no pulso dele. Para desviar a atenção.

— Cassie? — repetiu a agente Sterling.

No chão, Sloane se balançava para a frente e para trás, tremendo nos braços de Lia.

Falei para a agente Sterling exatamente o que ela precisava ouvir:

— Eu tenho certeza.

Capítulo 55

O FBI prendeu Beau Donovan. Ele não tentou fugir. Não resistiu. Não precisava.

Você sabe que não temos nenhuma prova. Você já construiu sua defesa.

Você vai se divertir com isso.

No momento da prisão, Beau não estava portando arma nenhuma. Graças ao blecaute, ninguém o viu perto do corpo. *Você é melhor do que isso.* Eu já tinha passado tempo suficiente na cabeça do nosso UNSUB para saber que Beau teria um plano para se livrar da arma. *Você não esperava ser preso, mas e daí? Ninguém pode provar nada. Eles não podem te tocar.*

Nada pode te tocar agora.

— Setenta e duas horas — disse Sloane, a voz pouco mais do que um sussurro rouco e áspero na garganta. As imagens de vídeo tinham sido interrompidas, mas ela continuava encarando a tela preta, vendo o corpo de Aaron do mesmo jeito que eu podia fechar os olhos e ver o camarim sujo de sangue da minha mãe. — Na maioria dos estados, os suspeitos podem ficar detidos por até 72 horas antes que a acusação seja arquivada — continuou Sloane. — São 48 horas na Califórnia. Eu... eu... eu não tenho certeza quanto a Nevada. — Os olhos dela se encheram de lágrimas. — Eu devia ter certeza. *Devia.* Não consigo...

Me sentei no chão ao lado dela.

— Tudo bem.

Sloane balançou a cabeça sem parar.

— Eu avisei meu pai que isso ia acontecer — disse, ainda observando a tela apagada. — Doze de janeiro. O Grande Salão de Festas. Eu avisei, e agora... não sei. São 48 horas ou 72 horas em Nevada? — Sloane mexeu no cabelo, as mãos tremendo. — Quarenta e oito ou setenta e duas? *Quarenta e oito ou...*

— Ei. — Dean se ajoelhou na frente dela e segurou suas mãos. — Olha pra mim.

Sloane ficou balançando a cabeça. Olhei para Lia, que não tinha saído do lado de Sloane, sem saber o que fazer.

— Nós vamos pegá-lo — disse Lia, a voz tão baixa quanto a de Sloane, mas letal.

De alguma forma, aquelas palavras permearam a mente de Sloane o suficiente para ela parar de balançar a cabeça.

— Nós vamos pregar Beau Donovan na parede — continuou Lia, a voz baixa — e ele vai passar o resto dos dias numa caixa com paredes em volta. Sem esperança. Sem saída. Sem nada além da percepção de que ele perdeu. — Lia pronunciou cada palavra com cem por cento de convicção. — Se tivermos que fazer isso em 48 horas, vamos fazer em 48 horas, e se forem 72 horas, vamos fazer em 48 horas de qualquer jeito. Porque somos bons, Sloane, e *vamos pegar esse cara.*

Lentamente a respiração de Sloane foi se estabilizando. Ela finalmente encarou Dean, os olhos transbordando de lágrimas, e reparei enquanto elas desciam pelo rosto.

— Eu era irmã do Aaron. — Sloane foi direto ao ponto. — E agora não sou. Eu não sou mais irmã dele.

Senti um nó na garganta por conta de todas as palavras que eu queria dizer. *Você ainda é irmã dele, Sloane.* Antes que eu conseguisse responder qualquer coisa, ouvi a porta abrir. Um momento depois, Michael surgiu na entrada da sala.

A verdade nua e crua da situação me atingiu em cheio. *Poderia ter sido Michael. Se não tivéssemos saído de Las Vegas, se Beau não tivesse mudado o plano, poderia ter sido Michael.* Eu

TUDO OU NADA 287

não podia me permitir ficar pensando nisso. Mas não conseguia parar. *A garganta do Michael sendo cortada com aquela faca. Michael morto num piscar de olhos...*

Michael fez uma pausa, os olhos fixos em Sloane. Ele observou a marca de lágrimas no rosto dela, os ombros encolhidos, mil e uma pistas que eu não conseguia ver. Ser Natural significava que Michael não tinha como desativar sua habilidade. Ele não conseguia parar de enxergar o que Sloane estava sentindo. Ele viu e sentiu, e eu o conhecia bem o suficiente para saber que estava pensando *Era pra ter sido eu.*

— Michael — Sloane falou o nome dele meio engasgado, depois ficou vários segundos apenas o observando. Suas mãos se fecharam em punhos ao lado do corpo. — Você não tem permissão pra ir embora de novo — disse, feroz. — Michael. Você não pode me deixar também.

Só por um momento Michael hesitou, mas logo deu um passo à frente, depois outro, até desabar no chão ao nosso lado. Sloane passou os braços em volta dele e o abraçou com força. Dava para sentir o calor passando de um corpo a outro. Dava para sentir os ombros deles sacudirem com os soluços de choro.

E tudo em que consegui pensar, sentada no chão junto com eles, em meio a toda aquela bagunça de dor e raiva e perda, foi que Beau Donovan achava que tinha vencido. Achava que podia pegar e matar e destruir vidas e que nada nem ninguém conseguiria tocar nele.

Pensou errado.

Capítulo 56

O tempo estava passando. Intuições e teorias não bastavam. Ter *certeza* não bastava.

Nós precisávamos de provas.

Você planeja. Espera, planeja e executa esses planos com precisão matemática. Eu conseguia visualizar Beau, os lábios curvados em algo parecido com um sorriso. Esperando até nosso tempo acabar. Esperando o momento que o FBI o liberasse.

Sloane se sentou na frente da televisão, um tablet conectado ao lado. Não estava mais chorando. Não estava nem piscando. Tudo que fazia era assistir repetidamente ao momento em que o cadáver do irmão dela tinha sido descoberto.

— Sloane. — Judd parou no batente da porta. — Desliga isso, meu amor.

Sloane nem pareceu ouvir. Só ficou observando a filmagem tremer na hora em que um agente correu na direção do corpo de Aaron.

— Cassie. Desliga. — Judd deu a ordem para mim dessa vez.

Você quer nos proteger, pensei, sabendo bem de onde vinha aquela necessidade de Judd. *Você quer que fiquemos protegidos e bem e confortáveis.*

Mas Judd não tinha como proteger Sloane daquilo.

— Dean. — Judd voltou a atenção para meu parceiro perfilador.

Antes que Dean pudesse responder, Sloane falou:

TUDO OU NADA 289

— Seis câmeras, mas nenhuma estável. Posso inferir a posição de Beau, mas a margem de erro no cálculo da trajetória dele é maior do que eu gostaria. — Ela pausou a filmagem em um momento que mostrava o corpo de Aaron e, por um instante, Sloane se perdeu na imagem do corpo sujo de sangue do irmão, o olhar vazio. — O assassino era destro. O respingo é consistente com uma ferida única, da esquerda para a direita no pescoço da vítima. A lâmina estava meio inclinada para cima. A altura do assassino é de aproximadamente 1,79m, com variação de um centímetro para mais ou para menos.

— Sloane — chamou Judd, a voz áspera.

Ela piscou e se afastou da tela. *É mais fácil*, pensei, saindo da perspectiva de Judd e entrando na de Sloane, *quando o corpo pertence a "uma vítima". Mais fácil quando você não precisa pensar no nome de Aaron.*

Sloane desligou a televisão.

— Eu não consigo fazer isso.

Por um segundo, Judd pareceu aliviado. Mas logo Sloane pegou o notebook.

— Eu preciso de imagens estáveis. De melhor resolução.

— Em um piscar de olhos, os dedos dela estavam voando sobre as teclas.

— Hipoteticamente falando — disse Lia para Judd —, se Sloane estivesse hackeando o sistema de segurança do Majesty, você ia querer saber?

Judd ficou vários segundos olhando para Sloane. Em seguida, foi até ela e lhe deu um beijo na cabeça. *Ela não vai parar. Não consegue. Você sabe disso.*

Ele contraiu os lábios e se virou para Lia.

— Não — grunhiu ele. — Se Sloane estivesse hackeando ilegalmente o cassino do pai dela, eu não ia querer saber. — Ele olhou para mim, Dean e Michael. — Mas, hipoteticamente falando, o que eu posso fazer pra ajudar?

✳

Você teve menos de um minuto para fazer o que precisava ser feito.
Enquanto Sloane assistia às imagens de segurança que tinha hackeado, murmurando números baixinho, entrei na perspectiva de Beau para tentar imaginar o que ele pensava e sentia naqueles momentos.

Você sabia exatamente onde seu alvo estava. Sabia que Aaron não entraria em pânico quando as luzes se apagassem. Aaron Shaw estava no topo da cadeia alimentar. Você sabia que ele nunca pensaria que pudesse ser sua presa.

— O suspeito estava andando na direção do palco a uma velocidade de 1,6 metros por segundo. A vítima estava a 24 metros de distância, num ângulo de 42 graus da última trajetória do suspeito.

Você sabia exatamente aonde estava indo, exatamente como chegar lá.

Sloane pausou e fez uma captura de tela do exato segundo antes de as luzes se apagarem. Repetiu o processo quando as luzes voltaram. *Antes. Depois. Antes. Depois.* Sloane ficou indo de uma imagem para a outra.

— Em 59 segundos, o suspeito se moveu 6,2 metros, ainda virado para o palco.

— As pupilas dele estavam dilatadas — observou Michael.

— Antes de as luzes se apagarem, as pupilas já estavam dilatadas: estado de alerta, excitação psicológica.

— Se eu conseguir fazer isso — murmurou Dean —, eu sou invencível. Se eu conseguir fazer isso, eu sou merecedor.

Aaron era o filho de ouro do Majesty, o herdeiro óbvio. Matá-lo foi uma demonstração de poder. *Essa é sua herança. É isso que você é. É isso que você merece.*

— A postura de Beau muda — continuou Michael. — É bem sutil, mas dá para perceber, por baixo da cara de paisagem. — Michael indicou primeiro uma imagem, depois a outra. —

TUDO OU NADA 291

Expectativa antes. Logo depois, euforia. — Ele voltou o olhar para a primeira foto. — Olha os ombros dele. — Ele olhou para Sloane. — Dá play.

Sloane abriu o vídeo e deu play.

— Movimento restrito — disse Michael. — Está sentindo a tensão nos ombros. Está andando, mas com os braços rígidos ao lado do corpo.

— A faca — murmurou Dean ao meu lado, o olhar grudado na tela. — Eu estava com ela comigo. Dava para senti-la. É por isso que meus braços não estão se mexendo. A faca está me segurando. — Dean engoliu em seco e desviou o olhar para mim. — Eu estou com a faca — disse ele, a voz grave de um jeito nada natural. — Eu sou a faca.

Na tela, tudo ficou preto. Ficamos alguns segundos em silêncio.

A adrenalina começou a correr pelas suas veias. Imaginei como seria ser Beau. Imaginei chegar por trás de Aaron no escuro. *Sem nem pensar duas vezes. Ele é mais forte do que você. Maior. Você só tem o elemento surpresa.*

Você só tem uma determinação sagrada.

Imaginei passar a faca pela garganta de Aaron. Imaginei deixá-la cair no chão. Imaginei voltar no escuro. Imaginei saber, com uma certeza sobrenatural e sufocante, que morte era o mesmo que poder. *O meu poder.*

Na tela, as luzes se acenderam, me arrancando daquele breve instante em que eu tinha parado de falar com Beau e tinha me permitido *ser* ele. Senti o calor do corpo de Dean ao meu lado. Senti o lugar escuro onde ele estava havia pouco.

O lugar para onde eu também tinha ido.

— Olha os braços dele — disse Michael, apontando para Beau.

Eles balançam de leve quando você anda. Você está mais leve agora. Equilibrado. Perfeito.

— Eu fiz o que precisava ser feito. — Dean olhou para as mãos. — E me livrei da faca.

— A faca foi encontrada a menos de um metro do corpo. — Sloane falou num ritmo hesitante, irregular. — O assassino a largou. Ele deve ter andado para trás. Não podia correr o risco de acabar pisando no sangue de Aaron. — Havia algo incerto na voz dela, algo frágil. — No sangue de Aaron — repetiu.

Sloane olhava para cenas de crimes e via números: padrões de jorro de sangue, probabilidades e sinais de rigor mortis. Mas, por mais que tentasse, para ela Aaron nunca seria apenas o *número cinco*.

— O suspeito não está usando luva. — Foi Lia quem fez a observação. — Duvido que ele tenha deixado digitais na faca. O que rolou?

Sloane fechou os olhos. Senti-a pensando nas possibilidades, repassando repetidamente as provas físicas, sofrendo e sofrendo e mesmo assim seguindo em frente…

— Plástico. — Judd nunca tinha opinado em nenhum dos nossos casos. Ele não era do FBI. Não era um Natural. Mas já tinha sido um fuzileiro. — Algo descartável. Você embrulha a faca e se livra disso separadamente.

Isso aí. Meu coração deu um salto. *Essa é nossa prova irrefutável.*

— E onde eu me livrei da faca? — perguntou Dean.

Não em uma lata de lixo, a polícia poderia procurar lá. Me forcei a retroceder, a seguir passo a passo. *Você vai cortando caminho pela multidão… até Aaron. Chega por trás. Passa a faca rapidamente pelo pescoço dele. Sem pensar duas vezes. Sem remorso. Você remove o plástico, larga a faca.*

Trinta segundos.

Quarenta segundos.

Quanto tempo passou? Quanto tempo você tem para voltar para onde estava no momento em que as luzes se apagaram?

Você abre caminho por entre as pessoas.

— As pessoas — falei em voz alta.

Dean entendeu antes dos demais.

— Se sou um assassino que pensa em todos os imprevistos possíveis, eu não jogo as provas fora. Deixo que outra pessoa faça isso por mim...

— De preferência depois que chegar em casa — concluí.

— Ele incriminou alguém com a prova do crime — traduziu Lia. — Se eu sou o alvo dele e ao chegar em casa encontro um saco plástico no bolso, o que eu faço? Jogo fora.

— A menos que tenha sangue — disse Sloane. — Uma gota, uma mancha...

Visualizei a teia de possibilidades, a maneira como aquela história se desenrolava.

— Dependendo de quem você for, você pode ligar para a polícia. — Considerei uma segunda possibilidade. — Ou queimar a prova.

Por um instante um silêncio pesado, carregado de tudo aquilo que nenhum de nós queria dizer, tomou conta do ambiente. *Se não encontrássemos, se não encontrássemos a pessoa que estava com essa prova...*

Nosso assassino iria vencer.

Capítulo 57

— **Nós precisamos da trajetória de Beau.** — Enquanto falava, Sloane ia batendo com o polegar em cada dedo, um após o outro. — Do ponto A ao ponto B ao ponto C. Como ele chegou lá? Por quem passou?

Antes. Depois. Antes. Depois. Sloane voltou a mudar de uma imagem para outra.

— Tem pelo menos nove caminhos únicos com probabilidade maior do que sete por cento. Se eu isolar o comprimento e o ângulo do passo do suspeito depois que as luzes acenderam… — Sloane se interrompeu, perdida nos números em sua cabeça.

Ficamos esperando.

E esperando.

Até que os olhos de Sloane encheram de lágrimas. Eu a conhecia, sabia que o cérebro dela estava a mil e sabia que, número após número, cálculo após cálculo, tudo que ela conseguia ver era o rosto de Aaron. Seus olhos vazios. A blusa que ele tinha comprado para ela.

Eu queria que ele gostasse de mim, Sloane chegara a dizer.

— Não olha para Beau. — Lia quebrou o silêncio, então encarou Sloane e sustentou o seu olhar. — Quando procuramos uma mentira, às vezes você olha para o mentiroso e às vezes olha pras outras pessoas. Quanto melhor o mentiroso, maior a chance de que o sinal revelador venha de outra pessoa. Quando estamos lidando com um grupo, você nem sempre observa a pessoa falando. Você fica atento ao pior mentiroso presente. — Lia se inclinou para trás e apoiou-se nas mãos, a postura casual contradizendo a intensidade da voz. — Não olha para o suspeito, Sloane. *Não olha para o suspeito. Olhe para as outras pessoas.*

— Multidões se movem — disse Sloane, aumentando o tom de voz à medida que reunia suas forças. — Quando alguém corta caminho pela multidão, as pessoas se movem. Se eu conseguir isolar os padrões de movimento durante o apagão... — Os olhos dela foram de um lado a outro. Enquanto assistia à filmagem, enviava imagens para a impressora. *Antes. Depois.* Ela tateou em busca de uma caneta. Olhou da filmagem para as imagens e então novamente para o vídeo, tirou a tampa da caneta e começou a circular grupos de pessoas. — Quando observamos movimentos básicos, com uma margem de erro levando em conta diferenças individuais em reação ao caos, há lacunas *aqui, aqui* e *aqui*, com um movimento leve, mas consistente, para noroeste e sudeste entre cada grupo. — Sloane traçou uma linha do corpo de Aaron até a posição final de Beau, depois passou o dedo pelo caminho que tinha desenhado.

Você larga a faca. Começa a cortar caminho pela multidão, os pés leves, sem hesitar, sem parar.

— Finge que você vai furtar alguém — disse Dean para Lia, o olhar fixo no caminho que Sloane desenhou. — Quais são os alvos fáceis?

— Estou ofendida por você achar que eu saberia — respondeu Lia, parecendo nada ofendida. Ela levou a ponta dos dedos à imagem e bateu com uma unha longa pintada primeiro em uma pessoa, depois em mais duas. — Um, dois e três — disse Lia. — Se eu fosse furtar alguém, esses seriam meus alvos.

Você está andando pela multidão. Está escuro. Caótico. As pessoas tentam pegar os celulares. Você mantém a cabeça baixa. Não há espaço para hesitação. Não há espaço para erros.

Dei uma olhada nas três pessoas que Lia tinha indicado. *Você acabou de matar um homem e vai deixar outra pessoa se livrar da prova.* Desde o começo eu tinha visto nosso UNSUB como um planejador, um manipulador. *Você sabia exatamente qual alvo escolher.*

— Aquele ali. — Apontei para o segundo alvo que Lia tinha escolhido. *Vinte e poucos anos. Homem. De terno. Com uma cara de insatisfação.*

Familiar.

— O assistente de Thomas Wesley. — Michael também o reconheceu. — Não é muito fã do FBI, né?

— Estamos cuidando disso. — O agente Briggs não era o tipo de pessoa que ficava de braços cruzados quando tinha uma pista. Antes mesmo de terminarmos de falar, ele e a agente Sterling já estavam a caminho.

— Vai ser suficiente? — perguntei.

Sloane estava quieta ao meu lado. Por mais que quisesse respostas, ela não conseguia formular a pergunta, então a fiz por ela.

— *Digamos* que o assistente ainda esteja com a prova, e *digamos* que a prova tenha as digitais de Beau, e *digamos* também que a perícia consiga conectá-la com a faca ou com o sangue de Aaron… — Briggs deixou a quantidade de condicionais na frase falar por si só. — Talvez.

Provas residuais. No fim das contas, tudo se resumia a isso. Provas residuais tinham me dito que era o sangue da minha mãe naquele xale. Provas residuais tinham dito que os ossos eram dela.

O universo me deve essa, pensei com uma ferocidade irracional. Provas residuais tinham levado minha mãe embora. Provas residuais podiam me dar, dar a Sloane, pelo menos essa única coisa.

— *Talvez* não é bom o suficiente — Lia falou por Sloane, como eu tinha acabado de fazer. — Quero esse cara tremendo. Quero esse cara impotente. Quero que ele veja tudo desmoronar.

— Eu sei. — Havia um tom suave na voz de Briggs que me deu a entender que ele também queria isso, do mesmo jeito como quis capturar o pai de Dean no passado. — A polícia local está trabalhando nas imagens de vídeo, de Michael no Desert Rose, das horas que antecederam a briga entre Beau e o chefe de segurança do Majesty. Alguma coisa vai aparecer.

Alguma coisa tem que aparecer, pensei desesperadamente. *Você não vai se safar dessa, Beau Donovan. Você não vai sair disso ileso.* Se conseguirmos provas físicas e provas em vídeo, a única pendência seria uma testemunha.

— Tory Howard. — Joguei o nome no ar, sabendo que eu não estava dizendo nada que Briggs e Sterling já não tivessem considerado antes.

— Nós tentamos — respondeu Briggs. — É a segunda vez que prendemos Beau. Ela acha que ele é inocente.

Claro que Tory não ia querer acreditar que Beau tinha feito aquilo. Pensei na jovem que eu tanto havia perfilado. *Você amava Aaron. Beau não pode ter sido a pessoa que o tirou de você.*

— Os vilões aqui somos nós — continuou Briggs. — Tory não quer falar com a gente.

Você amava Aaron, pensei novamente, ainda concentrada em Tory. *Você está sofrendo.* Pensei na última vez que eu tinha visto Tory e soltei o fôlego.

— Ela não vai falar com *vocês* — falei em voz alta. — Mas talvez fale com Sloane.

Capítulo 58

Tory não atendeu na primeira vez que ligamos. Nem na segunda. Nem na terceira. Mas Sloane tinha uma capacidade sinistra de persistência. Ela conseguia fazer a mesma coisa repetidamente, presa num loop até o resultado mudar a ponto de tirá-la do padrão. *Você não vai parar de ligar. Você nunca vai parar de ligar.*

Sloane digitava um a um os dígitos do número que Sterling e Briggs tinham lhe dado. Eu a conhecia bem o suficiente para saber que ela sentia conforto no ritmo, no movimento, nos números... mas não tanto.

— Para de ligar. — Uma voz atendeu, alta o suficiente para que eu, ao lado de Sloane, conseguisse ouvir cada palavra. — Só me deixa em paz.

Por uma fração de segundo, Sloane ficou paralisada, insegura agora que o padrão tinha sido quebrado. Lia estalou um dedo na frente do rosto dela e Sloane piscou.

— Eu avisei a ele. Eu avisei ao meu pai. — Sloane foi direto de um padrão para outro. Quantas vezes ela tinha dito aquelas palavras? Com que frequência deviam estar se repetindo em sua cabeça para que a cada vez as pronunciasse daquele jeito tão desesperado?

— Quem é? — A voz de Tory falhou do outro lado da linha.

Com mãos trêmulas, Sloane colocou a chamada no viva-voz.

— Eu era irmã de Aaron. E agora não sou mais. E você era o amor dele e agora não é mais.

— Sloane?

— Eu avisei ao meu pai que isso ia acontecer. Falei que havia um padrão. Falei que o próximo assassinato ia acontecer no Grande Salão de Festas no dia 12 de janeiro. *Eu avisei a ele*, Tory, e ele não me ouviu. — Sloane respirou fundo, trêmula. Do outro lado da linha, ouvi Tory fazendo o mesmo. — Então *você* vai ouvir — continuou Sloane. — Você vai ouvir porque *você sabe*. Você sabe que ignorar uma coisa não faz com que ela não aconteça. Fingir que uma coisa não importa não a torna menos importante.

Do outro lado da linha, nada além de silêncio.

— Eu não sei o que você quer de mim — disse Tory depois de uma pequena eternidade.

— Eu não sou normal — disse Sloane, direta ao ponto. — Nunca fui. — Ela fez uma pausa e disse: — Eu sou o tipo de pessoa não normal que trabalha com o FBI.

Desta vez, a inspiração de Tory soou mais intensa. Uma faísca no olhar de Michael me deu a entender que ele percebeu camadas de emoção naquilo.

— Ele era meu irmão — repetiu Sloane. — E eu só preciso que você escute. — A voz de Sloane falhou algumas vezes quando ela pediu: — Por favor.

Outra eternidade de silêncio, desta vez mais tenso.

— Tudo bem — Tory falou, a voz seca. — Diz o que você precisa dizer.

Senti Tory mudando de postura: de um luto vulnerável a um estado defensivo até chegar a uma espécie de indiferença típica de Lia. *As coisas só importam se você permitir. As pessoas só importam se você permitir.*

— Cassie? — Sloane colocou o celular na mesa. Eu me aproximei. Do outro lado de Sloane, Dean fez o mesmo, até estarmos os dois um de frente para o outro, com o celular entre nós na mesa de centro.

— Nós vamos te contar sobre o assassino que estamos procurando — falei.

— Juro por Deus, se isso for sobre Beau…

— Nós vamos contar sobre nosso assassino — continuei, a voz firme. — E depois você vai nos contar. — Tory permaneceu calada do outro lado da linha, e não tinha certeza de que ela não havia desligado na nossa cara. Olhei para Dean, que assentiu de leve, então comecei: — O assassino que estamos procurando matou cinco pessoas desde o dia 1° de janeiro. Quatro delas com idades entre 18 e 25. Ao mesmo tempo que isso pode significar que nosso assassino tem uma fixação por essa faixa etária por causa de alguma experiência anterior, nós acreditamos que a explicação mais provável, e a que encaixa melhor com a natureza dos crimes, é que o assassino também seja jovem.

— Estamos procurando uma pessoa de vinte e poucos anos — continuou Dean. — Alguém com motivo pra mirar em cassinos em geral e, em particular, no Majesty. É provável que nosso assassino tenha grande experiência com Las Vegas e esteja acostumado a passar despercebido pelos lugares. Essa é sua maior vantagem, além de ser um combustível pra boa parte da raiva dele.

— Nosso assassino está acostumado a ser descartado — continuei. — É quase certo que tenha o QI típico de um gênio, mas deve ter se saído mal na escola. Nosso assassino sabe jogar seguindo as regras, mas não sente o menor remorso em violá-las. Ele não é só mais inteligente do que as pessoas acham que ele é. Ele é mais inteligente do que as pessoas que fazem as regras, mais inteligente do que as pessoas que dão as tarefas, mais inteligente do que as pessoas pra quem e com quem trabalha.

— Matar é um gesto de dominação. — A voz de Dean soou baixa e controlada, mas havia uma convicção ali, o tipo de convicção específico da experiência. — O assassino que estamos procurando não se importa com dominação física. Ele não recuaria de uma briga, mas já perdeu muitas. Esse assassino domina as vítimas mentalmente. Elas não perdem porque ele é mais forte: perdem porque ele é mais inteligente.

— Elas perdem — continuo — porque ele crê cegamente.

TUDO OU NADA 301

— Beau não é religioso. — Tory se agarrou nisso, o que interpretei como reconhecimento de que todo o resto que dissemos encaixava na personalidade de seu irmão de criação.

— Nosso assassino acredita em poder. Acredita em destino.

— Dean fez uma pausa. — Ele acredita que alguma coisa foi tirada dele.

— Ele acredita — falei baixinho — que agora seja a hora de pegar isso de volta.

Não contamos para Tory sobre a seita. Com a atenção de Nightshade em Las Vegas, saber disso poderia colocá-la em perigo. Então parei de contar a Tory sobre o estado mental atual do nosso assassino e comecei a fazer deduções com base no passado.

— Nosso assassino é jovem — falei novamente —, mas, pelo nível de organização dos homicídios, está claro que foram planejados por anos.

Havia um motivo para só termos conseguido identificar a idade do UNSUB após termos identificado Michael como a quinta vítima em potencial. Muitos daqueles crimes tinham relação com planejamento; experiência, grandiosidade, *arte*. Ter chegado àquele nível aos 21 anos…

— É bem provável que nosso assassino tenha passado por um ou mais eventos traumáticos, provavelmente antes dos doze anos. Esses eventos podem ter incluído abuso físico ou psicológico, mas considerando o trabalho que o assassino está tendo para… — *Para chamar a atenção*, pensei, sem dizer em voz alta.

— Para se provar digno, também é possível estarmos atrás de alguém que tenha passado por uma perda brusca e um abandono físico ou emocional severo.

— A interrupção do abuso — disse Dean, tão calmo que chegava a ser comovente — pode ter sido tão traumática e formadora de personalidade quanto o que aconteceu antes.

— Parem. — Tory sussurrou a mesma coisa que disse quando atendeu a ligação, mas desta vez a voz soou rouca, baixa e desesperada. — Por favor, só parem com isso.

— Ele estava matando seguindo um padrão específico. — Sloane falou de repente, o sussurro igual ao de Tory. — Ia acabar no teatro do Majesty. No dia 13 de fevereiro, no teatro. Era lá que ia terminar.

— Você importa para o nosso assassino, Tory. — Dean abaixou a cabeça. — Sempre ia ser você, assim como tinha que ser um dos seus maiores rivais, assim como tinha que ser Camille, assim como, na primeira noite, tinha que ser uma garota jovem de cabelo escuro.

— Assim como tinha que ser Aaron — disse Tory, engasgada, a voz não passando de um sussurro.

Michael capturou meu olhar. Ergueu um bloquinho de notas. *Ela está no limite*, dizia. Assenti para mostrar que tinha entendido. O que disséssemos em seguida teria potencial para empurrá-la para um lado ou para outro: acreditar ou reagir a cada palavra que dissemos, nos ajudar a pegar Beau ou erguer um muro.

Escolhi cuidadosamente minhas palavras.

— Você já viu Beau desenhando uma espiral?

Aquilo era um jogo, mas a violência que tínhamos visto acontecendo nos últimos dias era preparada havia anos. Se nosso perfil estivesse certo, se Beau *tivesse* trabalhado naquilo por anos, se as necessidades e aquele plano doentio pudessem ser conectados a um trauma do passado... *Você planejou, sonhou e praticou. Você nunca se permitiu esquecer.*

— Ah, meu Deus. — Tory desmoronou. Consegui ouvir o exato momento em que isso aconteceu. Quase conseguia *vê-la* tombando no chão, puxando os joelhos para o peito, a mão que segurava o celular caindo para o lado.

Dean capturou meu olhar e levou a mão até meu ombro. Fechei os olhos e me recostei nele, sentindo seu toque.

Eu fiz isso com você, pensei, sem conseguir tirar a imagem de Tory da cabeça. *Eu quebrei você. Te fiz desmoronar porque podia. Porque precisava.*

Porque precisamos de você.

— Ele desenhava na terra — disse Tory, a voz rouca. Tive vontade de dizer que sabia como era quando arrancavam sua alma de você. Que sabia como era se sentir vazia, como se não houvesse mais dor para sentir. — Beau nunca desenhava no papel, mas desenhava espirais na terra. Ninguém nunca reparou, só eu. Ele nunca deixava ninguém além de mim ver. *Sempre seria você.* Beau teria matado Tory. Ela era sua família. Ele a amava e mesmo assim a teria matado. Ele precisava fazer aquilo, *precisava*, por motivos que eu não conseguia entender.

— Você precisa falar com o FBI — disse Dean delicadamente. — Precisa responder às perguntas deles. — Ele deu um momento a ela para entender aquelas palavras. — Eu sei o que estou te pedindo, Tory. Sei o que isso vai custar a você.

Por experiência. Ele sabe disso por experiência própria. Dean tinha testemunhado contra o pai. Nós estávamos pedindo a Tory para fazer o mesmo com relação a Beau.

— Uma vez ouvi nossa mãe adotiva falando sobre ele — disse Tory após um silêncio prolongado. — Eu a ouvi dizer... — Eu conseguia escutar o esforço para ela formar as palavras. — Encontraram Beau quase morto no deserto. Ele tinha seis anos e alguém o largou lá. Sem comida nem água. Ele tinha passado dias no deserto. — Percebi um leve tremor em sua voz. — Ninguém sabia de onde ele tinha vindo nem quem o havia abandonado. Beau não conseguiu dizer. Ele passou dois anos sem dizer uma palavra a ninguém.

Ninguém sabia de onde ele tinha vindo. Como dominós que caíam um a um, tudo que eu sabia sobre a motivação de Beau, sobre os assassinatos, começou a mudar.

Você

Eles acham que podem te prender. *Acham que podem te acusar de assassinato. Acham que podem te enfiar numa caixa. Eles não fazem ideia: do que você é, do que se tornou.*

Eles não têm provas.

Falam sobre filmagens de segurança do Desert Rose no dia em que você ungiu o que seria seu quinto. A mesma casa de penhores que filmou Victor McKinney te atacando ofereceu imagens do momento em que você esteve lá horas antes, soltando o tijolo. O FBI alega que tem um saco plástico com as suas digitais. Alegam estar procurando o sangue de Aaron Shaw nele.

Tory está falando. Sobre te ensinar hipnose. Sobre o pouco que ela sabe do seu passado.

Você não vai ficar aqui para sempre. Vai terminar o que começou. Vai assumir seu lugar à mesa. O nono assento.

Nove.

Nove.

Nove.

Mais quatro e você termina. Mais quatro e você pode ir para casa.

Capítulo 59

A agente Sterling e o agente Briggs se sentaram na sala de interrogatório em frente a Beau Donovan, que usava o macacão laranja da penitenciária. Os pulsos estavam algemados. Havia um defensor público ao lado de Beau, sempre aconselhando seu cliente a não falar nada.

Enquanto isso, na casa segura, Lia, Michael, Dean e eu assistíamos. Sloane também tentou assistir, mas não conseguiu. Ela estava usando a blusa que Aaron tinha dado lhe havia três dias.

Nós precisávamos de uma confissão. Tínhamos oferecido provas suficientes para convencer o promotor público a fazer a acusação, mas para evitar um julgamento, para ter certeza de que Beau pagaria, nós precisávamos de uma confissão.

— O meu cliente — disse o advogado, convicto — está pleiteando a Quinta Emenda.

— Vocês não têm nada — disse Beau para Briggs e Sterling, o olhar ao mesmo tempo desprovido de emoção e estranhamente iluminado. — É a segunda vez que vocês tentam me enfiar nessa caixa. Não vai dar certo. Lógico que não.

— Meu cliente — repetiu o advogado — está pleiteando a Quinta Emenda, ele tem direito a permanecer calado.

— Nove corpos. — O agente Briggs se inclinou para a frente. — A cada três anos. Em datas derivadas da sequência de Fibonacci.

Essa era nossa cartada final.

— Continuem — disse Michael, as palavras indo para o ponto eletrônico que os agentes estavam usando. — Ele está surpreso de vocês saberem sobre os outros. E sabe esse jeito como ele desviou o olhar para o advogado? Agitação. Raiva. Medo.

O advogado de Beau estava por fora. Não sabia por que seu cliente tinha feito aquilo. Não sabia o que o tinha levado a matar. Nós estávamos confiando no fato de que Beau pudesse não querer que o homem ficasse sabendo.

Então Briggs começou a tirar fotos do arquivo, uma de cada vez. Eram fotografias de assassinatos, mas não aqueles causados por Beau.

— Afogamento. Fogo. Perfuração. Estrangulamento.

Beau estava ficando visivelmente agitado.

— Faca. — Briggs fez uma pausa. O padrão de Beau tinha ido até aí. — Você teria espancado sua sexta vítima até a morte.

— Outra foto.

Você não esperava por isso. Não esperava que o FBI *soubesse.* Beau ficou pálido. *O* FBI *não tem como saber.*

Você só queria fazer alusão a segredos antigos. Para chamar a atenção deles. Para fazer com que eles te vissem.

Você não imaginou que isso fosse chegar tão longe.

— A de número sete teria sido por envenenamento — continuou Briggs, colocando a última foto na mesa. Nela, uma mulher de cabelo loiro, olhos verdes e um rosto que parecia mais inteligente do que bonito estava deitada de costas. A boca suja de sangue seco. Estava com o corpo todo contorcido. Havia arrancado as próprias unhas.

Engoli em seco ao lembrar o que Judd tinha dito sobre o veneno de Nightshade. *Indetectável. Incurável. Doloroso.*

— Ela era minha melhor amiga. — A agente Sterling levou os dedos à borda da foto de Scarlett. — Eles também tiraram alguém de você?

— Eles? — disse o advogado. — Eles quem? — Ele fez um gesto irritado na direção das fotos. — O que significa isso?

Briggs fixou o olhar em Beau.

— Devo responder a essa pergunta? — perguntou ele. — Devo dizer por que estamos mostrando essas fotos?

— Não! — Beau pronunciou a palavra como se fosse um rosnado.

Você não fala com gente de fora. A visão de Lia sobre a mentalidade de seita ficou ecoando na minha cabeça. *Não conta aquilo que eles não são abençoados o bastante para saber.*

— Dá o fora — disse Beau para o advogado.

— Eu não posso simplesmente sair...

— Eu sou o cliente — disse Beau. — E eu falei pra dar o fora. *Agora.*

O advogado saiu.

— Você não tem obrigação de falar conosco sem seu advogado presente — disse Briggs. — Mas não estou convencido de que você queira que ele ouça isso. Não estou convencido de que você queira que *qualquer um* ouça isso. — Briggs fez uma pausa. — Você tem razão quando disse que talvez não tenhamos o suficiente pra uma condenação.

Sterling continuou de onde Briggs tinha parado.

— Mas temos o suficiente pra um julgamento. Doze pessoas num júri — disse ela, e reconheci sua estratégia de brincar com os números, de manipular o padrão de pensamento dele. — Dezenas de repórteres. As famílias das vítimas vão querer estar lá, claro...

— Eles vão acabar com vocês — disse Beau.

— É? — perguntou Sterling. — Ou será que vão acabar com *você*?

As palavras o atingiram em cheio. Vi Beau tentando se soltar das algemas, se esforçando para não virar para trás e dar uma olhada por cima do ombro.

— Contem uma história — instruiu Dean aos agentes. — Comecem com o dia que o encontraram no deserto.

Dean e eu estávamos acostumados a usar nossas habilidades para pegar assassinos. Mas perfilar também era útil para saber como fazê-los desmoronar.

— Vou te contar uma história — disse Briggs na tela. — É a história de um garotinho que foi encontrado quase morto no deserto quando tinha seis anos de idade.

A respiração de Beau acelerou.

— Ninguém sabia de onde ele tinha vindo — continuou Briggs.

— Ninguém sabia o que ele era — falei, e Briggs repetiu para Beau.

Nós não tínhamos certeza de como Beau passara aqueles seis primeiros anos, mas Dean tinha uma teoria. Uns dias antes, me questionei se Dean via algo dele mesmo quando olhava para Beau. Achava que, se o unsub era jovem, o perfil não seria diferente dos aprendizes de Daniel Redding.

Você não simplesmente tropeçou no padrão. Sabia que devia procurar. Você passou a vida inteira procurando. E o motivo para isso está nos seus primeiros seis anos.

— Vocês não sabem o que estão dizendo. — A voz de Beau não passava de um sussurro, mas mesmo assim foi cortante. — Não têm como saber.

— Nós sabemos que eles não te quiseram. — Sterling atacou com tudo. Os assassinatos de Beau tinham levado o padrão da seita a um outro nível. Ele vinha apelando para eles, atacando-os, tentando mostrar como era digno. — Te largaram à própria sorte. Você não era bom o suficiente pra eles. — Sterling fez uma pausa. — E tinham razão. Olha só pra você. Você foi pego.

— Os olhos dela percorreram o macacão laranja, a algema. — Eles tinham razão.

— Vocês não têm ideia do que eu sou — disse Beau, a voz embargada. — Não têm ideia do que sou capaz. Nem eles.

Ninguém faz a menor ideia. — A cada palavra, ele aumentava o tom de voz. — Eu nasci pra isso. O resto é recrutado já adulto, mas o número nove sempre nasce debaixo do teto deles. O filho da irmandade e da Pítia. Sangue do sangue deles. Nove.

— *Nove* é um nome pra ele — disse Dean. — Um título. Diz que não é dele. Diz que ele não merece esse nome.

— Você não é Nove — disse Sterling. — Nunca vai ser Nove.

Beau ergueu as mãos algemadas até a gola. Passou os dedos pela camisa e puxou-a na altura do ombro. Embaixo, estampados no peito, estavam vários cortes irregulares parcialmente cicatrizados e formando uma marca.

Sete círculos pequenos formando um heptágono em volta de uma cruz.

Fiquei sem ar. Aquele símbolo... eu conhecia aquele símbolo.

— Sete Mestres — disse Beau, o rosto tenso e a voz cheia de fúria. Ele passou os dedos na parte externa do heptágono. *Sete círculos.* — A Pítia. — Ele pressionou o dedo na ferida e desceu em linha vertical pela cruz. Sua mão tremeu quando ele foi fazer o mesmo com a horizontal. — E Nove.

O símbolo. Eu conheço esse símbolo. Sete círculos em volta de uma cruz.

Eu o tinha visto entalhado na tampa de um caixão de madeira encontrado no cruzamento de uma estradinha de terra.

— Você *desejava* ser Nove — disse a agente Sterling, ainda insistindo. Senti meus membros ficando dormentes. Meu campo de visão começou a escurecer.

— Dean — sussurrei.

Num piscar de olhos, ele estava ao meu lado.

— Estou vendo — disse ele. — Preciso que você respire pra mim, Cassie. Estou vendo.

O símbolo que Beau tinha feito no próprio peito também tinha sido entalhado no caixão da minha mãe. *Não é possível. Vinte e um de junho. Não é uma data Fibonacci. Minha mãe morreu em junho.*

Na tela, as mãos de Beau ainda tremiam. Os dedos se contraíram. Ele arranhou o pescoço, suas costas se arquearam e ele caiu no chão, convulsionando.

Gritando. O som me invadiu como se estivesse vindo de muito longe. *Ele está gritando.*

Então começou a gorgolejar, sufocando com o sangue que saía dos lábios, as unhas arranhando violentamente o próprio corpo, o chão.

Veneno.

— Respira — repetiu Dean.

— Precisamos de ajuda aqui! — disse Sterling, aos gritos.

Beau está gritando e Sterling está gritando. Até que, finalmente, as convulsões pararam. Beau ficou imóvel.

Sete círculos pequenos formando um pentágono em volta de uma cruz.

Eu me obriguei a inspirar. De novo e de novo.

Os lábios rachados de Beau se moveram. Ele olhou para Briggs como se fosse um movimento final de lucidez.

— Eu não — ele se esforçou para dizer. — Eu não desejava ser Nove. — Ele parecia uma criança falando.

— Você foi envenenado — disse Briggs. — Você precisa nos contar…

— Eu não acredito em pedidos — murmurou Beau. Depois seus olhos viraram para trás e ele morreu.

Capítulo 60

Beau foi envenenado. Eu conseguia pensar nas palavras, mas não compreendê-las. *A seita o matou, Nightshade matou Beau.* Beau, que tinha entalhado um símbolo no próprio peito, um símbolo que outra pessoa havia entalhado na caixa que continha os restos mortais da minha mãe.

— Minha mãe não morreu numa data Fibonacci — falei.

— Foi em junho. Não tem datas Fibonacci em junho, nenhuma em julho…

De certa maneira, percebi que Michael e Lia me encaravam, que Dean tinha passado os braços ao meu redor, que eu havia desmoronado sobre ele.

Minha mãe tinha desaparecido havia cinco… seis anos em junho. A pessoa que a atacara tinha usado uma faca. *Aquele era o ano do veneno. No padrão, era veneno. Nightshade era o assassino. A faca foi em Nova York, seis anos antes. Só era para acontecer de novo em 21 anos.*

Nada na morte da minha mãe encaixava no padrão. Então por que o símbolo estava entalhado no caixão dela?

Me soltei de Dean e fui até meu computador. Abri as fotos: o xale azul-royal, os ossos, o colar da minha mãe. Pressionei novamente as teclas até o símbolo aparecer.

Lia e Michael se aproximaram por trás.

— Isso é…

— Sete Mestres — falei, forçando a mão em volta dos círculos na parte externa do símbolo. — A Pítia. — A linha vertical. — E Nove.

— Sete Mestres. — Sloane surgiu na porta, como se a mera menção a números a tivesse atraído. — Sete círculos. Sete formas de matar.

Afastei os olhos da tela para olhar para Sloane.

— Eu sempre me perguntei por que só havia sete métodos — disse ela, os olhos inchados, o rosto pálido. — Em vez de nove.

Três.

Três vezes três.

Três vezes três vezes três... mas só sete jeitos de matar.

Porque aquele grupo, o que quer que fosse ou seja lá há quanto tempo existisse, tinha nove membros de cada vez. *Sete Mestres. A Pítia. E Nove.*

— Beau Donovan está morto — Lia disse para Sloane. — Envenenamento. Supostamente causado por Nightshade.

As mãos de Sloane alisaram a frente da blusa que Aaron tinha lhe dado. Ela estremeceu de leve, mas disse apenas:

— Talvez a flor fosse pra ele.

A flor branca na fotografia que Nightshade enviara a Judd. *Flor branca.* Uma coisa não parava de martelar na minha cabeça, como comida presa entre os dentes. Nightshade sempre enviava às vítimas uma flor de beladona branca. *Brancas. Flores brancas.*

Entrei na cozinha e procurei até encontrar. Peguei o envelope de provas, abri-o, tirei a foto de dentro.

Não é beladona branca. A foto que Nightshade enviara para Judd não era de uma flor de beladona branca. Era a foto de uma flor de papel. *Origami.*

Tropecei para trás e me segurei na borda da bancada para me equilibrar, pensando nos últimos momentos de Beau, em suas palavras finais.

Eu não acredito em pedidos.

Me lembrei da garotinha na loja de doces olhando para o pirulito. Me lembrei do pai dela se aproximando e a colocando nos ombros. Me lembrei dela ao lado do chafariz, segurando a moeda. *Eu não acredito em pedidos*, dissera ela. Em sua orelha havia uma flor branca de origami. Me lembrei da mãe dela se aproximando para pegá-la. Do pai jogando uma moeda na água. Visualizei o rosto dele. Visualizei a água e o rosto dele...

Até de repente estar de volta nas margens do Potomac, com um fichário preto grosso no colo.

Curtindo uma leitura leve? A voz ecoou na minha cabeça, e, desta vez, consegui me lembrar do rosto de quem estava falando. *Você mora na casa do Judd, né? Somos velhos amigos.*

— O Nightshade — Me esforcei para falar. — Eu o vi.

Lia pareceu quase preocupada, apesar de tudo.

— A gente sabe disso.

— Não — falei. — Em Las Vegas. Eu o vi aqui. Duas vezes. Eu achei... achei que eu é quem o estivesse observando.

Mas talvez... talvez fosse ele quem me observava.

— Ele estava com uma criança — falei. — Tinha uma mulher também. A garota parou ao meu lado no chafariz. Era pequena, devia ter uns três, quatro anos no máximo. Estava com uma moeda na mão. Eu perguntei se ela ia fazer um pedido, e ela disse...

Não consegui formar as palavras.

Dean as falou por mim:

— Eu não acredito em pedidos. — Ele desviou o olhar para Michael e Lia. — A mesma coisa que Beau Donovan falou quando Sterling disse que ele só *desejava* ser Nove.

Logo antes de ele morrer.

— Você disse que Nightshade estava com uma mulher — disse Dean. — Como ela era, Cassie?

— Cabelo loiro-avermelhado — falei. — Altura mediana. Magra.

Pensei no corpo da minha mãe, só ossos, enterrado no cruzamento. Com honrarias. Com cuidado. *Talvez eles não estivessem tentando te matar. Talvez não fosse pra você morrer. Talvez fosse pra você ser como aquela mulher...*

— Beau disse que o nono membro sempre nascia lá. Como foi que ele falou?

Dean olhou para um ponto à esquerda do meu ombro e repetiu tim-tim por tim-tim as palavras de Beau.

— O filho da irmandade e da Pítia. Sangue do sangue deles. *Sete Mestres. Uma criança. E a mãe da criança.*

A mulher na fonte tinha cabelo loiro-avermelhado. Dependendo da luz ficaria ruivo, assim como o da minha mãe.

Nove membros. Sete Mestres. Uma mulher. Uma criança.

— Pítia era o nome dado ao Oráculo de Delfos — disse Sloane. — Uma sacerdotisa no Templo de Apolo. Uma profetisa.

Pensei na família, naquela família de comercial de margarina que tinha visto, sabendo lá no fundo que era o tipo de coisa que eu nunca teria.

Mãe. Pai. Filha.

Me virei para Dean.

— Temos que ligar para Briggs.

Capítulo 61

O homem que conhecíamos como Nightshade me encarou do papel. O artista da polícia capturou as linhas de seu rosto: mandíbula forte, sobrancelhas grossas, cabelo escuro levemente cacheado, o suficiente para fazer com que as feições parecessem meio jovens. As rugas nos cantos dos olhos me diziam que era mais velho do que parecia; uma suave barba por fazer disfarçava os lábios carnudos.

Você veio para Las Vegas para resolver um problema. Me observar, atormentar Judd... disso você gostou.

Senti alguém se sentando ao meu lado à mesa da cozinha. O fbi tinha levado o desenho. Estavam monitorando aeroportos, rodoviárias, filmagens de trânsito... e, por cortesia de Sloane, filmagens de câmera de segurança dos cassinos.

Você é igualzinho a milhares de outros homens. Não parece perigoso.

O homem no desenho parecia um vizinho, um colega de trabalho, um treinador de liga infantil de beisebol. *Um pai.* Eu o visualizava colocando a garotinha ruiva nos ombros.

— Você fez tudo que podia.

Desviei o olhar do desenho da polícia para Judd. *Esse homem matou a sua filha*, pensei. *Talvez esse homem saiba o que aconteceu com a minha mãe.*

— Confia na Ronnie e no Briggs pra fazerem o que *eles* podem fazer — prosseguiu Judd.

Uma caçada não era jurisdição dos Naturais. Quando o FBI descobrisse quem era o homem do desenho, quando tivéssemos um nome, uma história, informações, aí talvez pudéssemos ser úteis, mas, até lá, a única coisa que podíamos fazer era esperar.

Até lá, sussurrou uma voz no fundo da minha cabeça, *pode ser tarde demais*. Nightshade poderia desaparecer. Uma vez que estivesse fora de Las Vegas, talvez nunca mais o encontrássemos.

Judd não teria justiça pela morte de Scarlett. Eu não teria respostas sobre a da minha mãe.

Ao meu lado, Judd se permitiu olhar o desenho da polícia... se *obrigou* a olhar.

— Você faz o que pode — disse ele após segundos de silêncio terem se prolongado para um minuto — pra garantir que seus filhos fiquem seguros. Desde a hora em que nascem... — Ele deu uma olhada nas linhas do rosto de Nightshade, no quanto era um cara comum. — Você quer protegê-los. De cada joelho ralado, de sentimentos ruins e crianças cruéis que empurram as menores na terra, das piores partes de você e das piores partes do mundo.

Esse homem matou a sua filha. Ela morreu sofrendo, com as unhas arrancadas, se contorcendo...

— Briggs salvou a minha vida. — Judd se forçou a afastar os olhos do homem do desenho e se virou para mim. — Ele me salvou no dia em que me trouxe Dean.

A mão direita de Judd foi lentamente se fechando num punho bem apertado. Então, por um momento, fechou os olhos, pegou o desenho do assassino da filha e o virou para baixo.

Você faz o que pode pra garantir que seus filhos fiquem seguros.

Esse era Judd tentando me proteger. Era Judd me dizendo para deixar para lá. Pensei na garotinha ruiva, em Beau Donovan, em *sete* e *nove*, no símbolo entalhado no caixão da minha mãe, no padrão de assassinatos que vinha de anos e gerações passadas.

Eu não queria a proteção de ninguém. *Eu quero Nightshade. Quero respostas.* Judd respondeu como se eu tivesse dito isso em voz alta:

— Você tem que querer mais alguma coisa além disso.

Sua casa não é um lugar, Cassie. Sua casa são as pessoas que você mais ama. Na varanda dos fundos, olhando para o quintal de casa, deixei a lembrança tomar conta de mim. Me perdi nela. Eu precisava lembrar. Precisava que minha mãe fosse a minha mãe, não um corpo, não ossos, não uma vítima. *A minha mãe.*

Estamos dançando, bem ali, no acostamento. O cabelo ruivo dela escapa do lenço e emoldura seu rosto enquanto ela se move, selvagem, livre e sem vergonha nenhuma. Eu giro em círculos, as mãos esticadas ao lado do corpo. O mundo é um borrão de cores e escuridão e neve. Ela inclina a cabeça para trás e eu faço o mesmo, com a língua para fora.

Nós podemos largar o passado. Podemos dançar até passar. Podemos rir, cantar e girar... para todo o sempre.

Aconteça o que acontecer.

Aconteça o que acontecer.

Aconteça o que acontecer.

Eu não queria esquecer: o sorriso no rosto dela, o jeito como ela se mexia, o jeito como dançava, como se ninguém estivesse olhando, onde quer que estivéssemos.

Inspirei fundo e desejei com ferocidade e veemência não entender como um estranho podia ter olhado para ela e pensado *É ela.*

Estavam te observando, pensei. *Eles te escolheram.*

Eu nunca cheguei a me perguntar *para que* o assassino da minha mãe a tinha escolhido. Pensei na mulher que eu tinha visto com Nightshade, a mãe da garotinha. *Você sabe o que ele é?*, perguntei para a mulher, sustentando a imagem dela na cabeça. *Você faz parte desse grupo? É uma assassina?*

318 JENNIFER LYNN BARNES

Sete Mestres. A Pítia. E Nove. Pensei nas centenas de pessoas que tinham passado pelos shows da minha mãe. *Sete Mestres.* Será que um deles foi? Será que um deles a viu? *Vocês esperavam que minha mãe fosse por vontade própria?*, perguntei silenciosamente a eles. *Vocês tentaram convencê-la? Ela resistiu?*

Olhei para os meus punhos, me lembrando da sensação dos lacres os apertando. Me lembrei de quando fui perseguida, caçada, encurralada. Me lembrei da faca de Locke. Me lembrei de quanto lutei: menti, manipulei, resisti, corri, me escondi, *lutei*. Eu era a filha da minha mãe.

Eles não sabiam com quem estavam se metendo, pensei, enquanto na minha cabeça minha mãe continuava dançando, destemida e livre. Minha mãe e Locke tinham crescido com um pai abusivo. Quando minha mãe ficou grávida de mim, ela saiu. Saiu da casa do pai dela na calada da noite e nunca olhou para trás.

Dança que passa.

Minha mãe era uma sobrevivente.

A porta dos fundos se abriu. Um momento depois, Dean parou atrás de mim. Me inclinei na direção dele, as mãos diante de mim com as palmas viradas para cima, os olhos fixos nos punhos. Webber os tinha prendido nas minhas costas. *Eles prenderam seus braços, mãe? Te deram uma chance de conquistar sua liberdade? Disseram que você tinha um propósito maior?*

Eles te mataram por ter resistido?

Quando te mataram, você queria morrer?

— Eu ando tentando imaginar — disse Dean — como é tudo isso pra você. Mas… — A voz dele ficou entalada na garganta. — Mas eu fico imaginando vê-la, escolhê-la, pegá-la… — Dean parou de repente.

Você se odeia por imaginar. Odeia como é fácil se colocar no lugar do assassino da minha mãe… ou assassinos.

Você odeia que faça algum sentido.

TUDO OU NADA 319

— Eu imagino levá-la — falei para ele. — Imagino ser levada. — Engoli em seco. — O que quer que esse grupo seja, eles funcionam a partir de regras determinadas. Possuem um ritual, uma tradição inflexível...

Sete Mestres. A Pítia. E Nove.

Sem dizer nada, Dean me abraçou por trás. Segurou minha mão direita com a dele. O polegar tocou meu punho, exatamente onde os lacres de Webber tinham afundado na minha pele.

Tal mãe, tal filha...

Todos os pensamentos sumiram quando Dean levou meu pulso aos lábios, dando um beijo suave e silencioso na mesma pele que antes havia sido tão maltratada. Ele fechou os olhos. Eu fechei os meus. Conseguia senti-lo respirando atrás de mim. Nivelei minha respiração com a dele.

Inspira. Expira. Inspira. Expira.

— Você não precisa ser forte agora — disse Dean.

Me virei, abri os olhos e o beijei. *Sim. Preciso.*

Tal mãe, tal filha... eu era uma guerreira.

Inclinei o pescoço para trás e me afastei de Dean, meu rosto a menos de dois centímetros do dele.

— Vocês deviam botar uma gravata na porta, sei lá. — Lia entrou na varanda, nem aí por ter nos interrompido. — Deixando seitas de assassinos em série e caçadas de lado, um pouco de discrição nessas demonstrações públicas de afeto sempre cai bem.

Interpretei o que ela disse como significando que Lia não havia tido atualizações sobre o caso. Briggs e Sterling não tinham ligado. *Nightshade ainda está a solta. O FBI continua procurando.*

— Lia. — O jeito como Dean falou deixou claro que ele queria que ela saísse dali.

Lia o ignorou e se concentrou em mim.

— Eu mandei Michael crescer e encarar a situação de frente — informou ela. — Acho que a experiência de quase morte pode ter interrompido a espiral para o fundo do poço, e, além do mais… — Lia me encarou. — Eu falei pra ele que estava na sua vez.

Ficamos um momento em silêncio enquanto eu absorvia o significado completo das palavras de Lia. Ela estava comigo. Michael também. Sloane, mesmo destruída e sofrendo, também. *Briggs salvou a minha vida*, dissera Judd. *Ele me salvou no dia em que me trouxe Dean.* Eu queria Nightshade atrás das grades. Queria respostas… mas, quando me permitia, o que eu queria mais era *isso*. Dean, Lia, Michael e Sloane… *sua casa são as pessoas que mais te amam. Para todo o sempre.*

Aconteça…

— Pessoal — chamou Michael, imóvel na porta dos fundos. Logo atrás estava Sloane, com enormes olheiras escuras.

Foi então que percebi que havia uma novidade. O jeito como meu coração disparou, o som ensurdecedor nos meus ouvidos… Percebi na hora que havia uma novidade e estava apavorada de deixar Michael dizer uma palavra que fosse.

— Pegaram ele.

Nightshade.

O homem do desenho.

Pegaram ele.

— E a mulher? — ouvi, como se estivesse longe. *A minha voz. A minha pergunta.* — E a garotinha?

Michael fez que não, e entendi que elas não estavam com Nightshade.

A Pítia. A criança.

Meu coração disparou quando pensei no homem que eu tinha visto, o homem de quem me lembrava.

Você matou a filha de Judd. Matou Beau. Você sabe por que aquele símbolo foi entalhado no caixão da minha mãe.

— O que você está deixando de contar? — Lia perguntou, o tom de voz baixo. — *Michael.*

Eu não conseguia ler Michael da mesma maneira como ele conseguiria me ler, mas naquele segundo que ele demorou para responder à pergunta de Lia, sua expressão foi suficiente para tirar todo o ar dos meus pulmões.

— Nightshade enfiou uma agulha em Briggs. — Michael olhou de Lia para Dean e então para mim. — Injetou alguma coisa nele. Não sabem o quê.

Minha boca ficou seca e o rugido nos meus ouvidos aumentou. *Veneno.*

Capítulo 62

Um último truque na manga de Nightshade. *Seu grand finale.* *Seu au revoir.* Eu estava com medo de o FBI não conseguir pegá--lo. Mas nem por um segundo passou pela minha cabeça ter medo do que poderia acontecer se pegasse.

Indetectável. Incurável. Doloroso. Eu não queria me lembrar do que Judd tinha dito sobre o veneno de Nightshade, mas aquelas palavras não paravam de se repetir na minha cabeça.

— Cassie. — Judd apareceu, com uma expressão séria no rosto. — Precisamos conversar.

O que mais havia para dizer?

Indetectável. Incurável. Doloroso.

Os lábios de Sloane se moviam enquanto ela silenciosamente repassava uma lista de todos os venenos até então conhecidos. Dean estava pálido.

— Ele diz que existe um antídoto — disse Judd, sem especificar quem era "ele". Nem precisava.

Nightshade.

— E o que ele quer? — perguntou Dean, a voz rouca. — Em troca do antídoto?

Eu sabia a resposta, sabia pelo jeito como Judd pronunciou meu nome, pela quantidade de vezes que eu tinha visto Nightshade, pelo tempo que ele tinha passado me observando.

Minha mãe lutou com unhas e dentes. Ela resistiu ao que sua gente queria dela, seja lá o que vocês quisessem que ela fosse.

Olhei de Dean para Judd.

— Ele quer a mim — falei.

Parei ao lado de um espelho falso e fiquei observando os guardas escoltarem o homem que eu tinha identificado como Nightshade para a sala do outro lado. Ele estava com as mãos algemadas nas costas. O cabelo desgrenhado. E um hematoma escuro se formava de um lado do rosto.

Não parecia perigoso.

Não parecia um assassino.

— Ele não consegue te ver — lembrou a agente Sterling e me olhou, seus próprios olhos na sombra. — Não pode te tocar. Ele fica de um lado do vidro e você fica aqui.

Atrás de nós, Judd encostou no meu ombro. *Você não vai me botar na mesma sala que o assassino de Scarlett*, pensei. *Nem que seja para salvar Briggs.*

Tentei não pensar em Briggs e me concentrei no homem do outro lado do vidro. Parecia mais velho do que eu me lembrava; mais jovem do que Judd, apesar de significativamente mais velho do que a agente Sterling.

Mais velho do que a minha mãe se estivesse viva.

— Leve o tempo que precisar — disse Nightshade. Embora eu soubesse que ele não podia me ver, parecia que estava olhando nos meus olhos.

Ele tem um olhar gentil.

Meu estômago embrulhou com uma náusea inesperada quando ele foi em frente:

— Estou aqui assim que estiver pronta, Cassandra.

Judd apertou meu ombro de leve. *Você o mataria se pudesse*, pensei. Judd não perderia uma única noite de sono por quebrar o pescoço daquele sujeito. Mas ele não fez nada. Só ficou ali comigo, imóvel.

— Estou pronta — falei para a agente Sterling. Não era verdade, mas tempo não era um luxo que tínhamos.

Judd encarou a agente Sterling e deu um aceno breve. Sterling chegou para o lado da sala e apertou um botão, que transformou o espelho falso em uma vidraça transparente.

Você consegue me ver, pensei quando os olhos de Nightshade pousaram nos meus. *Você vê Judd. Seus lábios se curvam levemente.* Mantive o rosto o mais neutro possível. *Era a cartada final. O último jogo.*

— Cassandra. — Nightshade pareceu apreciar dizer meu nome. — Judd. E a indomável agente Sterling.

Você estava de olho em nós. Você gosta de ver a dor de Judd, de Sterling.

— Você queria falar comigo? — perguntei, minha voz calma de um jeito nada natural. — Fala.

Eu esperava que o homem do outro lado do vidro dissesse alguma coisa sobre Scarlett ou sobre minha mãe ou sobre Beau. Mas ele falou algo em um idioma que não reconheci. Olhei para Sterling. O homem na nossa frente repetiu o que disse.

— É uma cobra rara — traduziu após um momento. — O veneno age mais lentamente do que a maioria. Encontrem um zoológico que tem uma e vocês vão arranjar o antídoto. A tempo, espero. — Ele sorriu e, desta vez, me fez sentir arrepios. — Eu sempre tive um certo carinho pelo seu agente Briggs.

Eu não entendi. Aquele homem, aquele assassino, tinha me levado até ali. Tinha usado a única moeda de barganha que tinha para me levar ali, e agora, depois de me ver, estava entregando tudo?

Por quê? Se você gosta de atormentar Judd e Sterling, se quer deixá-los com o gosto do medo na boca, com a sensação amarga de que as pessoas que eles amam nunca estarão seguras, por que curar Briggs?

— Você está mentindo — disse a agente Sterling.

TUDO OU NADA 325

Devíamos ter trazido Lia, pensei. E um segundo depois: *Eu não devia estar aqui.* Senti isso lá no fundo e logo depois a sensação foi para meus braços e minhas pernas, deixando-os pesados.

— Estou? — rebateu Nightshade.

— Incurável. Doloroso. — Falei sem querer em voz alta, mas não voltei atrás quando as palavras saíram da minha boca.

— Você não entregaria assim seu segredo. Não fácil desse jeito. Não tão rápido.

Os olhos de Nightshade se demoraram um instante nos meus.

— Há limites — admitiu ele — para o que se pode dizer. Alguns segredos são sagrados. Algumas coisas você leva para o túmulo. — Ele falava num tom de voz baixo, quase um murmúrio. — Mas eu não falei que o seu agente Briggs tinha sido contaminado por *esse* veneno.

Esse veneno. Seu veneno. Seu legado.

— Vai — Judd falou pela primeira vez desde que o homem que tinha matado sua filha foi levado para a sala. Ele encarou Sterling e repetiu: — Ele está dizendo a verdade. *Vai.*

Vai atrás do antídoto.

Vai salvar Briggs.

— Nossa conversa termina aqui — disse Sterling, esticando a mão para o botão na parede.

— Para. — A palavra saiu de repente da minha boca. Eu não conseguia tirar os olhos do assassino. *Você teve um motivo para me trazer aqui. Você não faz nada sem motivo. Todos vocês.*

Nightshade sorriu.

— Eu achei — disse ele — que você pudesse ter perguntas pra mim.

Agora, sim, eu conseguia enxergar o jogo que ele estava fazendo. Ele tinha me levado até ali. Mas ficar? Ouvi-lo? Pedir respostas?

Isso cabia a mim.

— Vai — disse Judd para Sterling novamente. Depois de hesitar por uma fração de segundo, ela fez o que ele disse, pegando o celular ao sair da sala. Judd se virou para mim. — Quero te dizer pra não dizer mais nada, Cassie, não ouvir, não olhar pra lá. Mas ele não faria isso. Ele não me obrigaria a sair dali. Eu não sabia se ele mesmo seria capaz de sair. *Você pode dar uma olhada nos arquivos*, Judd dissera no começo daquilo tudo, *mas não vai fazer isso sozinha.*

Nenhum de nós dois faria aquilo sozinho agora.

— Beau Donovan. — Me virei para o monstro esperando pacientemente do outro lado do vidro. Não conseguia formular as perguntas sobre a minha mãe, ainda não. E não podia, *não queria* falar sobre Scarlett. — Você o matou.

— É uma pergunta? — perguntou Nightshade.

— A sua gente o deixou no deserto quinze anos atrás.

— Não matamos crianças — disse Nightshade, secamente.

Vocês não matam crianças. Era uma regra que eles seguiam. Uma lei sagrada. *Mas não têm problemas em largá-las à própria sorte no meio do deserto.*

— O que Beau era pra vocês? Por que criá-lo se depois iam largá-lo por aí?

Nightshade deu um sorrisinho.

— Toda dinastia precisa de um herdeiro.

Minha cabeça ficou a mil.

— Você não foi criado como Beau.

O resto, dissera Beau, é recrutado já adulto.

— O termo *Mestre* sugere um modelo aprendiz — continuei. — Suponho que os Mestres escolhem seus próprios substitutos: adultos, não crianças. O ciclo se repete a cada 21 anos. Mas o nono membro, o que vocês chamam de Nove…

— Nove é o maior de nós. A constante. A ponte de geração em geração.

Seu líder, concluí. Beau não tinha só nascido debaixo do teto deles. Ele nascera para liderá-los.

— Vocês o abandonaram pra morrer — falei.

TUDO OU NADA **327**

— Não matamos crianças — repetiu Nightshade, a voz tão seca quanto na primeira vez que ele falara aquilo. — Ainda que elas se provem indignas. Ainda que não façam o que é pedido e que fique claro que nunca serão capazes de vestir o manto para o qual nasceram. Ainda quando o caminho precisa ser aberto para um verdadeiro herdeiro.

O que te pediram pra fazer, Beau? Que tipo de monstro queriam que você fosse? Eu não podia deixar minha mente ir por esse caminho. Eu precisava que me concentrar no aqui e agora.

Em Nightshade.

— E a garotinha? — falei. — A que eu vi com você. *Ela é digna? Ela é a nova herdeira?* Uma *verdadeira* herdeira? — Dei um passo à frente, na direção do vidro. — O que vocês estão fazendo com ela?

Eu não acredito em pedidos.

— Você é o pai? — perguntei.

— A garota tem muitos pais.

A resposta me fez sentir um arrepio na espinha.

— Sete Mestres — falei, esperando abalá-lo a ponto de ele me contar algo que eu ainda não sabia. — A Pítia. E Nove.

— Todos são testados. Todos precisam ser considerados dignos.

— E aquela mulher que vi com você? Ela é digna? — A pergunta saiu de mim com uma força silenciosa. *Minha mãe não era digna.*

Minha mãe lutou.

— Vocês também a sequestraram? — perguntei, só conseguindo pensar na mulher que eu tinha visto. — Vocês a atacaram, a cortaram? — continuei, o coração a mil por hora. — Vocês a torturaram até ela se tornar uma de vocês? Seu *oráculo*?

Nightshade permaneceu calado por um bom tempo. Depois se inclinou para a frente, os olhos fixos nos meus.

— Gosto de pensar na Pítia mais como a Justiça — disse ele. — Ela é nossa conselheira, nossa juíza e nosso júri, até o filho ou filha dela chegar à maioridade. Ela vive e morre para nós; e nós, por ela.

Vive e morre.

Vive e morre.

Vive e morre.

— Vocês mataram a minha mãe — falei. — Sua gente a sequestrou. Vocês a atacaram...

— Você entendeu errado. — Nightshade fez a frase parecer razoável, até mesmo gentil, enquanto ao redor dele o ambiente estava carregado de uma energia profana.

Poder. Jogos. Dor. Essa era a mercadoria da seita.

Peguei um pedaço de papel e desenhei o símbolo que vira no peito de Beau. Bati com ele no vidro.

— Isso estava no caixão da minha mãe — falei. — Eu não entendi nada errado. Ela não era parte do padrão. Não foi morta numa data Fibonacci. Ela foi atacada com uma faca no mesmo ano em que você estava "se provando digno" com envenenamento. — Minha voz tremeu. — Então não vem me dizer que eu não entendi. Você, todos vocês, um de vocês, não sei, mas vocês *escolheram ela*. Vocês *testaram ela* e decidiram que ela era indigna.

Eles não matavam crianças. Deixavam morrer. Mas e a minha mãe?

— Vocês a mataram — falei, as palavras ásperas na minha garganta e azedas na minha cabeça. — Vocês a mataram, arrancaram a carne dos ossos e a enterraram.

— *Nós* não fizemos isso. — A ênfase na primeira palavra conseguiu interromper a névoa de fúria e dor que estava me dominando. — Só pode haver uma Pítia.

Minha intuição me dizia que era isso que Nightshade tinha me chamado para escutar. Era para dizer aquilo que havia trocado o que lhe restava de poder.

— Uma mulher para oferecer conselho. Uma mulher para gerar o bebê. Uma criança, uma criança *digna*, para levar a tradição adiante.

Uma mulher. Uma criança.

Vocês a mataram.

Nós não fizemos isso.

Todos são testados. Todos precisam ser considerados dignos.

Minha mãe tinha sido enterrada com cuidado. Com remorso. Pensei na mulher que eu tinha visto com a garotinha.

Uma mulher. Uma criança.

Pensei em como era possível que um grupo resistisse por centenas de anos, pegando mulheres, mantendo-as em cativeiro até que a prisioneira virasse um monstro. *Justiça. A Pítia.*

Pensei no fato de que a mulher que eu tinha visto perto do chafariz não tinha pegado a criança. Não tinha fugido. Não tinha pedido ajuda.

Na verdade, ela tinha sorrido para Nightshade.

Só pode haver uma Pítia.

— Vocês as fazem lutar. — Eu não sabia se estava perfilando ou falando com ele. Não sabia se isso importava. — Vocês pegam uma mulher nova, uma Pítia nova e…

Só pode haver uma.

— A mulher — falei. — A que eu vi com você. — Minha voz se transformou num sussurro, mas nos meus ouvidos as palavras foram ensurdecedoras. — Ela matou a minha mãe. Vocês *a fizeram* matar a minha mãe.

— Nós todos temos escolhas — respondeu Nightshade. — A Pítia escolhe viver.

Por que me trazer aqui?, pensei, mais ou menos ciente de que o meu corpo tremia. Meus olhos estavam úmidos. *Por que me contar isso? Por que me dar um vislumbre de algo que não sou abençoada o bastante para saber?*

— Talvez um dia — disse Nightshade — essa escolha seja sua, Cassandra.

Judd estava rígido como uma vara ao meu lado, mas, naquele instante, deu um salto para a frente. Bateu com a base da mão no interruptor e o painel escureceu.

Você não consegue nos ver. Eu consigo te ver, mas você não consegue nos ver.

Judd me segurou pelos ombros e me puxou para perto, bloqueando minha visão, me abraçando, mesmo quando comecei a lutar contra ele.

— Eu estou aqui — murmurou. — Você está bem. Eu estou com você, Cassie. Você está bem. Você vai ficar bem.

Uma ordem. Uma súplica.

— Dois um um sete. — Até Nightshade falar, eu não tinha me dado conta de que o alto-falante ainda estava ligado. Primeiro achei que estivesse dizendo um número de Fibonacci, até ele esclarecer. — Se você quiser ver a mulher, vai encontrá-la no quarto 2117.

A Pítia escolhe viver. As palavras não paravam de se repetir na minha cabeça. *Talvez um dia essa escolha seja sua.*

Quarto 2117.

Capítulo 63

As horas após o interrogatório de Nightshade passaram sem que eu percebesse. Sterling ligou para dizer que Briggs tinha recebido o antídoto para o veneno. Ligou para dizer que a expectativa era de uma recuperação total, ainda que lenta. Ligou para dizer que encontraram a mulher.

Encontraram a garotinha.

Menos de 24 horas depois de Nightshade ter nomeado a assassina da minha mãe, eu entrei no quarto 2117 do Dark Angel Hotel Cassino. Mesmo a cinquenta metros de distância dava para sentir o cheiro de sangue. *Nas paredes. No chão.* A cena era familiar.

Sangue. Nas paredes. Na minha mão. Eu sinto. Eu sinto o cheiro...

Mas desta vez havia um corpo. A mulher de cabelo loiro-avermelhado, mais jovem do que eu me lembrava, estava deitada no próprio sangue, o vestido branco ensopado. Havia sido esfaqueada até morrer.

A faca foi empunhada por Nightshade antes de ser capturado? Por um dos outros Mestres? Por uma nova Pítia? Eu não sabia. E pela primeira vez desde que tinha entrado no programa dos Naturais, não sabia se *queria* saber. Aquela mulher tinha matado a minha mãe. Independente de ela ter tido escolha, de ter sido uma situação de matar ou morrer, de ela ter gostado ou não...

Eu não conseguia lamentar sua morte.

A garotinha estava sentada em uma cadeira, as perninhas tão pequenas que não batiam no chão. Olhava para o nada, os olhos desfocados, o rosto inexpressivo.

Ela era o motivo de eu estar ali.

A criança não tinha dito uma palavra nem parecia ter visto ver nenhum dos agentes que entraram no quarto. Estavam com medo de tocar nela, com medo de levá-la de lá à força.

Me lembro de voltar para o camarim da minha mãe. Lembro que havia sangue.

Andei pelo quarto e me ajoelhei ao lado da cadeira.

— Oi — falei.

A garotinha piscou. Seus olhos encontraram os meus. Percebi um toque, um leve toque de reconhecimento.

Beau Donovan tinha seis anos quando foi abandonado no deserto pelas pessoas que o criaram, considerado inadequado para as necessidades delas.

Seja lá quais fossem essas necessidades.

Você tem três anos, pensei, entrando na perspectiva da garota. *Talvez quatro.*

Nova demais para entender o que estava acontecendo. Nova demais para já ter passado por tanta coisa.

Você sabe de coisas, pensei. *Talvez nem saiba que saiba.*

Beau sabia o suficiente aos seis anos para descobrir o padrão quando ficou mais velho.

Talvez você possa nos levar a eles.

— Eu sou Cassie — falei.

A criança continuou em silêncio.

— Qual é seu nome? — perguntei.

Ela baixou o olhar e, ao lado dela, no chão, havia uma flor branca de origami encharcada de sangue.

— Nove — sussurrou ela. — Meu nome é Nove.

Senti um arrepio na coluna e, logo depois, nada além de fúria. *Você não é parte deles*, pensei de um jeito ferozmente protetor. Ela era só um bebê, só uma garotinha.

— Sua mãe te chamava de outra coisa — falei, tentando lembrar o nome que a mulher tinha usado naquele dia, no chafariz.

— Laurel. A mamãe me chama de Laurel. — Ela se virou para olhar a mulher no chão. Seu rosto não demonstrava nenhum sinal de emoção. Ela não fez careta por causa do sangue.

— Não olha pra mamãe, Laurel. — Eu me movi para bloquear seu campo de visão. — Olha pra mim.

— Ela não é a minha mamãe — disse a garotinha num tom de voz frio.

Meu coração disparou.

— Não?

— O Mestre contratou ela. Pra cuidar de mim quando a gente viesse pra cá.

As mãos gordinhas de bebê de Laurel foram até um medalhão antigo que ela tinha no pescoço. Ela me deixou abri-lo. Dentro havia uma foto.

— Essa é a minha mamãe — disse Laurel.

Não é possível. O colar. Os ossos. O sangue... era o sangue dela. Os testes disseram que o sangue era dela.

Senti o mundo se fechando ao meu redor. Porque havia duas pessoas na foto, e a aparência de Laurel na imagem era idêntica à que eu via agora.

Era uma foto recente.

Essa é a minha mamãe, disse Laurel. Mas a mulher na foto também era minha mãe.

Eu sabia, eu sempre *imaginei* que se tivesse sobrevivido ela teria voltado para me buscar. De alguma forma, de algum jeito, se ela tivesse sobrevivido...

— Para todo o sempre — sussurrou Laurel, cada palavra uma facada no peito. — Aconteça o que acontecer.

— Laurel — falei, a voz rouca. — Onde está a mamãe?

— No salão. — Laurel me encarou, como se estivesse olhando dentro de mim. — Os Mestres vêm e os Mestres vão, mas a Pítia vive no salão.

Epílogo

Parei diante da lápide com Dean ao meu lado, encostando delicadamente em mim. Os outros estavam logo atrás, formando um semicírculo. *Michael, Lia e Sloane. Sterling, Briggs e Judd.* Os restos mortais que a polícia havia recuperado naquela estrada de terra tinham sido entregues para a família. Para o meu pai. Para mim. Meu pai não sabia que não pertenciam a minha mãe. Não sabia que ela estava viva.

Mestres vêm e Mestres vão, mas a Pítia vive no salão.

Não tínhamos ideia de quem era a mulher que enterramos no túmulo da minha mãe. O colar com que ela tinha sido enterrada, o sangue no xale... aquelas coisas, sim, eram da minha mãe.

A Pítia escolhe viver, dissera Nightshade, sabendo muito bem que minha mãe tinha feito essa escolha.

Eu não sabia quanto tempo depois da minha mãe ter sido sequestrada ela fora obrigada a lutar pela própria vida... de novo. Não sabia se era procedimento padrão daqueles homens fingirem a morte de uma mulher antes de a levarem.

Todos são testados. Todos precisam ser considerados dignos.

O que eu sabia era que a minha mãe estava viva.

Mestres vêm e Mestres vão, mas a Pítia vive no salão.

Minha mãe não tinha sido morta. Não tinha sido cuidadosamente enterrada no cruzamento. Ela tinha enterrado sua antecessora. *A cor favorita da minha mãe. O colar dela. Rastros de sangue dela.* Desde o começo, Dean e eu percebemos que os ritos funerários estavam carregados de remorso. *Da minha mãe.*

— Está pronta? — perguntou Dean, a mão no meu ombro.

Olhei para a lápide com o nome da minha mãe por mais um momento. Pelo bem de Laurel, a seita precisava acreditar que não tínhamos juntado os pontos. Precisavam pensar que eu acreditava que tinha enterrado a minha mãe. Precisavam pensar que não tínhamos dado tanta atenção ao fato de que a mulher que eu confundira com a mãe de Laurel era na verdade uma babá, uma moradora descartável de Las Vegas que Nightshade contratara no início daquela semana.

Eles precisavam pensar que o FBI tinha colocado Laurel em custódia de proteção por causa da conexão dela com Nightshade, não comigo.

Nós não matamos crianças.

Pensei em Beau vagando sozinho pelo deserto e engoli aquele gosto amargo na boca.

— Estou pronta — falei para Dean, depois me virei e olhei nos olhos de cada um. *Sua casa são as pessoas que mais te amam.*

Eu estava pronta para ir para casa. Para fazer o que fosse necessário para encontrar os Mestres. Para proteger Laurel. *Para todo o sempre.* Para encontrar minha mãe. Encontrar a Pítia. Encontrar o salão.

Aconteça o que acontecer.

Agradecimentos

Ao longo da série Os Naturais, tive a sorte de trabalhar com vários editores incríveis que são especialistas em fazer as perguntas certas e estão tão envolvidos quanto eu com esses personagens e com essa história. *Tudo ou nada*, em particular, tem uma dívida enorme com Lisa Yoskowitz, que ficou tão apaixonada pelo livro que eu não via a hora de me sentar e escrevê-lo para ela, e Kieran Viola, que sabe exatamente o que uma escritora precisa ouvir. Também sou incrivelmente grata à fabulosa Julie Moody, que está com esta série desde o primeiro livro, e a Emily Meehan, Dina Sherman, Jamie Baker, Seale Ballenger, Mary Ann Zissimos e o resto do pessoal da Hyperion por todo o apoio!

Como sempre, eu gostaria de agradecer à minha equipe maravilhosa na Curtis Brown: Elizabeth Harding, Ginger Clark, Holly Frederick e Jonathan Lyons, assim como Sarah Perillo e Kerry Cullen. Sou muito abençoada de trabalhar com pessoas que não apenas são boas no que fazem, mas são também excepcionalmente amorosas, e sou extremamente grata a todos vocês!

Com a série Os Naturais, também tive a chance de conhecer leitores de todo o país, e gostaria de mandar um alô para o pessoal dedicado por trás do North Texas Teen Book Festival, do Rochester Teen Book Festival, do Texas Teen Book Festival, do Southwest Florida Reading Festival e do Miami Book Fair por me receberem no último ano. A quantidade de trabalho que vocês dedicam a unir leitores e autores é impressionante, e sou profundamente grata por isso.

Eu não poderia sobreviver como escritora, menos ainda prosperar, sem o apoio de algumas das mulheres mais maravilhosas e brilhantes que eu conheço. Agradeço a Ally Carter, Elizabeth Eulberg, Carrie Ryan, Rachel Vincent, Rose Brock e Sarah Rees Brennan pelo Rose Fest em todas as suas encarnações, e um agradecimento especial vai para Rachel Vincent, pelas quintas de Panera, para Ally Carter, que sabe exatamente como suspenses (e séries!) podem ser difíceis de escrever, e para Sarah Rees Brennan, por ter lido um primeiro rascunho deste livro tão em cima da hora. Obrigada também aos meus colegas e alunos da University of Oklahoma, Ti30, NLPT e todo mundo que me manteve sã durante a escrita deste livro.

Finalmente, devo à minha família mais do que sou capaz de expressar. Minha mãe e meu pai estão entre os primeiros leitores de todos os meus livros, e eu não estaria onde estou hoje sem eles. Também sou extremamente grata ao meu marido, Anthony, por ser meu melhor amigo, sistema de apoio, conselheiro e amor da minha vida. Agradeço também a Anthony por fazer com que eu não me estressasse demais enquanto fazia algumas melhorias neste livro ao mesmo tempo que organizava nosso casamento! Por fim, obrigada aos meus maravilhosos irmãos, sobrinhos e sobrinha: Justin, Allison, Connor, Jeana, Russ, Daniel, Gianna, Matthew, Joseph, Michael, Lindsey, Dominic e Julian. Vocês são os melhores!

**Confira nossos lançamentos,
dicas de leitura e
novidades nas nossas redes:**

𝕏 editoraAlt
🅾 editoraalt
♪ editoraalt
f editoraalt

Este livro, composto na fonte Fairfield,
foi impresso em papel Ivory Slim 65g/m² na gráfica Coan.
Tubarão, Brasil, setembro de 2024.